CAOMU
QINGQING

草木青青

刘美玲 著

四川民族出版社

图书在版编目(CIP)数据

草木青青 / 刘美玲著. -- 成都：四川民族出版社，2023.2

ISBN 978-7-5733-1139-9

Ⅰ. ①草 … Ⅱ. ①刘… Ⅲ. ①散文集-中国-当代 Ⅳ. ①I267

中国国家版本馆 CIP 数据核字 (2023) 第 028631 号

草木青青

CAOMU QINGQING

刘美玲 著

出 版 人	泽仁扎西
责任编辑	央 金
封面设计	力扬文化
责任印制	谢孟豪
出版发行	四川民族出版社
地　　址	四川省成都市青羊区敬业路 108 号
邮政编码	610091
印　　刷	成都兴怡包装装潢有限公司
成品尺寸	145mm×210mm
印　　张	10.125
字　　数	210 千字
版　　次	2023 年 2 月第 1 版
印　　次	2023 年 2 月第 1 次印刷
书　　号	ISBN 978-7-5733-1139-9
定　　价	58.00 元

刘美玲散文写作的两个篮子

——也谈《草木青青》印象

玲子将她的散文作品结集为《草木青青》，这是她出版的第一本书。作为文友，被邀请做了“第一读者”，先睹为快，深感荣幸。对玲子这几年的作品，虽然零零散散从她个人公众号或一些报刊读过，如此集中阅读，感受还是大不一样。透过这些文字，更具体地感受玲子在日常生活中的知性质朴、勤奋自律，也认识她笔下的家乡，那个民风淳朴、人文深厚的湘西南村庄。这个村庄是属于她的，她把村庄奉献给了读者。

文友们所熟悉的玲子，并不是一个有着强烈抱负的文学写作者，写作只是她纯粹的“业余之举”，有空就写写，写着写着成了一个习惯——和她喜欢阅读，喜欢养花，喜欢品茶，喜欢料理美食一样，从最初以QQ空间的日记形式的留存，到公众号的推送，直到后来尝试投稿，陆续发表，大家才领教到，这种习惯，为她积累下了多大的文字库藏——《草木青青》收入的作品，正是遴选自其中。有读者说：“玲子的散文亲切，好读”，我想正是这种书写行为的自发性、随意性，保护了她笔下文字的原生态意蕴，少了刻意的加工雕琢、涂抹粉饰痕迹。这样的文字，就像一粒粒采自山野之果实，自然清新，玲珑剔透。

此时生活和过往旧事，居住城市和乡土故园，是大部分散文写作者的选材模式，一支笔在当下与往昔，此地与彼地之间跳跃、往返，借诸文字寄托个人的情感、心绪，从而有意无意塑造完成个人的“生活史”。玲子也一样，一手写深圳，一手写故乡，她用两个篮子装下这些文字。我数过，收入《草木青青》中的作品，有写故乡的50篇，有写深圳的44篇，收录篇数虽略有差异，肯定不是有意而为——两个篮子里，存放的都是自己的精心之作，并不存在偏好。但是，对读者来说，有所偏好却是必然的，如果让我选择，我更愿意首先读玲子笔下的故乡篇章。

随身携带的乡土、乡情、乡音，这是一个爱好文学的人所独有的财富，能够按照自己的意愿进行描绘、讲述，什么时候写出来，以怎样的形式写，自己说了算。在个人构建的文字世界里，随时与故乡对话。玲子日常文字里的“故乡”，正是如此。她的家乡绥宁是湘西南一个美丽的县份，神秘湘西、风情湘西的诸多元素，在这里都可以找到。但玲子似乎无意去炫这些，而是专注于她的家，她的亲人，她的邻居，还有她完好留存在老屋里的童年、少女时代的所有岁月。篇幅精干，语言简洁，是玲子散文“家常化”的重要特征。几乎每篇千字不到，有的仅仅五六百字，她似乎从来没有特意规划过篇幅，要如何写，写多长，蛮像是在梳妆的时候，在择菜的时候，在翻书的时候，在做工作报表的时候，忽然想起一个人，一桩事，一件物，于是赶忙写下来。笔不尽言，但停笔时恰到好处，像一张素描，一个特写，留足了空间，余韵无边。在时下那些长篇累牍，动辄几万字的散文写作“架势”面前，这种至简写作，何其难得。

毫无疑问，“真”是散文的宝贵生命，而往往在充满避讳的叙事与无节制的抒情中，许多散文作品已经看不到多少真东西了，按需要摆布的文字，不是用于满足虚荣，就是被刻意拉升的所谓“内涵”。在玲子的作品中，足以感受到“真”的完好与无处不在。真诚、真实、真切，尽在记忆中一家人围坐的温馨画面里，在父母挑着儿女的大箩筐里，在邻里乡亲们的故事里。如《放牛》的趣事，小姐妹的真挚情感，通过这样一些生活片段、插曲，山村的民俗风情、人情世故，像织布机一样，渐渐织就一块完整的往事布料；《过年》写的是孩童时的过年记忆，一家人老幼有序，和和美美的温馨画面，父亲的对联，孩童的歌谣，火红的灶膛，令人动情。玲子特别用心描写生活中的小场景，哪怕是回忆久远的往事，在她的笔下，寥寥几笔，活灵活现，便把读者带进其中；《催喜》写了一个母亲对产期将近的女儿生产的期待、担忧、祈祷，从准备催喜的物品，到去往女儿家，亲家的接礼，向祖宗禀告等一系列行云流水般的仪轨，十分生动；《报喜》虽然写的是喜事，却是生产的苦，乡村女子生产的过程，令人心疼。叙事的节奏，像是一篇小说，也是一篇“我”不在场而无比真实的作品。《相亲》写一个大龄男青年曲折的相亲经历，生动地再现了湘西南乡村媒妁趣事；《拜年》里一家四口翻山越岭去外婆家拜年的情景，令人感到开心、幸福。《剃头匠老陆》《桶匠》等，写的是乡村手艺人的生活变迁，以及技艺的无比尊严。在玲子的行文中，湘西土语的随机运用，呈现出恰到好处的味道，不用特别注释，一读就懂，气息弥漫。

虽说写作是玲子“无心插柳”之为，但她无疑又是个百分之百的有心之人。显而易见，她的写作灵感，往往是日常生活中的一次“触景生情”，如因单位发糖果，而忆起小时候盼望父亲外出归来，口袋里带回的糖果；在亲戚家看到一株南瓜藤，而想起童年时代家里种南瓜，收南瓜的情景；因朋友聊起出差湖南品尝到鸭蛋的新吃法，而勾起幼时家里养鸭子、捡鸭蛋的回忆。因之而来的文字，能不自然，能不“真”吗？

诚然，在玲子的作品中，写当下生活，写深圳日常的，也深受文友们的喜欢——这些生活的散片，来自家庭或工作、社交中，是日常时光的捡拾、感悟，精致而充满趣味。如《冬至时光》，在繁忙的生活中，调剂闲适的时间，营造一个属于个人内心的空间，用来咀嚼生活，思考友谊，品味世事，有时引来几丝伤感和叹息，更有欣喜与期冀。

“每一叶子上都沾满水珠，干净青翠，我像老朋友一样与它们打着招呼。那些叶子看起来很快乐，很享受的样子。小鸟比平时多出好几只，叫得极欢快！难道它们的世界，也发生了什么快乐的事？生日？过节？新婚？恋爱了……还是建了新房？我不得而知。虽然听不懂它们的语言，既然它们那么欢乐，我也跟着乐吧！”（《春去秋来》）这是一篇诗一样的散文，却比诗歌更有韵味。“它们的叶子一年四季都是绿绿翠翠，不定时也会开些小花哄我开心，偶尔还挂些果子慰劳我，与这些花花草草相处的时间总令我忘却了时光的流逝，也抹平了生活中的一些小疙瘩。”（《怡心园的光阴》）通过这样的文字，读者似乎一下子与作者坐到了一起，在她的精神领地“怡心园”，感受这个与花草打招呼，值得植物们开花、结果以慰劳的女子，是个何等的有心人。在繁忙、沉重的都市生活里，把自己的小庭院、小书房打理得如此惬意，如此温馨，把整个世界都安放在了自己的小天地里，文字的境界宽广起来。在玲子的文字里，家、儿女、亲人、书籍、花草、茶等等，就是她的全世界。阅读她的任何一篇精致的散文，都可以读懂她。

出于对友谊的信任，玲子嘱我为集子写序，深感不安，仅谈谈本人对其作品的粗浅印象，以示祝贺并代序吧。

郭海鸿

2022 年 1 月 26 日

用文字致敬生命

玲子的文章就要结集出版了，我由衷地为她感到高兴。这本集子凝聚她的才华和心血，可以说是她精心孕育的宝贝。十月怀胎，一朝分娩。其中的辛苦、期待和喜悦当然是不言而喻的。屈指数来，我认识玲子也有好些年了。当时因为工作关系，我与文学艺术界联系比较紧密，有幸结识了一批志同道合的师长文友，给我的业余生活带来别样的充实和感念。记得初次拜读玲子的文章时，立马就被其质朴的文字、真实的故事、细致的情节所吸引。细读下来，更多的则是被她清新的叙事、善感的心灵和唯美的追求所打动。特别是后来得知她一直工作、生活、居住在罗湖时，内心的亲近感更是油然而生。

在物质化的时代，写作对于很多人来说，其实就是一种心灵对话和笔触表达，它能够改变我们的态度和选择，让人生体验变得更加深刻、独特和丰富。玲子记载的故事和阐抒的感悟，与他人相比并无特殊或者突出，有些习以为常乃至微不足道，但是每一篇都是有感而发、有触而言。指缝太宽，时光太瘦。世界在不停地变化，语境在不停地转换，她擅长于把流散的、失去的、铭记的人、事、物像镜头一样特写出来，把疏远的、忽略的、感念的景、境、情像泉眼般引流出来，用鲜活文字在琴键上弹奏出烟火心曲，让作品穿透认知隔阂、拉近公众距离，容易引起读者的同感和共鸣。

缘定情未了，心息总相通。在《师恩如海》中，尽管幼儿园的毛老师移居上海多年，但是玲子对这位孩子们的启蒙老师依旧铭记于心。相聚的时候，大家谈起过去的点点滴滴如数家珍，惜缘惜福、疼爱之情溢于言表。读到这段文字时，我突然想起到玲子自身的经历，她在来深圳之前曾经当过村办幼儿园教师，朝夕相处加言传身教，用一个人的努力肩负整个村庄的希望，让孩子们拥有干干净净的心，争做实实在在的人，把向善向上的种子撒播在大山深处。师者父母心，事至如今，17个孩子当年的模样一直像露珠般挂在心上，让她魂牵梦萦、难以忘怀。这种不舍情怀，使她几年前全身心地投身深圳公益宣讲和阅读推广工作。在《难忘的一课》中，面对那群特殊的孩子、那些揪心的父母，那一双双期盼的眼睛，玲子说每个孩子都是一颗独一无二的种子，只不过花期不同、花态缤纷；每个家庭都有一个相守灯下的故事，只不过情节有别、境遇迥异……只要将心比心、以情换情，所有生命终将绽放出不一样的精彩。

有人说，爱不需要回报，但需要流动。在玲子的笔端，总是不由自主流露出对城市温情的眷念和人间真爱的升华。《“我已按下了暂停键”》讲述了这样的小故事：在街头狂风暴雨之中，在乘客焦虑不安之时，出租车师傅主动地按下了计价器暂停键。这一个细微的举动，这一句平淡的告知，如一道突如其来的暖阳，穿过厚重的雨幕，照亮了作者潮湿的心。众所周知，深圳人一直都是蛮拼的，但在紧张忙碌的奔波中，不忘关注身边的城市和来往的行人，总是力所能及去做些“送人玫瑰、手有余香”的事情。联想到前段时间全市上下齐心抗疫期间，无数慢下来和冲上去的感人画面，演绎了年轻城市的大爱情景剧。这一切，往往让玲子情不能已、思如泉涌，用瞬间定格永恒成了她最佳的疗愈剂和最大的动力源。

“你一定要爱着点什么，恰似草木对光阴的钟情。”这是《人间草木》中汪曾祺说的一句话。玲子很钦服老先生的品性和文风，不仅搜罗齐全先生所有的作品，而且把自家楼顶精心打造成空中花园，书房也特地命名为“草木书香”。在都市的繁华喧嚣中，在市井的穿梭更迭里，玲子力求忙里偷闲、闹中取静，向往俗中含雅、素中留趣。在《怡心园的光阴》里，侍弄花草久了，主人就成了半个花农，各路花神仙子的习性慢慢了然于胸。比如幸福树、绿萝和龙吐珠特别爱喝水，可谓有情饮水饱；虎皮兰、金边铁树、艾叶草怎么养都长得生龙活虎，让人省心不少；金银花、鸡蛋果、鸡屎藤、龙船花各有个性，可以分而待之……玲子相信世间万物都有各自的情思和语言，只要人们愿意亲近自然，对花草树木关照有加，它们就会长得好看、活力迸发。

幸福在哪里？每个人都在追求。以怎么样的心态去对待生活，幸福的呈现方式就有很大的不同。玲子在《我的幸福开关》里，对幸福的定义确定得很小、很近、很真。她说：“小时候，幸福总是很简单，现如今简单就是小确幸。”生活中最平常的那些事情，如赏花、喝茶、读书、走路、写作……就像随手可拧的开关，无须煞费苦心，无须察言观色，无须惺惺作态，可以自由主宰，可以率性而为，可以自得其乐。在《兀坐晴窗独饮茶》中，闻茶香氤氲，满室生香；阅书卷多情，晨昏相伴；赏兰花初开，流年缱绻……可谓独享斗室宁静，收获满目芬芳。这样的心路历程，在《草木书香》里表达得更加直接明了，心有良田，我只种花；细数时光，人间甚好。所谓越努力越幸运，越简单越快乐，说的不就是这个理吗？只要心无挂碍、情无纠结，可以随时随地取悦自己、点缀生活，幸福就不再虚无缥缈、遥不可及。

故乡是心中最柔软的地方。作为游子，故乡不仅是召唤自己驻足回望的港湾，更是照亮自己坚定前行的灯塔。在玲子的作品中，故乡是诸多题材中化不开的主色调。亲情、友情、爱情、风景、特产、风俗、典故……简直就是一座取之不尽、用之不竭的创作富矿。在最日常不过的《霉豆腐》中，母亲变魔术似的用筷子一一夹起那些毛茸茸的豆腐块，放在散发着米酒香的辣汤里轻轻打一个滚，再夹进一个小瓦缸里密封好。可以想象在那个扎着羊角辫的湘西细妹子眼里，这是多么诱惑的饕餮美食啊。《记忆中的年味》伴随着浓郁的乡风村韵，把思绪拉得悠长而又缠绵：在火红的烛光里帮着父亲挂对联贴福字，在暖暖的烘箱边守着母亲穿针引线做新棉鞋，抬头看看青瓦房檐下晶莹剔透的冰棍条，俯身闻闻柴火灶房里热气撩人的饭菜香，掩耳雀跃等待千足响鞭炮噼里啪啦升腾一片通亮兴旺。

父母是生命的赐予者，更是人生的引路人。玲子的父亲是一名厚道敬业的乡村教师，母亲是一名勤俭持家的农村妇女。在《青山不老，父爱永在》里，父亲生前的教师证、职称证、工资簿、成绩册、获奖证书……说明他来过、爱过、苦过、乐过。玲子说父爱是一种最深沉的注视，让她不敢有丝毫懈怠。她挑灯夜读，自学课件，文学讲座获得越来越高认可，指导的学生作文接二连三获奖。在《世上只有妈妈好》中，玲子被母亲像铁砂布一样的手掌惊到了，手指粗大变形，手纹像干裂的松树皮，一道道刺目的血痕杂乱无章……从此不管多忙多累，她都会记得陪母亲电话唠叨，从落雨天晴、蔬菜瓜果聊到喂猪打狗、人情世故……日子在周而复始的守望中过得踏实心安。

“此心安处即吾乡”。30年过去了，深圳不仅放飞了玲子年轻的梦想，还赋予了她创业的激情，更见证了她耕耘的收获。就文学创作来说，她从一名普通的爱好者起步，通过勤修不辍的阅读、吸收、笔耕、提升……在省内外各大报纸杂志发表大量的散文、诗歌和小说，加入了深圳市作家协会，成为一名声名鹊起的随笔作家和阅读推广人。我想这正应了一句话，读过的书、走过的路、遇过的人、吃过的苦，终将成就未来的格局。玲子正是领悟了生活的馈赠，适时选择了写作这种方式，把经历当作成长，把磨炼化为智慧，让自己与世界和解，用文字致敬生命。

诚然，对于写作者而言，言为心声才是最为畅快淋漓的，文如其人才是最为本质天性的。世上之事往往是知易行难，难能可贵是玲子一直都在身体力行。在她的公众号、美篇里、文章中，没有矫揉造作，没有无病呻吟，没有装点掩饰，没有刻意拔高；有的是信手拈来，有的是娓娓道来，有的是素描勾勒，有的是直抒胸臆。我想这不是由于别的什么原因，完全是她的本性所为、真情流露，就像故乡那一条潺潺而下的小溪，从山涧空谷奔流向外，无论两岸是幽深偏远还是缤纷迷离，依旧一路清波荡漾、一程低吟浅唱。

壬寅之初，征程奋起。读完这本集子，正值春风十里、木棉绚丽。有言道，文章是案头之山水，山水乃地上之文章。又道是，人生如书读不尽，岁月如歌总无言。文字是一种记忆和沉淀，更是一种思索和期许。对玲子来说，如果立志在文学创作的道路上开辟更高远的境界，除了保持特立独行、云淡风轻的风格，还当力求游目骋怀、鞭辟入里的精进，把题材的广度、深度和思想的高度、厚度更好结合起来，带给读者以更多温度和更具力度的作品。世界匆忙，车马可达；光阴淘洗，梦想有光。唯愿玲子继续奔赴在自己的热爱里，潇洒活出想要的模样。

秦庆文

2022 年 3 月

目录 contents

第一辑　家乡之情

第二辑　深圳光阴

第一辑 家乡之情

CAOMUQINGQING

父亲的桶

父亲节，深圳在下雨。

我照常早起，窝在楼顶边听音乐边打理花草。无意间又见着了那个破铝桶。

是的，这个桶很旧，很不好看，可桶上的油漆字却依稀可见，那是我爸爸的字迹！这个桶是1995年教师节时，父亲所在的学校发的教师节纪念品，父亲当时是校长，他在桶上写下了“教师节纪念”这几个字。

而这个桶，在2000年我儿子4岁生日前几天，当时还算健康的父亲，用手提着它从泡洞村里翻过了几座高山，步行40多里地来到武冈市我大舅舅家，小心翼翼地搂了一桶土鸡蛋当天又返回了家里。他早出晚归，来回要走80多里的山路，山高坡陡，荆棘密布……可怜了父亲的那双解放鞋！而后过了几天，父亲又带着这桶土鸡蛋乘坐近18小时的大巴，从湘西到了深圳。那桶鸡蛋经过层层颠簸，到我手上时，却一个都没碰烂……想必，一路上，不管多累多不方便，父亲护它之心，就如护我之心！

如今，父亲已走了8年，这个桶我一直放着，偶尔装垃圾拎到楼下倒了，立马又提回来冲洗干净放着。

今晨又拎它下楼，倒了垃圾就去买菜，转身回来时它却不见了，急切地翻遍几个垃圾桶都不见踪影！最后辗转找到负责清扫这小区的清洁工才找了回来，连声道谢后，在清洁工讶异的目光中，我如获至宝地将它拎回了家！

十三年前，父亲从深圳回湘西的村子，留下了这个不太好看的桶在深圳，十三年间，即使搬家，它也一直跟着我，那是永不变质的一桶父爱！

父亲节的雨很欢畅，趁着雨停，我在父亲的桶里种下了三株长势正旺的虎皮兰，四季常青的植物，养眼又养心，就如父爱的故事……

桶　匠

村里有一个姓范的师傅，隆回人，三十来岁，矮小精干，他是个桶匠师傅，靠走家串户做手艺讨生活。

村里四面环山，树多水美妹子清秀，范师傅年年都在我们村子里忙活。水桶，米桶，脚盆，淘盆，粪桶，尿桶……范师傅连锯带刨都能做出来。寡妇门前是非多，范师傅没成家，嘴巴又好像搽了油，见到漂亮媳妇，干活手脚利索，卵弹琴①的调子也能哼出抑扬顿挫，久了，也传出一些流言蜚语来……范师傅成了风流鬼、快活佬的代名词，他倒也乐在其中，照样干活，照样快活。

有年春天范师傅也帮我家打了好几种桶，爸爸把新桶放在楼上晾着。据说好桶匠的手艺经得起晾，晾几个月后，木材完全干透，在桶的边缘洒一层木渣，用木楦子箍紧实，扔到水里泡三五天后再用，如果说滴水不漏，那就是顶呱呱的好师傅，名声要传好远。

① 卵弹琴：湖南方言，犹言乱弹琴，比喻胡扯或胡闹。

可是我们家那几个桶没经得起这些考验，那些洗脚盆经我父亲晾、楦、箍、泡后，当年冬天奶奶用盆一装水，水就不争气地往地上渗。“这个剁脑壳的范师傅，吃了我那么多的好腊肉，自己都没舍得吃，却帮我置起这样的桶来，糠筛子一样……唉，真是个饭师傅！”奶奶摇头叹息着。

如今，山村不再寂寞，而当年那个对外来事物满是好奇的我，也成了深圳的外来人口，只要一想起那亮晶晶喷喷香的腊肉时，忍不住还是要咽口水，还有那个不知现在人在何处的范师傅，如同他做的桶，在记忆里日渐模糊，而村口的那棵百年老樟树依旧健旺！

柴枸子

“老四的娘走丢了，这么多的山，也不知她走到哪去了，唉，造孽哦，八十多岁了，苦大了五个仔，三个女，喂大一只鸡，还要挂着农门山的那个女，现在倒好，人没了……”

挂了母亲的电话，那一刻脑海里跳出一蓬红通通的柴枸子。

前年十月，我回家看望妈妈，趁着天干气爽，母亲请了两个瓦匠给老房子捡漏。插不上手的我，趁机在家附近的田野、山丘、菜园转悠，搜寻那些踩在记忆深处的牛脚印，嗅一嗅花朵朵！

一路转到四队毕山叔叔的田埂马路边，那蓬红通通的柴枸子让我眼前一亮，顾不上那粘人的荆棘，我扑过去折下几枝沉甸甸的果子，迫不及待捋了几粒塞进嘴里，又酸又甜，熟悉的味道满溢的快乐，这是我小时候常摘的柴枸子。

“这蓬柴枸子熟得蛮好，妹子家，给我吃两朵吧。”我转身一看，原来是六队老四的娘，白发苍苍，被岁月风干的脸带着笑，正期待地望着我手里的柴枸子，显然，她没认出我来。“随您拿吧，我要不了这么多的。”

老太太欣喜的拿了两朵柴枸子，转身下了斜坡，我看着那熟悉的背影发了一会呆，回家和母亲聊起老四的娘。

“八十多岁了，造孽哩，老糊涂了……”妈妈摇头叹息不已。

又是深秋，突然想起那些绵延不绝的青山，那一蓬蓬熟透的柴枸子，还有那些踩进记忆深处的牛脚印，年复一年，日复一日，来了去了！

长头发

秋天一到，掉头发就厉害些，不管我如何及时收拾，地板上总会有纠缠不清的发丝，再看看镜子里一成不变的齐肩长发，有时心血来潮会有一剪了之或换个发型的冲动。说起剪头发换发型的经历，至今，只有屈指可数的两次，可这两次的经历让我没齿难忘了。

第一次是上中学时，那个周末放学后路过镇上一个理发店，因同学冬香要剪头发，于是我便陪着她进了街边的小理发店。不足十平方的店里，坐着一个四十来岁的妇女，一把旋椅，一把剪刀，一块镜子，一条围裙，一把剃刀就是这个店的全部家当。

道具简单，但是师傅手脚麻利，三下五除二就把冬香的马尾巴变成了西瓜皮，看着冬香对着镜子左顾右盼的得意劲，那一刻我竟鬼使神差地对理发师说："师傅，帮我也剪个头发吧，不过，我要剪学生头。""好的，看你的脸型，剪学生头倒是蛮合适的。"那师傅将围裙往我脖子上一套，只围着我坐的旋椅绕了几圈，手起发落，我脚下就铺了层长长厚厚的青丝，脑袋瞬间变轻了，可就在师傅帮我剪刘海的时候，我眯着眼睛下意识的挪动了下身子，“哎哟！”我的尖叫声显然把那师傅吓得不轻，我对着镜子仔细看了看，却没发现伤口，后来还是冬香眼尖，原来是剪到我左眼睛的双眼皮了，当时只有火辣辣的感觉，那细微的伤口并没有出血。“没事，是你的眼睛太大太双了，你一眨眼就不小心剪到了，幸好在双层眼皮里面，看不出来，过两天就好了……你看你，剪了这学生头多漂亮呀，好像那个日本明星山口百惠，真的好漂亮！”那个师傅一边安慰一边夸着我的新发型。“真的，美玲，你这头发好漂亮，真像那个日本明星！”冬香也在一边附和。

听她们都那样说，我对着镜子再仔细看了看，反复眨了眨眼睛，伤口似乎不痛了，于是我们各付了两块钱的理发费后就回了家。

吃晚饭时，母亲发现我新剪的学生头，不知为何脸色突然就变了：“谁叫你剪头发的，妹子家生成[①]要长发飘飘才好看，你看你现在像个什么样，和鸡窝一样！”没想到母亲会因为我剪了头发而生气，我心里不服：“她们都说好看，还说我像山口百惠呢！”“还山口百惠呢，我看就是个鸡窝！”我望向爸爸求救，爸爸慈爱地看着我，笑着说：“哪个说我的女儿头发像鸡窝了，我看这学生头就很漂亮，也很时尚，年轻人就应该接触些新的东西，而且确实是有几份像山口百惠呢。”“就你，天天装倒[②]你的女，这样纵下去，要无法无天了！”母亲说完就放下碗筷转身去禾堂招呼暮归的鸭子去了，爸爸朝我使了个眼色，我将那缕垂到嘴角的头发捋到耳朵后，继续低头扒着晚饭，我暗自庆幸没有说

① 生成：湘西土话，是天生的意思。

② 装倒：湘西土话，护短的意思。

出被理发师剪到双眼皮的事来。

可能是受那次剪头发的影响，也可能是我天生喜欢简单，之后的很多年里，虽然母亲也不再管我留什么发型，我还是一直保留着齐肩直发。直到九年前，我去了观澜一家日资企业上班，因每天朝七晚七的出门进门，一到家我几乎连洗头发的力气也没有，为了省事，我趁着周末又去一家店换发型，这次的师傅是个长头发的香港男师傅，在他的建议下，我修短并烫染了头发，弄完后，我几乎不认识镜子里的自己，很不习惯。

周一去上班时，很多同事都来关心我的新发型，尤其午休时，总经理小山芳男从我身边走过时也来了句半生不熟的中文："刘桑，你的头发爆炸啦!"我愣在椅子上不知说什么好，当晚一回到市区，顾不上吃饭又跑去那个理发店，也不管师傅如何劝说，我执意又将卷发拉成了直发，顺势又把直发剪成了学生头，终于又自在了。第二天上班，部门同事都说："玲姐，还是这个发型好，显年轻，有几分学生的味道。"

剪了这个学生头的当年冬天，恰逢弟弟结婚，我回去时头发还没有长长，这一次，妈妈看了我的短发没有像当年那么激动，只是用手抚摸了几下我的头发："这发型清爽，有几份像刘胡兰。"

等那次"刘胡兰"式的发型长到齐肩长后，我至今没有再换过发型，尽管偶尔也想体验下新发型的感觉，但最终还是放弃了那想法，为了母亲的微笑，还是做一个长发飘飘的女子吧，反正也找不到换发型的理由。

爱的印记

小时候，家里住了个下放女青年，她的半张脸呈紫红色，初看好吓人。

私下里，妈妈对我们四姊妹说："小孩子不能不懂礼貌，老盯着别人的脸看，她会感觉不自在的。"

可我那时候太小，好奇心特重！曾就那个阿姨脸上的印记问过爸爸，问过外婆，问过奶奶："为什么那个阿姨的脸上会是那样的?"

那时，从长辈们那儿得到的答案居然出奇的一致："凡一出生，身上就有印记的人，是因为他（她）们前生都是夭折的孩子，而他（她）们前生的父母因了不舍，因了那份骨肉相连的爱，都在孩子身体的某个部位涂了一些颜色做记号，以便那早夭的孩子再投生时，可以凭那个前生的印记相认！而那些身上有印记的孩子，他（她）们今生的父母因得到一个有印记的孩子，会对这孩子倍加珍惜，因为这孩子是带了前生的爱来投的胎啊!"

那时的我似懂非懂"原来，那个阿姨脸上的印记是爱的印记啊!"而我的追根究底也是有原因的，因为我偶然发现在自己的小腿上也有一小块如玫瑰红的印记。很小的时候，好多次以为是自己不小心撞伤的缘故，老以为过几天会好，可总不见恢复正常色，于是也问过父亲母亲，他们都不再作答，只是对我更疼爱些！

长大后才知道，其实那些先天的印记叫胎记，科学的解释结果并不是因为“爱”！而我更情愿相信身上的胎记是因了爱的缘故，这是个多么美好的解释！

爱的印记！是的，现在一些年轻人，相恋时会在自己的身体某个部位纹上爱人的名字或某种记号，以示相爱到老的决心！可我觉得两颗心相遇相知时，是无须刻意在身体表皮上留下那些化学染料的。因为若是真心，对方的影子早已深深烙在了自己的心上，相爱时是无形的印记，无限的温暖！可一旦分离或遭遇情变，内心的印记便是永远的隐痛，稍有碰撞，便会作痛，久难恢复了！而那些化学染料留下的印子，也变得毫无意义。

没想到，都是以爱的名义留下的印记，结果却是如此的不同，相对而言，我还是更喜欢从娘胎里带来的印记！

冰雪的温暖

小时候的冬天很冷，一下雪，尤其是下冰砂子，木房檐上必挂满一排排冰凌。长长短短似钯齿，似流苏帷幔。

尤其是早上起床时感觉特冷，奶奶帮我系棉扣的手僵硬，偶尔碰到我的脖子或脸颊，我一激灵说："奶奶，你的手好冷！"奶奶叹息道："没办法，冰冻天是这么冷的。"奶奶呵口气暖了下手，说："明年会是好年成啦，屋檐上的冰条挂满了！屋檐上的冰条都那么长，那是明年丰收的禾线①！玲，你们几个不能去敲那些冰条，敲断了冰条，秋收时会有老鼠摘禾线，老鼠摘断禾线，粮食就少了，会挨饿的……"

我记住了奶奶的话，告诉哥哥弟弟："敲断冰条会挨饿的，我们不能敲冰条"。可冰条晶莹剔透，实在很诱惑。我们忍不住偷偷敲下一条当冰棒把玩，那些冰条含在嘴里也好冷，而奶奶的叮咛早就被北风刮跑了。第二天一起床，忐忑着去看敲过冰条的地方。好神奇！那些敲断了的冰条居然又长出了新的冰条。冰条

① 禾线：湘西土话，是稻穗的意思。

会重新生长呢，我们不会挨饿的！

于是，敲打冰条成了我们在冰雪天的一大乐事。有时用木棍子从冰排上扫过，犹如用手抚过琴键，那声音清脆悦耳，蛮好听。我们在雪地里堆雪人、丢雪球、倒拉着木板凳玩滑冰车……裹脚的奶奶在屋檐下直跺脚，她焦虑地一边呼喊我们回家烤火，一边想阻止我们敲断冰帘。奶奶怕挨饿，奶奶饿怕了！可我们不怕饿，如今也不会饥饿了。

天亮了，鸟鸣清脆。深圳的冬天无雪无冰，种地的人越来越少，人们也不再挨饿了。有奶奶的冬天被记忆封存，偶尔想起裹脚的奶奶，还是很温暖，心也会酸楚。因为奶奶的疼爱，我们的顽皮，这些记忆都无法随风雪抹去。

放　牛

“玲姐姐，玲姐姐，快点，我们今天去麦子坪看牛扯猪草。”我衣服还没扣好，就从门前的石子小路传来小华妹子脆脆的呼喊声以及她家的黄牯牛有节奏的踢踏声。“好呢，等下我啊，我马上就来了。”我一边麻利地整理床铺，一边揉着惺忪的睡眼回话。

清晨的麦子坪也没完全睡醒，山冲冲被一层薄雾缭绕着。群山青翠，山路旁、田埂边、溪水边的各种杂草都缀满晶莹的露珠，牛脚被打湿了，我们的裤脚也被浸湿了。茂盛鲜嫩的野草是牛最好的养料，我们将牛绳挽在牛角上，那成片的荒山野草让我们有足够的理由给牛充分的自由。

一个猪草篓，一把镰刀，这是我和小华妹子的另一份工作。牛吃饱了，也不能让猪栏里的猪饿着。妹子比我小两岁，可在我眼里，她就是台小收音机，总能将她在院子里最新发现的一些趣事讲给我听，而我也总能被那些趣事逗得前俯后仰咯咯直笑。“玲姐姐，你不晓得，昨夜的电影好好看，可惜你不来看。最好笑的是，电影还不开场，我和带妹、晚妹、显军、阿海、兴江几个人一起玩捉迷藏，谁知道那个阿海藏的时候不注意，在带妹家的屋后门背后有个马桶，他一脚踩在马桶盖上，结果马桶翻了，阿海被尿溅了一身，骚得要死！尤其是那双新布鞋全被尿浸透了……哈哈哈……结果阿海被他妈用杉叶子打得直跳，把我的肚子都笑疼了……”“啊，踩翻了马桶，那不臭死了？”我想象着阿海身上沾染的尿骚味还有他挨打的样子，哪里还忍得住笑。在麦子坪那个雾气氤氲的早晨，我们清脆的笑声在麦子坪的山谷久久回荡，伴着叮咚的溪水流向远方。

“啊？玲姐姐，不得了，你家的水牛牯好像在吃四队老细哥哥的禾！”我笑得正起劲，硬生生又被妹子的声音惊断，我们飞跃着奔上那山坑边的田埂。果然，那不争气的大水牛正贪婪的将刚坐稳根的禾苗搅进嘴里，毛茸茸的嘴边还流着青汁呢！“怎么办？一、二、三……十八，玲姐，一共呷瓜①十八蔸禾苗，老细哥哥肯定要找你妈告状的！”春播秋收，我们深知每蔸禾苗的重要性！

怀着忐忑的心情回到家，把大水牛牵回牛栏，上好牛栏栓，然后找了条竹枝条朝壮实的牛屁股狠狠地抽了几下，这惹祸的家伙。悄然走到厨房，母亲正在灶屋里忙着煮早饭，我惶惶不安地坐到灶门前添柴烧火。母亲勤劳能干，农活、针线样样都出色，对我们子女的管教也严厉。“老细，你今天无至有空，慢至嘎至来嗨下？② 快坐快坐。”切着菜的母亲突然向谁打着招呼。我一抬头，我的妈呀，老细哥哥已铁青着脸一脚迈过了我家的厨房门

---

① 呷瓜：意思是吃了。

② 你今天无至有空，慢至嘎至来嗨下：湘西土话，意思是你今天怎么这样有空，难得有空来玩下。

槛，是福不是祸，是祸躲不过！我把头压得更低，脸烧得火辣辣的，感觉自己快要窒息了。

“刘师母，有点事跟你说一下，你出来一下。”老细哥哥把我妈叫去禾堂嘀咕了几分钟。然后又双双进了厨房，母亲狠狠地朝我挖了几眼，迭声地说：“老细你放心，大家都是种地的，细伢仔不听话没看好牛，我也觉得对不住你。先吃饭，幸好现在才插下秧不久，等下我就去把牛啃了的禾蔸补下蔸，撒些家肥，真是对不住！”“好的，既然你这样说，我也放心了，以后叫细细仔①看牛看好些就是，啃完了也没办法。”那一餐早饭，老细哥哥成了我家的客人，饭后，母亲也如约去麦子坪补了禾蔸、撒了肥。很意外的是，那一次，母亲居然没有骂人，而我直到事情过去几天，悬着的心才踏实下来。

童年的很多时光在放牛中度过，而哪一次都少不了小华妹子。记忆中的最后一次放牛是个秋收后的打霜天。那一次我们将牛牵进了我家右手边的棉花地，夕阳将草垛照得灿黄，而我们也长成了水灵灵的大姑娘。长大后的小华妹子还是那么活泼俏皮，我和她永远是形影不离的知心姐妹，我们只要在一起，打开的话匣子就关不上。“玲姐，你晓得吗？”“么果事②？我不晓得，你讲给我听听吧。”妹子故做神秘地眨眨眼，又捂着嘴独自笑了一阵道：“晚妹姐姐家昨天又有人来相亲了，还放了好多炮仗，听说那男的是武冈人，在广东打工。”“哦，人长得怎样，你看到了吗？相成了吗？……”我又被这话题吸引了。

① 细细仔：意思是小孩子。

② 么果事：意思是什么事。

秋天的山坡坡，诱惑我们的东西实在太多，比如山上那红红的柴枸杞，裂开的毛板栗，黄灿灿的黄辣菓、酸甜的野葡萄……只是，那个下午我们玩得太忘形，我的水牯牛又走丢了！等我们发现牛不见时，天色已晚，群山被暮色拢住了，想起奶奶讲的那些鬼怪故事，心里平添了几份恐惧。打霜天，是不能让牛在野外过夜的，牛受了寒是要掉膘的，耕牛掉膘是农户家的大忌。

灰着脸回到家，母亲见我没把牛带回来，就明白了是怎么回事，她冲我唠叨不停，一旁的烧炭佬老幺趁机自告奋勇："妹妹，你的牛在哪丢的，你带我去找，一定帮你找回来！""哼，谁稀罕你帮我找牛，谁是你妹妹！"老吆的心思我明白：前几天，他还让他舅同我母亲提亲哩！母亲没同意，而我对他更是看哪哪不顺。

面对母亲的唠叨、老吆的殷勤我突然生了几份恼怒，竟倔强地一扭头，壮着胆子独自钻进了棉花冲的山林。一路上跟着黄土坡新鲜的牛脚印绕，最后，终于在黄茅田林场后面的山腰上牵回了那头一点也不让我省心的大水牛。

如今，深圳已无牛可放，只是幸运的是，当年那个陪我一起笑一起闹的小华妹妹也在深圳安了家。不管我们分开多久，不管对方贫穷还是富有，那份纯真的感情，那种相见时的欢愉，相谈时的融洽一直未曾改变。见一次就是一次享受，彼此都相当珍惜这份拥有！

过 年

“二十七，杀年鸡，二十八，打糍粑，二十九，烤年酒，三十丫①，发米花。”马上就要过年了，我和哥哥弟弟一边按了母亲的分工，利索地打扫着房子的里里外外，一边脆脆地哼着年谣。长不大的童年，盼过年，盼过节，盼家里有客人来……总之，每一个日子都是新的，都是快乐的！尤其是过年，那真是件太令人兴奋，令人期待的事。

“再过几天就过年了，玲子、老大、老细你们三个都给我听好了，过年前后的这段时间，不能吵架打架，不能说不吉利的话，尤其是死呀，短命鬼呀、剁脑壳呀、病……不吉利的话都不能说，要是谁不听话，三十丫就没有压岁钱，初一没有利是！还有这几天，你们要勤快些，把各个房间打扫干净，把屋后及禾堂拿锄头勾干净，把垃圾挑到小坑边上烧灰，打扫干净了才好过年，你们几个记住了吗?”母亲的目光在我和哥哥弟弟的脸上来回巡视了几遍。我们三交换了一下眼神，齐刷刷地挺直腰板回话

---

① 三十丫：是大年三十夜的意思。

“要得，我们记住了！”还有什么比过年更有诱惑力？不仅有平时吃不到的各种美味，还有每年年初一从上到下的一套新衣服，更有母亲为我们连熬几个夜缝制的布棉鞋！从头到脚的透底新①，这在伙伴们面前多神气呀！一想到这一连串的好事，我们三个调皮鬼还有什么不能应承呢？

“二十七，杀年鸡，二十八，打糍粑，二十九，烤年酒，三十丫，发米花。”日子在年谣中过得飞快，大年三十终于到了。② 一大早嫚嫚③就在堂屋烧旺了一盆炭火，把四平八稳的椆树木八仙桌抹干净摆在堂屋正中间。然后郑重其事地在八仙桌上铺开红纸、焦好墨汁开始写对联。贴在大门的对联有：春归大地人间暖，福降神州喜临门，横批：福喜盈门；贴在父母房门口的则有：成家好比针挑土，败家好比水冲沙，横批：精打细算；贴在厨房门上的则有：饭香菜美媳妇巧，四两煮出半斤来，横批：人勤饭香。嫚嫚把家里大大小小的房间、吊脚楼、出廊柱子上的各副对联都写好后，来回左右端详着，偶尔伸手在炭盆上暖暖手。其间，姐姐已奉命在灶膛熬好了贴对联的米浆，而我和哥哥弟弟则毕恭毕敬地围在八仙桌旁，瞅着机会递递红纸，或小心翼翼地双双取了墨汁未干的对联平铺到堂屋的地板上晾着……“刘老师，借你的贵手，麻烦也帮我家写两个字吧，过年了，也见个红，也沾点喜气。没办法，我们不会写字，只好年年麻烦你了。”说话的也许是对门屋里的表叔，也许是庄门前的同年爸……乡邻们知道我嫚嫚在写对联，总会携了红纸

---

① 透底新：意思是衣服、裤子、鞋袜都是新的。

② 年三十晚要藏好刀具、扫帚是湘西民俗，因为大年初一见到这些不吉利。

③ 嫚嫚：为湘西土话，意思是爸爸。

上门来让我爸帮忙写些对联，而爸爸也来者不拒：“好呢，都是自家人，莫客气，莫客气！”

“二十七，杀年鸡，二十八，打糍粑，二十九，烤年酒，三十丫，发米花。”在我们兄弟姐妹的前呼后拥下，在大年三十的下午，父亲终于将家里各个门房、柱子贴上了红红火火的对联。“玲子，将火烧旺些，老大你去禾堂里抱捆干柴给你妹烧火……”一入夜，家里能用的煤油灯就都点上了，母亲也张罗着发米花！“是的，发米花的火要烧旺，菜油一定要烧老才没有涩味。”一旁切着菜的父亲搭着话。“嗯，米花要发得透才好吃，咬一口才能落口融①，尤其是我们这些冒得牙齿的，又爱果口香②……”一直守着大灶锅烧火熬年旺萝卜的奶奶也搭着腔。

熊熊的柴火将我的脸烤得发烫，锅里的菜籽油泛着香，母亲左手拿起一个米花顺着锅边放进翻腾的油锅里，米花在热油里发出滋啦啦的欢唱。“眼睛看到锅里面，麻雀落在灰里面，哈哈哈……”快活佬爷爷顺手爱怜地摸了摸弟弟的头，原来穿着开裆裤坐在烧火凳上的弟弟盯着母亲手里的米花发了呆，尚不懂事的弟弟被爷爷一打趣，全家人笑成一团，过年的气氛更浓了。

大年三十的晚饭是丰盛的，而且湘西至今有个传统，每年的年夜饭和大年初一的早饭必须由家里的男主人亲手烹饪，据说只有这样才叫有头有尾，来年更兴旺顺畅。我们家也不例外。年夜饭一般是八菜一汤，等嫚嫚将年夜饭菜准备妥当，爷爷的供祖先仪式也在此起彼伏的炮仗声和我们兄弟姐妹的依次作揖中完成。

---

① 落口融：意思是入口即化。

② 果口香：意思为这个香香的味道。

开饭了，椆树木的八仙桌正好坐八人，长幼有序，爷爷奶奶坐上座，爸爸妈妈坐左手边，然后是姐姐哥哥坐右手边，最后是我和弟弟坐在爷爷奶奶对面的下手边。团团圆圆的年饭，动筷也是必按了入座次序进行，爷爷首先夹起一筷子白菜："白菜白菜，世代清白。"相继又夹起一节腊肠："长长久久，常吃常有。吃鱼吃鱼，年年有余……"这样一遍下来后，大家就可以任意吃喝了。饭吃到一半，母亲朝父亲递了个眼色，父亲会意，起身去神龛上就着燃烧的蜡烛点燃一炷香，然后立在堂屋的门槛边朝宽敞干净的禾堂上扔了一串一千响的鞭炮。父亲回来饭桌上时手上多了一叠用红纸裹着的利是，我们都停了筷，看着父亲从爷爷开始由大到小依次派压岁钱，然后是妈妈派压岁钱、爷爷奶奶派压岁钱……

吃饱喝足后，大人们又去厨房预备大年初一的开年饭，而这时候的小家伙对厨房的兴趣已大大降低，我们在铺了雪的禾堂疯跑，哥哥趁机猛放炮仗，山乡的年味在噼里啪啦的炮仗声中涌上云际。直至半夜，一切才收拾妥当，最后母亲将所有的刀具、扫帚等都藏好，父亲将过年的火种①小心掩在灶眼里，明晨也就是来年一起床，火种还在，新年也就在红红火火中拉开序幕……

新年的早晨，起床是一件非常困难的事。鸡叫头遍，父母亲基本上已起床将饭菜备好，一碗碗煮好的菜都放在大锅里隔着热水保着温。"玲玲，起床了，过年了；红红，起床了，过年了……"睡眼惺忪中，床边的书桌上早整齐地摆好一碟炒好的花

① 火种：将未完全烧碳化的半柴半碳的一大截木柴烧到极旺，然后用热灰掩着，到第二天扒开掩着的热灰，那柴火还是红红在燃着。

生、一碟瓜子、一碟糖果。在母亲的催促下，我们呵欠连天地起了床，穿上母亲烘在火柜里的新衣服、新布鞋，再顺手抓了一把糖果揣在衣袋里，蹬腿踢踢有些挤脚的新布鞋，瞌睡也就醒了一大半。

炮仗声声除旧岁，瑞雪飘飘迎新年！拜年啦，拜年啦，给爷爷奶奶拜年，给爸爸妈妈拜年，给乡亲们拜年，给亲戚朋友们拜年啦！不出正月十五，嫚嫚领着我们兄弟姐妹在炮仗声中走亲访友，喝着甜酒，嗑着瓜子，吃着腊菜，聊着家常，谈着年景，大家都说着吉祥祝福的话。只是偶尔，调皮的孩子们因某事伤了和气，或是没穿新衣服的终究受不了我们这些满身透底新的炫耀，他们会朝着我们喊："新衣新裤，烧个大眼窟！[①] 新衣新裤，烧个大眼窟……"于是，一场打闹追逐在所难免，大人们的叮嘱也早就忘到了九霄云外。

① 大眼窟：意思为大窟窿。

捉　鱼

从小就爱做梦，而至今为止常被两个梦纠缠。

一个是数学考试。

很多次，我都梦到自己在考数学。也许是天生缺少数学天赋，即使在梦里，面对那数学试题我也是浑身冒汗，不知所措。有时举目一看，别的同学都在埋头做题，而我只能像个毛猴子一样抓耳挠腮，干着急。那份难堪从梦里折磨到梦外，这梦折磨我这么多年，如果不出意外，估计还将继续折磨下去。

另一个梦是什么呢？

另一个梦是捉鱼。

说到捉鱼，就有许多的记忆涌出来。

小时候，大概从七八岁的样子，我就开始在溪里捉鱼，在水田里摸泥鳅了。

最开始是跟着哥哥捉鱼。一般是下午时候，一边放牛一边在溪水里捉鱼。有时哥哥会举起一块稍大的石头，砸向水里的另一块石头，石头底下如果藏了鱼或螃蟹就会被震晕，待水稍清就会有肚朝天的鱼滑出来，翻开石头，偶尔还会有被砸得缺胳膊少腿的螃蟹捡。

有些时候，我们兄妹会和院子里的细海、纪良、妹子、晚姣几个合伙捉鱼。我们先相好一条水流不太急的小溪，估摸着应该有鱼，大家就分工合作。力气大的哥哥、纪良、细海负责上游的搬石头、找稻草、挖泥巴堵上游的水流，我们的目的是要暂时让这条小溪的水改道，往侧边流。而我和妹子、晚姣则负责找核桃树或水柳树的叶子，我们将一大把一大把的青叶子捋下来，然后堆在一起，分别找一块比较大的石头垫着，握了另一块石头不断砸这些叶子，直到叶子被捣烂流出墨绿色的汁就可以用这些叶子药鱼了。而这青叶汁也必会染在我们的手上个把月之久，不管怎么搓洗也无济于事，可当时为了餐桌上的那一口美味谁还在意手被染成什么色？“架好式啊，放药喽！”哥哥一声吆喝，大家就同时站在上游将捣烂的叶子往已经接近断流的溪水里扔，原先清澈的溪水瞬间被染成了墨绿色，而那些大大小小吞咽了叶汁的各种杂鱼，只需一会儿工夫就会裸了肚皮打着翻，吐着泡在水里乱窜，它们已失了平时的清醒。

那时候溪水里的鱼多，就这么一个下午，我们几个会弄到大大小小好几十尾鱼，有阳光鱼、黄骨鱼、粘石板、沙泥鳅等各种杂鱼。大家用狗尾巴草或是毛竹枝条将鱼串起来，一闪一闪的，收获真不少。有几个人参加就将鱼串成几串。抽签是最公平的分鱼方式，谁抽到最长的草茎做的签，就由他最先挑一串鱼，然后依了各自手上的签依次各挑一串鱼。夕阳从西边山峰的云层溜走时，黄牯牛的牛肚子也撑得鼓鼓胀胀的，我们一路哼着歌随了左扭右扭的牛屁股回了家。一回到家里，用猪油炸了那串鱼，放一把青辣椒、蒜、紫苏叶炒起来，那个香啊，简直可以穿透岁月，至今想起来，也忍不住直咽口水。

再大两岁，我已能独自根据泥鳅的洞眼捉泥鳅了。

我家屋后的第三口水田靠里边田埂的那边，即使是秋收后泥巴也是软软的，有时池塘还有手掌深的一层水，而那里面总藏有泥鳅。有泥鳅的地方就有洞眼，多大的泥鳅就有多大的洞眼。先将水田的一侧用手刨出一条泄水的小水槽，瞅着洞眼裸露出水面，再用右手的食指顺着洞眼往泥巴里慢慢探下去约三五寸必会触到泥鳅滑溜溜的身子，这时左手估摸着往食指处利索地插下去再双手齐发力捧起，一条懵懂懂的泥鳅必会连同泥巴现了形，这样盘挖一阵子，一般也能收获一盘香辣辣的下饭菜。

当然，捉鱼多了，也总会有漏网之鱼，不能全部将鱼捉到餐桌上，总会在心里留下遗憾。爷爷常说："十年不打网，鱼在河里长。"所以，过不了多久，那漏鱼的地方，必会再一次被我们扫荡。

这些记忆，都是我小时候的真实生活，现在回想起来，小时候的我简直就是个山猴子，捅马蜂、掏鸟窝、捉鱼、采野果等等真是无所不能。岁月是那故乡的河，现在河床虽然变化不大，但鱼已经极少，很多鱼已经绝了迹，翻开溪水里的石头，也极少会有鱼和螃蟹出现。

而远离故乡多年的我，为什么数学考试和捉鱼会一直缠绕在我的梦里，我想不只是家乡清水鱼的绝佳味道让我回味无穷，还有，当年那些不复存在的捉鱼场景，那澄澈、纯粹的快乐和面对数学考试时的不安，时不时刺激着我的神经，进而让我在无数的梦里快活地捉鱼，头痛着考试。

收高魂

接连几晚从梦中惊醒，父母犯嘀咕："玲玲是不是受了惊吓，丢了魂了？"

经不起母亲再三逼问，我只好一本正经地说："前天在石门坎放牛过河时，踩着一块石头滑倒了，当时吓了一跳。"

母亲一听大惊失色道："石门坎埋了好多豆嘴鬼（短命鬼），在那摔倒了不是好事，得赶紧收高魂！"

气氛沉重的下午，趁路上无人时，母亲独自提着捞鱼的竹篓，走到绊倒我的溪水里，利索的捞起三块小石子，一边捞一边念叨："玲子回来，玲子快回来……"母亲提着捞了石头的竹篓三步并作两步走向家，一路上神情严肃，不与任何人搭话，她怕惊跑刚捞起的魂。一进家门，母亲郑重其事地用双手捧起那几个石头，用干净的毛巾包好，然后小心翼翼地塞到我睡觉的枕头下，再三叮嘱家里人，三天之内，谁也不能去动那个枕头。

当天夜里，十一二点的样子，山村的夜已沉睡，四处漆黑一团。母亲让父亲搬了长长的木梯子，架在堂层门前的屋檐上。堂屋门，我睡的房门依次打开，母亲便爬上梯子最顶端，父亲则守在我的床边。

我听到母亲清了清喉咙问父亲：“你准备好了吗？”

父亲说：“准备好了！开始吧！”

母亲张开嗓子喊：“玲子，快回来！玲子回来了吗？”父亲连忙应声：“玲子回来了，玲子回来了！”

母亲又喊：“玲子，快回来，玲子回来了吗？”

父亲答：“玲子回来了，玲子回来了！”

经过反复三次这样的一喊一答，惊得家里的狗对着黑夜乱吠，母亲的声音也在深夜的山岭回荡，我在床上缩成一团，对黑夜的恐惧，还有平时奶奶说的那些神话故事的联想，妈呀，我的魂真捂不住了，连忙用被子蒙了整个头，大气不敢出，更不敢出半点声！

母亲收了梯子，关好门，倒水擦了几把脸，大功告成，高魂总算收完了。

可那报晓的公鸡，也许是受了狗的惊扰，偏偏这时候也“哦，哦哦……”地跟着凑热闹！“半夜公鸡叫，真有邪气，乌神野鬼！”父亲铁青着脸转身取下挂在木板墙上的八方火铳，麻利地装上打野猪的铁砂子，将窗子推开一条缝，架上火铳就对着黑夜“嘭嘭嘭”三火铳，硝烟味在房间弥漫，一切突然出奇的安静，鸡犬收声，魂归来！

宴　梁

那个滴着露水的早晨，我正在雷冲燕子岭村的玉米地里一边放牛，一边附身割猪草，从山脚下的田埂路上传来几个人的交谈声。我停下镰刀仔细一瞧，原来是庄门前大员伯伯带着他的两个儿子显怀、显光，还有李木匠以及院子里的另两个青壮年往冲里走来。

大员伯伯一行人走到对面山坡上，前后绕着几棵壮实的杉木树左右端详了一阵，最后停在了一棵树干笔挺但中间又长了一棵分枝的杉木树下。只见李木匠双手拍了拍树干，仰头望了望树尖，连声说："就是它了，不错，就是它！主干粗直，但又有分枝，而且到了秋天还树叶青绿，没有一片黄叶子，不错，真不错，这棵树是做梁木的料。"李木匠真是一锤定音，大员伯伯几个人听了也连连道好。原来，大员伯伯的大儿子显怀哥哥的新屋明天要上梁，他们是来请梁木的。看来，今天的运气真不错，来雷冲放牛真是来对了，我暗自笑了。

只见李木匠接过大员伯伯准备的牙盘、米酒、糖果、米花、香烛纸钱，依次摆在树底下一块平整的石头上，他口中一边朗声念着一些我听不懂的话语，一边将杯中的酒水绕着树周洒了一圈。原来，按着习俗，李木匠是在供土地爷爷呢。礼毕，李木匠带头用斧头劈去杉木树的一些小枝条，接着那几个壮实的青年齐动手舞动手上的斧头，只三下五除二就将那棵大杉木树砍倒、削去多余的树枝，最后他们只取了那棵主树干的中间段大约两丈多长，由李木匠和显怀哥哥两人用一块崭新的大红绸子布包好放在一旁，还有那棵分枝他们也取了中间一大段收拾放好。最后，他们几个人围着那棵泛着木屑香的新树蔸席地而坐，一边聊天一边吃着那些刚供过土地爷爷的糖果、花生、米花。大员伯伯抬头看到对面山坡的我，竟欣喜地连连招手："玲子，你在这放牛啊，今天运气好，过来一吃起吃点喜糖，快过来。""不了，我还要扯猪草呢，你们吃吧，谢谢了。"我拒绝了大员伯伯的邀请，一个妹子家家哪好意思加入他们的活动呢？"那好吧，呵呵，玲子是个能干妹子，等会来捡财喜啊！"大员伯伯乐呵呵地说。

不一会儿工夫，他们站起身，由显怀哥哥和显光哥哥一人扛一头将那裹了红绸子布的梁木抬着出了雷冲。见他们的身影渐渐消失在山路上，我一溜下了山，几步就到了他们刚砍过的树蔸旁，果然不出所料，一个大圆盘一样的红米花正稳稳地摆在刚砍过树的树蔸上，米花上面摆了一捧糖果、花生，还有一个用红纸裹好的利是！顺手剥了一颗花生丢进嘴里一咬，真香，真脆！今天运气真好，我竟然捡到财喜了！

我一路哼着歌，赶了牛，背了猪草篓，捧着那个米花赶紧回家向妈妈报喜。"嗯，明天是显怀的新屋上梁，明天是个好日子，我们大人都要去帮忙，做客，你们几个小孩子也早点起来，一起去捡上梁糍粑吧。”妈妈笑着叮嘱我。

第二天天一亮，我们几个小孩子一起床就麻利地跑到了庄门前。哇，真热闹，细海、妹子、显军、带姣、晚姣、纪良等十几个小伙伴也早已仰了头在显怀哥哥的新屋场等着了，大人们都在各忙其事，小孩子都在等新梁木架上房屋的那一刻。

吉时一到，上梁的师傅是建房的李木匠。只见他神情严肃地立在昨天请回的梁木前，手持斧头把宴梁的公鸡杀了，将鸡血滴在屋梁上，口中念念有词：“此鸡此鸡，此鸡不是非凡鸡。身穿五色紫毛衣，头顶红冠壮威仪。今日弟子借你血，红血宴梁大吉利。”

李木匠一念完宴词，就朗声一喝：“起梁!”梁木两头早候着的十几个青壮年闻声后就齐动手，将梁木两头用粗麻绳捆了：“一、二、三……一、二、三。”只嗖嗖几下，那梁木就已稳稳地端坐在了新屋的木架子上。梁木架好后，几个帮忙的师傅开始从屋梁上一边说着吉祥话一边往下扔糖果、糍粑、花生、米花等等，下面的老人、孩子、男的女的都乐呵呵的哄抢这从天而降的糖果，花生、糍粑，分享着主人建新屋的喜悦吉祥!

事情过去几十年，那宴梁的热闹场景至今仍记忆犹新，而烤糍粑的那个香啊，现在想起来，仍然让我口舌生津。

催　喜

我的家乡地处湘西南部一个汉苗杂处的偏僻小山村。

这里民风淳朴，遵从古礼，但也有一些独有的风俗习惯，比如说：催喜。

“姣大嫂，今天家里有什么好事啊？舍得绑一对鸡不放，中午有好菜吃了，哈哈。”

一家人正在饭桌上吃着早饭时，对门屋里的表爷爷已叼着那支不离身的旱烟枪踱步到了禾堂里。

“表叔叔，你们今天这么早就吃好饭啦？来坐坐喝杯茶吧。”母亲闻言马上放下手上的碗筷，顺手从碗柜里取了一个干净的饭碗，用小竹勺去茶罐里舀了一碗勾藤茶递给表爷爷。“是的，今天起得早，去雷冲看了看禾线，禾线都勾头蛮久了，就是阴山下还稍欠些太阳。不过，看这几天太阳旺旺的，应该过了中秋节就可以开桶打禾了。你家的禾也熟得差不多了吧，什么时候架势开桶啊？”表爷爷一手接过母亲双手递上的茶碗，一手将旱烟枪在脚边的石头上磕了磕烟灰。

“我家的禾也差不多了，我今天没空去看禾线，红红快落月了，我得先去催个喜，免得一开桶打禾，就没空去管她的事了。”母亲边扒着饭边接话。“是哦，红红算起日子是这段时间落月的，那你得赶紧去催喜，让红红生产顺利，到时候让你抱个大胖外孙。恭喜你啊，这么年轻就要做外婆了，真好，有福气!”“谢谢表叔叔，借你老贵言，希望红红到时候生产顺利，不管是男是女，只要宝宝健康就好。”“是的，有道理，有道理，现在不比以前了，男孩女孩都一样，不管是男是女，只要健康就好。”

吃罢早饭，母亲去谷仓里找了一个蛇皮袋，将昨晚关好的两只鸡装好，用麻绳扎紧袋口，又去灶火塘里取了一根烧到一半的干柴吹熄明火后，将那扎紧的蛇皮袋烫了几个洞眼，以供那对鸡呼吸。转身又回房取了昨天赶集称的两包红片糖放在她出门才用的棉布背包里，接着又从神龛上取了两串过年剩下的500响鞭炮装进布袋。一切准备妥当后，母亲穿上她最喜欢的那件蓝碎花的确良衬衣，对着穿衣镜左右端详了一下，又往脸上抹了一坨雪花膏：“玲子，今天放假，你跟我去你姐夫家玩一下吧。”“好的。”我大声地应着。

“姆妈，什么是催喜？催喜干吗要捉两只鸡呢，而且是一公一母?”我一路好奇地跟了母亲的屁股追问。“催喜就是相当于给你姐肚子里的宝宝报信：已经足月了，日子正好，小宝宝可以出娘胎了！送双鸡表示要好事成双，再说，现在也不知道你姐怀的是男是女，当然是要准备一公一母的对鸡了。”母亲一手拎着那蛇皮袋，一手挎着那布包精神抖擞地走在去姐姐家的山路上。

翻过从我家到盐井杨家寨的那座海拔上千米的高山后，一路都是下坡路，到姐夫家时，姐姐的婆婆已经在准备午饭了。姐夫姐姐闻声从屋里出来接了我们手上的东西。母亲伸手摸了摸姐姐圆溜溜的大肚子："阿雄，去点支香，把炮仗放了。""亲家母，你累倒了，快坐，快坐，歇下喝口茶。"姐姐的婆婆笑呵呵地端了一杯茶递给母亲，一边接过母亲递过去的那对鸡。

炮仗放了，双鸡关好。吃午饭时，姐姐的公公郑重其事的去神龛前燃了香烛烧了纸钱，供了祖先，将我们去催喜的喜事向先祖作了一番禀告，催喜这事算是大功告成，姐姐红润的脸上溢满即将做母亲的甜蜜，一家老小都在期盼新生命的到来。

午饭后，母亲的布袋里塞满了姐夫家给的糍粑，我们又沿原路返回村子。一路上知了闹，蚱蜢跳，我们小心避开长拢到路边的刺蓬喘着粗气往山顶爬。令人惊喜的是，下山时，眼尖的我发现在一个陡坡上，一蓬"八月炸"正驮在一株杂柴树上迎着山风晃悠呢。秋季，正是山上野果成熟的时候，真是踏破铁鞋无觅处，得来全不费功夫！我小心翼翼地走过去，踮起脚尖用力扯下那蓬果藤，一个个香喷喷的"八月炸"果实像那刚出浴的胖娃娃，正朝着我笑得合不拢嘴哩。

我们欣喜地抱了野果子一步一步滑下了山，回头远远望去，刚刚翻过的层层山岭已被夕阳晕染了一层神秘的金光，一帘如雪的瀑布正从高山绝涧间倾泻而下，与那密密麻麻长年深绿的楠竹、杉树林融为一幅重峦叠翠的天然水墨画，好勾魂。

报　喜

“哎哟，哎哟，妈妈娘哦，痛死我了，我不要生孩子，呜呜。”

早饭刚下肚，隔壁就传来张二嫂痛苦的哼哼声，十月怀胎，张二嫂肚子里的宝宝看来是要赶着出来吃月饼啊。张二嫂一叫嚷，可忙坏了张二哥。张二哥马上就要做爸爸了，这可是头胎，他盼这一天可盼得太久了。村里和他差不多的同龄人早抱上二胎了，而张二哥因结婚晚了两年，盼星星盼月亮的终于盼到崽落地的日子。

“哎哟，哎哟，妈妈娘哦，痛死我了，呜呜，呜，我不要生孩子……”张二哥一听老婆的呻吟就慌得手足无措，抱不得，扶不得，炭黑的脸急得通红。“兰芝芝，你莫喊喽，哪个女人生孩子不痛啊，你这样一直哭一直喊，喊得我一身都起疙瘩了，唉。”接生婆秀婆婆一边吩咐张二哥烧一锅热水，一边安抚着张二嫂。张二哥忐忑不安地转身去灶膛点火烧水去了。

“来，兰芝芝，咬下牙，憋口气，我喊到三，你就使把劲看看，这娃娃看来有点壮实。”六十多岁的接生婆按着她多年的接生经验指导张二嫂生孩子。“一、二、三！”秀婆婆话音刚落，张二嫂又哇哇哭开了，刚刚憋的一口气全消了。来回折腾了一阵子，张二嫂肚子的宝宝仍然没有要出来的意思。张二哥的水也烧好了，他用洗脚盆打了半盆热水端进房。

张二嫂一见到自家男人却又哼哼开了：“你这个剁脑壳死的，我痛死了，我不要生孩子。呜呜，妈妈娘哟，我受不了了。”张二哥赶紧上去搂了老婆的腰背，想要帮她减轻些痛苦：“兰芝芝，你莫哭，没办法啊，生孩子是不容易的，看你这样辛苦，我也心疼啊，你再坚持一下，把宝宝生下来就好了。”谁知，张二嫂一听反而喊得更揪心了：“我不活了，妈妈娘呃，我要痛死了。”听张二嫂哭闹不止，肚子里的孩子也没有要出来的意思，老接生婆显出几丝不耐烦来，他把张二哥叫到一边：“你家婆娘这样娇气，吃不得苦，一口一声地喊娘，让人揪心得很。要不，你赶紧捉只鸡提前去你岳母家报个喜，也许你岳母娘来了，兰芝芝心里会舒坦些，也说不定，你一报喜，宝宝就出来了。你去吧，家里有我和你几个婶娘帮忙看着，会没事的，你快去快回。”

张二哥听接生婆婆一说，觉得有些道理，就按乡里提鸡报喜的习俗（当婴儿呱呱坠地的时候，小孩的父亲会将事先备好的一只鸡、两斤酒、两斤肉、两斤糖等礼品，送到女方父母家去报喜。报喜时不是用口说，而是用带去的鸡来暗示，若是生了男孩，做女婿的则要精选一只公鸡，放在所拿的竹篮里，用漂亮的花枕织巾盖住，若是生了女孩，则要精选一只母鸡去报喜，如果生的是双胞胎，则要提上两只鸡去报喜。岳父母见了报喜鸡便会知道自己的女儿是生男还是生女，岳父岳母接过鸡后会说上诸如：“长命富贵”之类的对孩子的祝福语，女婿将鸡送给岳母后，当即回家，不作闲聊，一般情况下岳母也不会留客，她会去着手准备看月子的礼品。）准备去燕子岭的岳母家去报喜。可是，老婆肚子里的宝宝迟迟不肯出来，也弄不清是男还是女，该捉公鸡还是母鸡去呢？张二哥犯了难。

见张二哥为捉报喜鸡犯愁，快言快语的张三婶麻利地去鸡笼里捉了那只大红公鸡："快去，快去，还考虑那么多干吗呢？反正你们想要生儿子，就暂时捉只公鸡先去报个喜，把你岳母娘接来再说吧。"张二哥依计出了门，挎了装了公鸡的竹篮子直奔燕子岭岳母家而去，路过花园街上时，他顺便又去曾屠夫的肉摊上剁了两斤屁股肉，去百货店买了两斤红糖、两斤苞谷酒、一串500响的炮仗用网袋装好。

从家里到燕子岭村大约二十里左右的小路，张二哥比平时走得急，不到一小时已汗水淋淋地站在岳母家的禾堂里了。张二哥从裤袋里摸出火柴一划拉，鞭炮应声而响。兰芝芝妈妈闻声出来接过张二哥手上的竹篮子，迫不及待地掀开那块花枕巾仔细一瞧，惊喜不已："老头子，老头子，咱兰芝芝生儿子啦，你快来看看，是只公鸡，是只公鸡哦！"张二哥来不及开口，就被从灶屋里涌出来的大舅子夫妇没头没脸地抹了一脸锅底黑，张二哥心急火燎的又不好发脾气，因为他知道乡里的风俗：不管谁新做了父亲，乡邻都可以往他的脸上抹锅底灰，关系越好越抹得起劲，这叫抹喜。

等硝烟稍微散去，张二哥马上把正乐得合不拢嘴的岳母拉到一边，把老婆兰芝芝的生产情况与岳母娘叙说了一番。兰芝芝妈妈一听女儿的生产情况，脸色由晴转了阴："这死妹子，吃不得半点苦，她这样叫嚷，以后还不被别人当笑话说？好像只她生孩子似的。不过，难道是横胎？唉！”“我也不知道，不过前几天，接生婆婆还摸了肚子，说胎位是正的，生产没问题。”张二哥一边擦着脸上的锅底灰一边回话，谁知那锅底灰因揉捏了张二哥脸上的汗，贴得更紧，真是越抹越黑！

“顾不得那么多了，我们赶紧往回走吧，你出来这一阵子，也不知道兰芝芝如何了，不知道宝宝生下来没有，唉，真令人不省心啊。”兰芝芝妈妈疼女心切，回房换了件干净的蓝咔叽布上衣就与张二哥小跑着上了路。

张二嫂自张二哥出了门，反而安静了许多，只是实在忍不住时才哼哼几声，只是那肚子里的孩子性子憨得很，不管这些婆婆妈妈如何着急，他（她）在肚子里就是不出来。“按说，这羊水破了半天了，这孩子应该早出来了，怎么还没动静呢？这没有羊水滋润，生干的，这产妇是会很疼的。唉，做女人是不容易，一生孩子就是过鬼门关。”秀婆婆小心地嘀咕着。“谁说不是呢，崽奔生来，娘奔死，这老话是说得不错的！这张二出去快两个钟了，天也快黑了，怎么还不见他的影子呢？”张二婶搭着腔。

天快黑时，张二哥与兰芝芝妈妈终于进了屋，毕竟是母女连心，一见兰芝芝疲惫不堪脸色苍白地斜靠在床头，兰芝芝妈妈心疼不已，禁不住红了眼睛，她走上去握了兰芝芝的手，帮她把那杂乱的头发捋到耳朵后面别好，柔声安抚：“妹子不要怕，再坚持一下就好了，娘在这呢，会没事的。痛就咬我的手，不要哭，你这是嫁在院子中间，生孩子哭哭啼啼，以后会被邻居当笑话说的，知道吗？”“嗯，娘，我好痛啊，呜呜。”兰芝芝倚在母亲的怀里打着哭腔回话。

“张二啊，我和你岳母娘守在这。你赶紧去张罗秀婆婆和婶娘们吃晚饭吧，大家也辛苦一天了，还有，你先去煮几个荷包蛋给兰芝芝端来，挣扎一天，她也没力气了，得先让她吃两口东西下去才行。”张二听了三婶的吩咐后起身去厨房准备晚饭去了。“他三婶，我瞧兰芝芝这模样，是不是有点不太对？要不，你去请仙平老表过来帮忙问个卦，化碗仙水试试？听说他的仙水还是蛮灵的。”兰芝芝妈妈小声地和张三婶商量着。“好的，天黑了，估计他也收工回来了，我赶紧去请他，你等着啊。”

兰芝芝听了妈妈和婶娘的谈话后瞬间多了份急切的盼望，平时那个守着哨棚的仙平表叔一下子似乎高大起来。

“牙盘好了吗，香蜡纸火都有吗？”堂屋里传来仙平表叔公鸭嗓子的声音，他永远是那么不紧不慢。“有了，都准备好了！”这是张三爷火急火燎的声音：“麻烦老表敬神吧！”兰芝芝尖着耳朵听，却有那么几分钟的寂静，也许仙平表叔正在神龛前化仙水吧。

不一会，只见仙平叔一脚跨进了房，他只向房间里的人稍点了点头算是打过招呼。他径直走到窗子下的大红写字台前，放下盛满米的竹米筒子，燃香后，左手端了一个饭碗，口中念念有词，右手用指尖飞快地在碗里沾了一下，然后又迅速地弹向四周，三鞠躬后，他从口袋里掏出两块自制的竹根卦牌往脚下一丢。兰芝芝知道这是仙平叔在问卦哩，接连问了三次卦后，他倒出竹筒里掺了茶叶的米，沿着兰芝芝的房间角落抛撒了一遍，最后又朝兰芝芝的床顶、床脚都抛撒了一遍，这期间大家都出奇的安静。“好了，把这半碗水端给你家兰芝芝喝了吧，她会没事的！”仙平叔将桌上的碗递给了兰芝芝妈妈，他话音未落，人已出了房门。大家都知道，他这么急着走，是因为村里有个风俗，但凡谁家有产妇，坐月子那四十天，是忌外人的，据说产妇的阴气太重，谁去了，会影响运气，估计仙平叔也是这么想的。

“兰芝芝，赶紧把这碗水鼓起气一口喝下去，会生得快些的，”兰芝芝妈妈将碗端到了床前，一只胳膊伸手将兰芝芝扶了起来，顺手拿了个枕头塞在兰芝芝的身后，这样靠着，兰芝芝感觉舒服了一些，“赶紧喝吧。”接生婆秀婆婆也在旁边催促着。兰芝芝接过碗喝了一口，温温的，不甜不咸，没有任何的味道，这就是神仙水吗？它会有那么神奇吗？兰芝芝又咽下一口神仙水，突然脑海闪过仙平叔那被旱烟熏黄的手指头，兰芝芝猝不及防的反胃，再也不肯喝那剩下的神仙水。任秀婆婆和兰芝芝妈妈再三劝说，也无济于事，她们不明白平时温顺的兰芝芝为何一下子变得执拗起来，而且在这节骨眼上，哎，这妹子……

神仙水让兰芝芝平添了几份失望，痛有增无减，而那顽皮的小生命却耐心十足，迟迟不肯降生。

天完全黑了，居然停了电，堂妹英子和梅子找来了两盏煤油灯，灯光映着众人的影子在木板墙上晃动，兰芝芝努力睁着失神的眼睛，她狠咬着嘴唇，兰芝芝是个不愿意让人当成笑谈的人。挣扎的汗珠浸透了兰芝芝的头发、衣服，妈妈的手指也被兰芝芝几次发疯般的撕扯挣扎中咬破了皮，婶娘们走了又来，大家都替兰芝芝担着心。

接生婆也累了，守了一天还生不出来，以她几十年的接生经验，她显然也失了之前的淡定。

已是晚上九点，挣扎了近十二个小时的兰芝芝有些绝望，她想起了张三爷说的“女人生孩子得痛得像牛叫了才能生下来的”话。难道真的要这样才行吗？兰芝芝不信，那一瞬她咬破了嘴唇，拼尽全力，孩子终于呱呱落地，是个足足八斤的胖小子！兰芝芝妈妈代替了接生婆，她接过婶娘们递上的热水和毛巾，小心翼翼地为孩子清洗、包裹，大家都松了口气，开心地谈论着，抢着观看这个磨娘的慢性子娃娃。

青山不老，父爱永在

在闹市住久了，隔段时间就想回湘西乡下的木房子住住。尤其是最近这几年，自从父亲走后，这种念头愈发强烈了。每次回湖南，不管母亲在不在村里住，也不管有事还是没事，我都必定要回村里走走。

为此，家里人有时很不理解："妈妈又不在村里住，回村里又没什么重要的事，你一个人回村里干吗呢？"我要怎样和亲人解释自己执意要回村子的理由呢：即使乡下的房子里目前没有住着我的亲人，但那也是我永远的家呀！那里有我成长的记忆，有我回味无穷的童年，有孕育我成长的爱，最重要的是还有我那长眠在青山绿水间的父亲，而乡土乡音也是我不得不回的理由。千里奔波回了湖南，却没去那个魂萦梦绕的山村走走看看，我怎能算是回了家？

每次回村里，我都会第一时间去父亲的坟头看看。扯去坟前的杂草后，再从随身的包里掏出几个糖果、一瓶牛奶摆在父亲的墓碑前，默默地陪他说会话，告诉父亲，我回来了。这些糖果、牛奶都是我特意从深圳带回来给他的，这些也都是他生前最喜欢的味道；告诉父亲，离开的日子我一直很想他，而我在外过的也还好，子女都很乖，不让我操心……

离开父亲墓地，我喜欢漫无目的地随意游走。一块熟悉的菜地，一丘稻田，一头悠闲的黄牛，一蓬盛开的野花，一溪清水，一树迎风而立的野果，于我，都是曼妙无比的风景。而那夹杂了青草味的山风让我的呼吸更是贪婪舒畅。因了天气的不同，有时是淡淡的阳光，有时是清凉的雨丝洒在我的脸上、心上。我都仰脸摊掌相迎，温软柔润的感觉犹如是亲人的手，也好像是爱人的胸，我尽可放心倚靠，闭眼享受那份安心的呵护。

去年七月，是母亲七十岁生日，按着母亲的心愿，我们这些散落在各处的晚辈全部回村子陪她过生日。那几天，老家的木房子一下子又变得热闹红火起来：大家收拾屋子，写对联，燃鞭炮，杀猪宰羊，亲友乡邻也都上门来给母亲贺寿，大家都特别珍惜那相聚的时光。

我趁了个空隙，提脚进了父亲的房，人去房空。曾经洁净的书桌不再光亮，那张睡了多年的床也只剩一个空木架子，找不到一根亲切的稻草。拉开书柜，也是空的。我感受不到父亲的气息了，心一点点下沉。

幸好，在我拉开那个父亲专用的三门衣柜时，父亲生前穿过的棉衣，毛线衣都还在，它们都干净整齐地叠放在衣柜里。我反复抚摸那件父亲常穿的毛线衣，上面依稀还有父亲的气息。嗅着那熟悉的气息，一些记忆瞬间被打开。在父亲六十岁生日的那个冬天，我带了两个孩子回去给父亲祝寿。下车时已近黄昏，父亲在长途大巴车站看到我们的那一瞬间，他竟然欣喜得像个孩子，眼眶都红了，他抱过我儿子连声说：“两个宝宝又长高了，回来就好，平安回来就好。家里不如深圳暖和，看你们都穿少了。正好，去年我加了工资，当时说好要为你和你姐，你嫂子各买一件衣服的。你嫂子已经买好了，你姐也买了，只有你没有买，今天一定要带你去挑两件衣服，我也好久没给你买过衣服了。”想着父亲那微薄的工资和日渐衰老的身体，我哪能再让父亲为我买衣服呢：“爸爸，我在深圳买有好多衣服，不要你买衣服送给我，你留着钱自己买点想要的东西吧。”我婉言拒绝父亲的提议。没想到我的拒绝竟让一向和顺的父亲动了火，他哽了嗓子说：“你的衣服，是你自己辛苦赚钱买的。而你在外面打工，我却一点也关心不上。我留钱做什么，送你一件衣服也是我的一片心意，你不要，我哪会安心？”

执拗不过父亲，我们只好去附近的商场按父亲的心愿各挑了一套衣服，而平时节俭的父亲在那个傍晚显得豪气十足，恨不得要将那满满的一腔父爱一下子都裹在我和我的孩子身上，为我们遮风避寒。

关好三门柜后，我掀开母亲以前常放衣物的四方木柜子，里面一件衣服也没有了。取而代之的是父亲生前的几个工作证、教师资格证、各种职称证、工资本、获奖证书……从青年到中年，再到老年的父亲。时至今日，只有这些证书还记录着父亲的一生，它们渗透了父亲的体温、汗水，也凝聚了父亲一辈子的心血，耗尽了父亲最好的生命年华。

那些证书告诉我，父亲来过，父亲爱过，父亲活过！我小心地抚摸翻看那些证书，居然在柜子的最底层，找到一本用塑料袋包了好几层的笔记本，虽然纸张泛黄但却相当完整，没有破损。翻开本子一看，上面是父亲一行行工整的钢笔字笔迹。由上面那些熟悉的名字推算，这是一本20世纪70年代中期的学生成绩册。它记录了那些学生当年的各科成绩。

时间过去将近半个世纪，父亲也已经走了八年，而这本子里的学生，很多人已经做了爷爷奶奶，有些已成名成家，也有一些人也已离开了这人间……这是怎样的一个笔记本，会有几人知道它的存在？又有谁能了解领悟父亲的这份视学生如子女的情怀？我无语凝咽。对学生一生慈爱有加的父亲，小心翼翼收藏的何止是一个成绩册？那是他珍藏一生的记忆，余温尚在，青山不老，爱永在！

捧着那个成绩册久久伫立，我的心情难以平静。一个人的一生要经历多少风雨波折，岁月沧桑？而那些藏在在心底的故事，那些飘逝在岁月深处的音容笑貌，除了爱他的人，有谁还记得他的存在？一个人的记忆会随着年龄的增长慢慢衰退，而谁的人生不值得记录？做了一辈子老师的父亲走了，除了留下这本默默陪伴他大半辈子的成绩册，他没有记录自己一生经历的丁点故事。

回深圳后，我捧起书本，比以前更加勤奋读书。打开电脑，开始动手写文字——那些远去了的人和事，那些记忆中的温情和暖意。我的写作，得到朋友们的肯定和鼓励，也有朋友跟我探讨写作的话题。我相信，任何一种形式的关注都是对我的鼓励和鞭策，我心怀感激。只要坚持，我相信自己会越来越好，我会坚持用个性化的文字储存这尘世的爱。

打糍粑

“二十七，杀年鸡，二十八，打糍粑，二十九，烤年酒……”

哼着歌谣，转眼就到了年关。

大年二十八这天一大早，父亲就将前几天泡洗干净的木甑端上大灶锅摆放稳当。母亲将一块白纱布垫在木甑内的竹篾板格子上，取来簸箕将昨晚浸泡淘洗晾干的糯米从大木盆里装来倒进木甑内，用手掌抹平糯米，再用一双特制的加长加粗的大筷子将糯米插几个“气眼”，盖好盖子，往灶锅里加上水，就开始烧火蒸糯米饭。

柴是父亲早就用斧头劈开斩好的干木头或是干楠竹，这样的柴最好点烧火，不仅火旺，还不会有什么烟雾薰眼睛。等木甑里的糯米散发出阵阵清香时，先前约好来帮忙打糍粑的几个邻居也相继到了我们家。

“姣大嫂，糯米饭蒸好没？”这是通炳叔的声音，他个子高大粗壮，勤劳憨厚，浑身都是劲，干农活、打糍粑都是把好手。

“嗯，差不多了。娟，你往灶膛里添几块干竹，把火再烧旺一些。老炳你先去灶屋里坐一下吧，烤把火。这大冷天的，山上都结了冰，楠竹都被压弯腰了，冻手冻脚让人怪不自在的。”母亲一边招呼通炳叔烤火，一边催嫂子把大灶锅的火烧得更旺些。

“汽上来了！”母亲惊喜的跨上灶台，揭开盖子，伸手从热气萦绕的木甑子里撮了几粒糯米饭放进口里嚼了嚼：“不错，饭蒸熟透了，还是自己种的糯米好，又软又糯，还特别香甜。”通炳叔起身将木甑端到了禾堂里，将蒸好的糯米饭倒入石臼。传建叔、通炳叔加上哥哥三个人围着石臼站好，一人抡起一根丁字形的木棒槌，轮流朝着石臼里的糯米饭有节奏的捶打。

打糍粑是很消耗力气的体力活。不一会，他们已开始喘着粗气，浑身冒汗了，干脆脱去棉衣甩开膀子干。而那团棉软软的糯米饭也经不住几个壮汉的再三鼓捣，半个多钟，石臼里的饭粒更没了形，全揉成了一团泥，有时粘在棒槌上，有时又粘在石臼边折腾人。趁几个汉子鼓捣那团糯米饭的工夫，边上的几个女人早将摆放、挤压糍粑的门板、杂木八仙桌擦洗抹干净，润手的香油倒好。

“一、二、三，起！”随着三个汉子的一声吆喝，那一大团粘在棒槌上的糍粑已一屁股跌坐在堂屋的门板上。打糍粑快不起来，但揪糍粑一定得趁热，得快！母亲、嫂子、加上来帮忙的苏燕婶娘、娣大婶真是三个女人一台戏，外加一个助阵的！“苏燕你和我负责揪糍粑，娟和娣负责揉糍粑，大家利索些，不能让糍粑凉了，凉了就揉不开了。通炳你们几个也赶紧把衣服穿上，去灶屋里烤把火。别看现在流着汗，这冰冻天很容易受寒。”

母亲一边从滚烫的糍粑团上揪下一坨坨鹅蛋大的糍粑团摆在门板上，一边揉搓着双手呵着气。苏燕婶娘也一边揪下糍粑团，又不时从香油碗里沾一点香油润润手，香油一沾手，那粘人的糍粑团就乖巧多了，不再那么粘手。而负责揉糍粑的嫂子和娣大婶也麻利地将刚揪下的糍粑泥团飞快地在掌心里揉一揉，捏一捏，压成扁扁的圆形后，再整齐地将它们摆在垫了一层塑料布的八仙桌上，一个个浑圆光滑的糍粑甚是可爱，犹如刚出浴的婴儿，让我和弟弟有恨不得咬上一口的冲动。

等糍粑全部揪好、揉捏摆放满一桌后，母亲往上面盖上一层塑料布，再让哥哥他们抬了另一张八仙桌四脚朝天地倒扣过来，让两张桌子的桌面对整齐后，就招呼开了："你们几个小的赶紧上去踩糍粑吧。"踩糍粑，这可是小孩子们很乐意的事：那倒扣的八仙桌与摆了糍粑的八仙桌桌面相对，犹如搭了个戏台子，旁边还有大人将桌脚扶得稳稳的，这美差从哪去找哦！我和弟弟先后爬上了八仙桌，尽情地在上面来来回回蹦呀、跳呀、踩呀，可兴奋了。最后，母亲嫌我们力气不够大，又让哥哥也跳上来踩糍粑！

掀开压着的八仙桌，糍粑经过桌子和我们体重的挤压，基本上已凉了也成了型，大家再一齐动手将这些糍粑五个一团的叠好。这些糍粑再放置通风干燥处阴几天，阴干后可浸泡在水中，能长时间保存。别小看这小小的糍粑，光它的吃法就有好几种呢：煎、煮、烤、蒸、炸都可以，口味都将是不一样的香甜软糯、香脆。而我和弟弟最喜欢用炭火铁钳烘烤着吃。印象最深的吃糍粑方式，是小时候妈妈给了我和弟弟一人一个糍粑。我和弟弟就在灶房里用烧火的铁钳子架在炭火上烤糍粑，一面烤黄了又翻一面烤，当糍粑两面焦黄，滋滋地往外冒着香气，那诱人的香早馋得我们直咽口水了。迫不及待地从铁钳上取过滚烫的糍粑，也顾不上烫不烫嘴，张口就咬上一大口，那股热腾腾、香脆脆的味道至今仍记忆犹新！糍粑吃到一半，我和弟弟都舍不得一次吃完，总会留下一半歇一会再烤。等这半个糍粑再次烤软，我们就将它放在手掌里反复拍打，重新将它拍成圆形。这样一来，我们感觉手上似乎又多了一个新糍粑，心里美滋滋的。

自己家的糍粑打好后，母亲留帮忙的邻居吃了早饭，走时，也不忘给邻居一人送上一叠糍粑。娣大婶乐呵呵地接过糍粑："姣大嫂今年的糍粑打得不错，糯米好，韧性足，又白又大个。嘿嘿，明天我们家也要打大糍粑过年，你们大家早点来帮忙哦！"

"好嘞，明天我们都去娣大婶家打大糍粑，吃大糍粑过大年！"

相　亲

俗话说：男大当婚，女大当嫁。

在五六十年代的湘西地区，如果谁家里几个孩子的年龄相差不远，都到了谈婚论嫁的年龄，婚事就得按长幼有序来进行。而相亲成了必不可少的一道程序。

邻居张婶的大儿子铁头为人老实憨厚，十几岁时就跟着邻县一瓦匠师傅学得一门好手艺。凡是经过他的手盖好的瓦房，三五年都不漏雨。因此，他凭着这门手艺，常年提着一把锃亮的瓦刀，在乡下走东家串西家讨生活。村子里家家户户都是瓦房，瓦匠在当时还蛮吃香，张婶家的日子也过得还算滋润。

转眼，铁头已满了二十七周岁，早到了成家的年龄，而他的同龄人好多已经抱上了二胎。铁头的婚事，张婶着急，铁头也急。

“铁头，赶紧洗把脸，仙姑说她家来了个远房侄女，说是要来我们村子里相亲找对象呢！仙姑说让你先去看看，看能不能成。”张婶一边接过刚收工回家铁头手里的瓦刀，一边心急火燎地催促儿子。

铁头闻言抖了抖衣服上残留的瓦灰，顺手捞起汗巾布去溪边搓了把脸，抬腿就往山脚下的仙姑家走。从铁头家到对门山脚下的仙姑家要经过七八块水田，铁头相亲心切，他顾不上看四月间田里绿油油的禾苗，只是电线杆上欢快轻盈的几对飞燕倒是令人心生喜悦。

离仙姑家只隔一块田时，想着那马上要见面的姑娘，铁头不由加快了脚步，心头的期待油然而生。

“铁头，铁头你来了啊，停下，先停下。”就在铁头快要迈进仙姑家的禾堂时，仙姑急急地从屋里迎了出来。铁头住了脚：“姑，什么事呢？瞧你急的。”“哦，嗯……我那个表妹刚刚已经走了，要不，你先回去吧，先回去等我的信。”平时说话口吐莲花的仙姑竟吞吞吐吐地往外推铁头。铁头瞬间有些糊涂：“妹子走了？你刚才不是托信让我来相亲的吗？”“这一下子说不清，你先回家，我晚上再去你家回个信。”

天黑时，张婶刚端着桐油灯关上鸡笼门，仙姑就进了屋：“张大嫂吃晚饭没？你还喂了不少鸡啊。”“是呢，还养了二三十只鸡，想着铁头的亲事要是对上了，办喜事用。铁头他姑，下午是怎么回事呢？那妹子为何突然就走了呢？”说话间，张婶将仙姑迎进了厨房。

“嫂子，没办法，我也是一片好心，想要帮铁头早点找个对象成个家。唉，可能是缘分没到吧。今天的那个妹子名堂多得很。下午，她在我家的房间里，隔着窗户一直在看从田塍上走拢来的铁头。等铁头走近，她突然说不见面了。我们后来问她原因，她说铁头太不讲究了，两只裤脚一只高一只低不打紧，凉鞋上还有好多泥巴。而且这么暖和的天气，一个青年人居然还戴着个帽子！”

张婶一听沉了脸，知道这回相亲肯定又泡了汤。而铁头在隔壁的房间也将她们的对话听得一清二楚。铁头沮丧极了：下午太心急，忘了将裤脚理顺些，也忘了将脚上的泥巴洗干净，只是这帽子，唉，都怪堂屋里那该死的燕子。想到这，铁头起身去找了根晾衣服的长竹竿，狠狠地将堂屋里的两个燕子窝捅了，可怜那两对春燕不知自己哪里招惹了这主人，只好唧啾几声斜入了夜幕里。

铁头的亲事成了张婶的一块心病：眼看着铁头的两个妹妹小兰、小菊也都二十三、二十一了。铁头没成家，按风俗，两个妹子是不能越过哥哥先找对象的。唉，还是那早死的张叔省心，躺在地下独自过安静的日子去了。

春播秋收，转眼田里的禾苗已开始抽穗。张婶白天忙完田里忙地里，可一到了晚上，想起三个孩子的婚事，尤其是越来越沉默的铁头，张婶就睡不踏实。不行，好不容易将三个孩子拉扯大，这婚事不能再耽搁了！

在吃了张婶炖的第三只母鸡后，媒婆仙姑终于又在邻县武冈帮铁头瞄了一个姑娘。姑娘家带了口信，让仙姑挑个日子带铁头去武冈相亲。有了前几次的经验，张婶不敢再马虎。一大早又杀了一只鸡，请了铁头的大伯、仙姑吃早饭。这次相亲由家里的长辈作陪，帮忙出出主意，把把关，成功的把握应该会大些。

仙姑、铁头的大伯等铁头穿戴整齐，一行三人翻过那座海拔上千米的火庵岭，来到了相亲的姑娘家。姑娘家倒是蛮热情，已在杀鸡剁肉张罗午饭了。看得出来姑娘的父母对铁头倒是蛮满意的。可铁头左盼右盼，那相亲的姑娘直到吃饭才从房间里出来。一见那姑娘，铁头及铁头大伯从头凉到了脚板心：难怪这姑娘迟迟不露脸，她父母又这么热情。原来这姑娘不仅瘸了一条腿，一只眼睛还是“萝卜菜花”①，皮肤倒是像水蜜桃似的水嫩。

怎么办呢？饭菜已端上桌了，这时候拍屁股走人是说不过去。可也不能娶个瞎子媳妇啊！铁头和大伯心里嘀咕开了。大伯朝仙姑投去询问的目光，仙姑此刻居然装作没看到。吃饭时，大伯朝铁头递了个眼色，铁头会意。酒香菜美，铁头毫不客气地埋头吃了三大碗米饭，摆在面前菜碗里的鸡肉也被他狼吞虎咽地吃个精光。最后，在众目睽睽下，铁头竟然顺手端起那个菜碗舔了起来，一边舔还一边吧唧嘴巴！姑娘一家看傻了眼，姑娘的父亲忍不住说：“还有蛮多饭的，年轻人再去添碗饭吧，不要饿肚子！”“你老莫管他，他是这个习惯，餐餐吃完饭都要舔菜碗。这习惯也可能是从小受他妈影响，他妈妈也是一吃完饭就要咬咬饭勺才肯放手的。”铁头大伯接了话。

“啊？哦，那你们慢慢吃，吃饱了还要翻山回去，天色不早了。”姑娘的妈妈热情不再，心里嘀咕开了：“哼，我女儿即使瘸了条腿，也不能嫁个怂包吧，餐餐吃饭舔菜碗，也太丢人了！何况那鬼地方听说还是个鸟不拉屎的山冲冲，这亲事不能成！”

铁头回家将相亲的情况向母亲做了详细汇报，张婶气得直怨媒婆仙姑：“这个剁脑壳的仙姑，吃了我的母鸡汤也不管点用，

---

① 萝卜菜花：湘西土话，意思是瞎子。

居然介绍个瘸子给我做儿媳妇！唉，真是可惜了我的那些鸡，平时，我自己都不舍得杀一只吃。”可是生气归生气，三个儿女的亲事还是得指望着那个吃操心饭的媒婆仙姑。

也许是心里有愧，接近中秋节时，仙姑竟主动给铁头物色了一个姑娘。这次相亲定在了仙姑家，饭菜也由仙姑准备。当然，相亲当天一大早，张婶还是抱了一只大母鸡送去了仙姑家的。吃母鸡是小，儿子的亲事是大。虽然平时节俭成了习惯，但这个道理张婶还是明白的。

这一回相亲，由于仙姑事先将铁头头上长了癞子的事和对方说明白了，见面时，女方对铁头头上的帽子也没什么特别的好奇，再加上得知铁头有门好手艺，姑娘基本上是同意了这门亲事。而铁头见那姑娘虽说不上有多好看，但瞧着那对黑溜溜的大眼睛还是蛮顺眼的。吃饭时，铁头笨拙地往女孩的饭碗里夹了两回鸡肉，姑娘满脸泛红，而铁头内心也如鹿撞，又如雨燕在晨曦中围绕电线杆穿梭往回。

亲相成了。第二天一早，张婶让铁头去接姑娘和仙姑来家里吃了早饭。按着村子里的相亲习俗，只要相亲成功了的，必须要给女方见面礼。临走时，张婶翻出家里压箱底的两块银子布料外加两包红糖，两瓶酒，两块四斤重的猪肉，两条烟，还有一个包了八百八十八元的大红包，一起放在一个四脚形的提篮里让姑娘带回了家。自此，血气方刚的铁头干活更多了把劲：通过媒婆仙姑的来回周旋，男女双方的庚帖已交换好，两个人的八字也请算命的李瞎子算过，八字也合上了，定亲聘礼也下好，现在就等成亲的日子。

俗话说，人逢喜事精神爽。元旦节这天，铁头终于盼来洞房花烛夜这朝思暮想的大喜日子！张婶娶媳妇的彩礼去得不比别人少，而女方家的嫁妆也是很热闹。大到衣柜、书桌、五屉柜、澡盆、缝纫机……小到床上的枕巾、开水瓶、茶杯，还有姑娘亲手做的十几双厚薄不一的布鞋、绣花鞋垫等生活用品都是应有尽有。亲家是个好亲家，媳妇是个巧媳妇，张婶忙得团团转，铁头更是乐得合不拢嘴。

入夜，等宾客散去，铁头用一坨新香皂将那恶心的癞子头①反复洗了十来遍，才入新房关了门熄了灯。而张婶在安排好新媳妇娘家的送亲客人都洗漱入睡后，独自又去铁头紧闭的房门口稍站了一会，伸手摸了摸贴在门上的大红喜字，不由长长舒了口气，儿媳妇终于进了门，压在心头的一块石头总算落了地，往后的日子又有了盼头……

① 癞子头：当时湘西乡下有个说法，谁要是不小心让燕子窝掉在了头上，这个人头上就会长一种疮，不痛不痒的，但常年治不好，很影响形象。另外，有一首流传至今的民谣：燕子崽，来屋里。不吃你的谷，不吃你的米，借你的堂屋生贵子，哪个碰我生癞子。

姐　姐

常言说：长兄如父，长姐如母。作为长兄长姐，如能做到如父如母一般，其间的付出与隐忍是一般人体会不到的。

我很幸运，也很幸福，我就有一位如母亲一样的姐姐。

姐姐比我大六岁，从小乖巧勤劳，不像我和哥哥、弟弟那么调皮。关于童年的记忆中，与姐姐一起玩耍打闹的记忆并不多，倒是在上中学及各自成家后，处处受到姐姐的关爱和照顾，记忆就比较深刻。

姐姐勤劳贤惠，在娘家是好女儿，在婆家是好媳妇。记得上中学那几年，姐姐刚成家。因学校离姐姐家近，我就住在姐姐家。那时，姐姐正怀着孩子，不仅要操持家务，还要供姐夫去医校进修。日子比较艰难，经济更是捉襟见肘。

记得有一次，姐姐请人卖了家里喂了近一年的一头猪。第二天就炒了一瓶菜挺着大肚子送去给在隆回卫校上学的姐夫。天亮出门，回到家时已近天黑。满脸疲惫的姐姐一进门，顾不上歇口气，就从随身的背包里掏出五个金黄的橘子放在桌子上："妹妹，赶紧尝尝这橘子，应该好甜的。""应该好甜？姐姐，你还没有吃过吗？”我有些好奇。“是的，今天去帮你姐夫交了生活费后，就只剩下一点点钱，我留了买车票的钱，其余的就只够买这几个橘子了。我舍不得吃，家里还有这么多人呢。”那几个橘了很甜，可我当时的眼睛很酸。姐姐挺着大肚子来回几十公里去给姐夫送生活费，心里还记挂着我这个馋嘴的妹妹，自己却舍不得吃一个。

姐姐不仅勤劳能干，能够吃苦，而且头脑聪明。在姐夫卫校毕业后，姐姐先后卖过水果、摆摊做卤菜卖、做裁缝……直到今天开起了自己的诊所、超市。如今，旁人一般只看到姐姐家今天的幸福，又有几人能够体会得到姐姐辛勤打拼的艰辛？

姐姐的日子好过后，总是尽量帮助一些经济条件困难的人。尤其是那些留守的老人，习惯了没事就往我姐姐家串串门，聊聊天闲坐一会。有时生病了，也会第一时间和我姐姐说哪又不舒服了，而我姐夫顺便会给老人开一些药，或是打针治疗。虽然有时也记着账，但我姐说那是记给老人看的，好让老人治病安心些，这些药费基本上是收不回来的，也没打算收。

姐姐不仅对外面的老人慈善，对家中父母长辈更是孝顺。我们各自成家后，我和哥哥来了深圳打工，弟弟也考去离家较远的县城上班。照顾父母的事就全由姐姐一人承担。小到日常起居，大到看病治疗，二十几年来，姐姐都任劳任怨，一人全部承担。尤其是我父亲去世前的那三年，中风后的父亲生活不能自理，姐姐一边要照顾自己家里面的生意，料理老老小小的生活。一边又要三天两头跑回娘家，忙着给父亲送药、测血压、换洗衣服、被子，剪指甲、剃头发、擦身子……四姊妹的责任，姐姐义无反顾地一人挑了起来。父母在，不远游！但是，为了生活，我们远离了父母和故土。幸好，我们有一位这样包容我们的姐姐，才能让我们在外面的打工生活多了许多安心。

虽说来深圳已经二十来年，可我一到冬天，就相当馋家里的腊肉、猪血丸子……母亲健旺的时候，年年冬天都会想着法子做好几十斤各种腊味给我和哥哥寄过来解馋。父亲生病后，母亲忙于照顾父亲，再加上她身体也大不如之前。姐姐自然又接过了年年为我们做腊味的活。那时候寄快递还没有这么便捷，从老家寄东西都是去邮局寄，而我也是去深南路上的邮局取。

印象最深的一次收包裹，也是在冬天腊八节前后。那次的包裹特别沉，领回包裹回家。打开一看，除了一大堆泛着油光喷着香的腊肉、腊鱼、腊豆腐、猪血丸子，还有一小坛霉豆腐、三瓶象白猪油的蜂蜜。

收到东西后，我打电话问姐姐，怎么寄那么多的东西。姐姐在电话里交代："腊肉、腊鱼、腊豆腐、猪血丸子你和你哥哥一人一半，霉豆腐让你哥哥自己用瓶子夹些去吃。那几瓶蜂蜜是最正宗的野蜂蜜，你要好好用温水冲着吃完，你身体一直不好，听说吃了这种蜂蜜对身体很好的。"

"正宗的野蜂蜜？姐，你从哪弄来的？""说来也凑巧，前天赶集还没完全散场，我们院子里有个七十来岁的老人，居然用蛇皮口袋连着蜂窝背到了我的店里。他说下午去山上放牛，在一个大树洞发现了一巢大蜜蜂，他就用稻草烧火将蜜蜂熏跑后，连蜂窝割下来一起背了回来。"

"姐姐，那么好的蜂蜜，应该很贵吧，多少钱买的？"我进一步问道。“不要钱的，那个老人家，平时生个病感冒什么的，都是来我这里吃药，我不收他的药钱。而这次的蜂蜜我要将钱给他，他无论如何也不肯要，说我比他的女儿对他还要好些，这巢蜂蜜是他特意送来感谢我的。你放心吃吧，我们四姊妹，就你的体质最差。吃了这蜂蜜，应该对身体蛮好的。”

也许是野蜂蜜的营养滋养了我，也许是姐姐的疼爱护佑了我，自从吃了那几瓶蜂蜜后，我的身体状况确实改善不少，不仅胃口好了，头晕的现象也逐渐没了，体重也慢慢增加了一些。

前几天，我又毫不意外地收到了姐姐寄来的包裹。我既开心又感动，心里有说不出的温暖和幸福。感恩命运，感恩父母让我有幸拥有一位这么好的姐姐！父母在的时候，我们便回父母的家，父母不在的时候，我们就回姐姐的家，姐姐也是引领我们回家的路！

长姐如母。感恩，感激，感谢你——我的如母亲般的姐姐！

暖

接连冷了几天，加上昨晚又下了一夜的雨，感觉更冷了。早上醒来很久，人窝在床上就是不想起来。

窗外的雨没有要停的意思，风也跟着起哄。凌厉的风声将我生命里经历的一场与风雪有关的往事吹了出来。

那年冬天，我带女儿坐了那种双层硬座大巴回湖南老家。从深圳一路往北走，气温逐渐下降。因事先低估了湖南冬天的冷，我和女儿都只穿了自以为够厚实的毛线衣，外加一件罩衣。在刺骨的冷里，我们缩成一团。尽管我抱紧了女儿，但有限的体温也无法与逼人的寒气相抗衡。

到了半夜，眼看着同车的人都已裹紧衣物悄然睡去，而我和女儿却始终无法让自己安然睡着。我搂紧了女儿，将目光投向窗外掠过的魍魉山影，它们都似披了若有若无的白头纱巾。我内心涌起阵阵寒意和悔意："竟然没有考虑到家乡的冷，多穿些衣服，这样冷下去，非感冒不可，唉！"那一刻，心底对暖的渴望不亚于在沙漠里渴望一泉清水。

也许是我不由自主的叹息惊到了睡在我对面座位上的人，或许他根本也没有睡。他睁开眼睛望了我们母女几眼，竟然起身将裹在自己身上的那床看不清颜色的毯子掀下来，一言不发地将它盖在我和女儿身上！我刚想说谢谢，他已转身坐到了离我更远的一个空位上，往椅背上挪了挪屁股，闭上眼继续“睡”！这是一个年约四十左右的农民工，他一路上几乎不说话。上车时，他只挎了一个看不清纹路的帆布包安静地坐在我对面的位子上，而那床破旧的毯子正是从那个帆布包里掏出来的。

因有了那床毯子的遮挡，怀里的女儿很快就进入了梦乡，而我也舒服多了。接下来的下半截路，我的睡意全无，盖在身上的这床毯子让我说不出的感激和感动。透过幽暗的灯光，我几次看到那个送我们毯子的大哥在挪动自己的身子。天气实在是太冷了，没有了这床毯子的遮挡，他承受了本属于我和女儿的寒冷煎熬！

事隔多年，我已忘记了雪中送毯子人的脸，也没有记住他的声音，更没有留下他的任何联系方式。因为那时候还没有手机，而他从头至尾也没有与我说过一句话。如今，我只记得曾有过那么一个人，在最寒冷的旅途帮助了我，温暖了我，而我也经常将这段经历讲给孩子们听。

起床后，我上楼去查看我种的花花草草，看看天冷之下它们的模样，会有什么变化。还好，它们都还是原来的样子，还是那样美着、翠着。

“你那里下雪了吗？面对寒冷你怕不怕？可有炉火温暖你的手？可有微笑填满你的家？你那里下雪了吗？面对孤独你怕不怕？想不想听我说句贴心话？要不要我为你留下一片雪花？踏雪

寻梅已成我梦中的童话，花瓣纷飞飘洒着我的长发，摘一朵留下我永远的牵挂。最寒冷的日子里伴我走天涯，最寒冷的日子里伴我走天涯……”

尝　新

季节进入农历六月，四周的青山早已是密树浓荫接青叠翠，田里的稻谷已经开始灌浆成熟。每当这时候，家里的大人们就开始谈论“尝新”这个话题。

六月，不仅田里的稻谷开始成熟，菜地里也结满了沉甸甸的瓜果蔬菜：泛着紫光的茄子、绿油油的辣椒、纤纤长长的豆角、清脆鲜嫩的黄瓜、迎风摇曳的苋菜……六月，开春时赶集买的那群小鸭子也都已长齐沾水不湿的羽毛，而头年冬天孵化的那窝矮脚麻鸡也都已长到两三斤。稻谷成熟，蔬果满园，鸡鸭满笼，忙碌了半年的乡下人是该找个日子好好庆祝一下这好年景了，被挑上的这个日子就是“尝新”。

“老细，玲子，你们这两天放牛，去田埂边随手摘一把稻穗回来。老大明天去武冈接外婆，老二去把你们的姑妈也接回来，我们家过两天就尝新!”“尝新”的日子挑好后，母亲就开始给我们四姊妹分工。“尝新”对我们家来说，不亚于过年。它不仅有丰盛馋人的饭菜，而且外婆和姑妈也会来，这真是蛮令人期待的。

那天下午，我们将摘回来的一把稻穗交给母亲放好。天一黑，等鸡鸭都进了笼，爸妈就提了家里的那杆长秤去鸡鸭笼边挑鸡鸭过秤，为明天的“尝新”做准备。“先把那只绿脖子鸭公捉来过下秤，看它每次最会抢食，个子也长得最大，称一称，看它到底有几斤重了。”爸爸一边吩咐母亲捉鸭子，一边将几根黄灿灿的干稻草拧了拧。

随着那只绿脖子鸭公嘶哑的嘎嘎嘎声，一眨眼的工夫，母亲手上已多了一只扑腾着翅膀的大麻鸭。“这只鸭公我估计有三斤半重了，要不，我们俩各估个数，看看谁估得更准些?”母亲反复掂量了一下手上那只鸭子的分量，向父亲发起了挑战。

父亲用刚拧好的那几根稻草绑紧鸭子的双脚，也认真地掂了掂鸭子的重量：“我估计这只鸭子有四斤一二两了，这么沉，应该不止三斤半重。”话音未落，父亲顺手将鸭子绑好的双脚往那油黑的秤钩上一挂。右手提秤，左手把秤砣，等秤头和秤尾差不多一平衡，爸爸眼疾手快地掐紧了挂秤砣的细麻绳，母亲也赶紧凑过头来看秤杆上的秤星子“一斤、二斤、三斤、三斤八两。哇！这只鸭子看不出有三斤八两了，呵呵。”母亲眼尖，首先就看清了秤杆上麻绳压住的刻度单位。“是哦，是三斤八两重。看来我们两个的眼光不差上下，明天‘尝新’就杀这只鸭子吧。”父亲也随声附和着。“嗯，就是它了。我得把它单独关在一个小笼子里，免得明天天一亮，打开鸭笼全跑了。”说罢，母亲接过父亲手上的绿脖子鸭公，将它关在了另外一个不常用的小蔑笼里。认真绑好笼门后，又开始去称另外的鸭子和鸡。

第二天刚吃好早饭，太阳还没爬上后面的山头，田埂、菜地里的露水还没完全退去，母亲就吩咐我和弟弟去对面山脚下的菜地里采摘中午“尝新”用的蔬菜。她自己则与父亲一起动手劈柴、烧开水宰杀昨晚挑好的鸡鸭，另外还要炒粳米磨米粉、辗新米……

等我和弟弟打打闹闹地将满满一篮子辣椒、茄子、黄瓜、豆角抬进厨房时，灶台上的木甑子已飘出米粉肉的清香、那掺了新米煮的铁饭鼎罐，此刻正掀开盖子滋滋地冒着白色的雾气。母亲还在忙着择菜、切菜，父亲又挑了水桶去担水。我和弟弟一边烧火一边嘀咕：“外婆怎么还不到呢，姑姑怎么也没来？”接外婆，这对小时候的我们来说，无疑是很振奋人心的事，尤其是像这种“尝新”的日子，按着习惯，年年都是要接外婆及嫁出去的姑妈回来一起团聚欢庆的。

等太阳晒到门前的石子路上时，那只报晓的大红公鸡一展翅飞到了吊脚楼下的南瓜架上，抖了抖羽毛，伸长脖子就“喔、喔喔……咯咯……咯”地嚷开了。公鸡报时没多久，姐姐和外婆，哥哥和姑妈都相继进了门。此时，父亲母亲的饭菜已准备妥当。堂屋中间四四方方的八仙桌上摆满了平时难得一见的：蒸米粉肉、炖鸡肉、仔姜炒血浆鸭、油炸灌辣椒、岩钵辣椒、煸炒豆角、清炒黄瓜、野葱炒腊肉、薄荷煎蛋、蜂蜜茶、烤米酒等香辣可口的饭菜、酒水。

开餐时，爷爷先装一碗新米饭，祭祀祖先，祈求风调雨顺，人畜兴旺；再装一碗新米饭，给狗吃；然后按辈分和年龄大小依次品尝新米饭，边吃边说些吉利的话。这餐饭，大家都吃得肚子滚圆，唇齿留香。到了晚上，父亲又去牛栏边的秧田里割了几蔸稻谷喂牛。爷爷也在田埂上点香烧纸钱敬田头土地，感谢田头土地一年来对稻田的管护，同时也祈求田头土地继续管好老鼠和野猪，不要来偷吃就要成熟的稻子。供完田头土地后，大人们又扎了几个稻草人，并给稻草人穿上旧衣裳，戴上破斗笠，将它们分别插在秧田的四个角上，以驱老鼠，赶飞禽。

期待已久的“尝新”在一家人的忙碌喜悦中度过。直到半夜，奶奶的房间还亮着灯，原来，小脚奶奶正与姑姑叙家常呢。

雨润·春色

下雨了。

边吃早餐，边想着那些鸟儿此时在干吗呢？它们会躲在哪里？是在梳理被雨水濡湿的羽毛，还是在喃喃细语？是否也像鸡鸭那样将脖子缩在羽毛里打盹？一只还是一双？或是一群？

故乡雨后的水田此时应有蝌蚪在游，溪边的水芹菜听说已长势葱茏，山蕨菜也悄然探出毛茸茸的头，呆头呆脑地与春笋相约看春色。还有那满田满坡的油菜花、山茶花也都开了吗？阳光晴好的日子里，是否还有挽了篾笆篓的小姑娘，欢唱着去摘杂树林里的金银花、映山红？那些壮实的耕牛又会跟在谁的屁股后不紧不慢地甩着牛尾巴？房檐下的燕子，应该又成了新家……

雨歇，拎包出门。看看时间尚早，于是又绕道而行。此刻，每一个角落都应有不同的风景。那些街巷，熟悉又亲切，每走一次，都会生出新的欢喜。

果然是一路春色，禁不住东张西望，走走停停。雨后的街道纤尘不染。花更艳，叶更嫩绿了。从满树繁花的杧果树下走过，那股淡淡的香甜味让我不由变得贪婪，感觉嗅花香比吃果子更享受些；沉默了几个季节的木棉花“烧”得正旺，它们的花期不长，但一到季节也是拼尽全力去美；马路边的排排榕树，总能用几天的时间，将生命的神奇展现得淋漓尽致：仰首是春，低头是秋。悲喜全在一瞬间。

路过深业中心大楼的广场时，绿树红花，喷泉，地面洁净，空气清新。多好的早晨，真想留住这一刻！好想告诉你这个春的早晨有多美，多想存一瓶带着花香的空气给你，让你也嗅一嗅这空气中花香的味道……

二月二，龙抬头

今天是二月初二，龙抬头，是个好日子。大地回暖，燕子忙，满目春色。

二月初二，龙抬头。今天会有很多的习俗，而八年前的今天，我那属龙的父亲竟然龙头一仰，与我不辞而别！二月二，春雷滚滚，春雨倾盆！

那天清早，接到姐姐的电话时，她也只是说父亲摔倒，比较严重，让我们速回！待我和哥哥从深圳连夜赶回时，父亲已走！等不及，等不及告别，再也听不到儿女的千呼万唤！那几天，我一遍一遍轻轻抚摸父亲左手背上打吊瓶留下的针眼，无数遍问："姆爸，打针是不是很痛？竟然留下一团瘀青！您那么疼爱我，为何不等我，怎么舍得，怎么忍心？"而那个带着瘀青的针眼从此刺在了我的心里、梦里！血浓于水，血肉相连。没想到，最后与父亲的触碰却是那扎眼的针眼！

一别八年，不应再有泪！一杯清茶，一炷清香，抚摸着父亲的照片，唤一声"姆爸"禁不住泪又成行！

春风，春雨，春花……那边应是天堂！如果真的有来生，姆爸，我希望您是儿，我是母。一路陪您，伴您，扶您，疼您，护您……如果没有来生，那么此生，若干年后，我一定会陪在您的身边！

姆爸，好久不见，为何好久不来入梦？八年有点久，也许，您早已投到一个好人家，又与我在同一片蓝天下，共享春光春色？

姆爸，人间有爱，天堂有您，八年不长！愿亲人不在身边的日子，您能安康！即使您曾喝下了孟婆汤，我相信那也不是您愿意的！记得来入梦，记得来看我！

二月二，龙抬头！谨以此短文悼我那属龙的父亲！同时，也在此向所有关心过，帮助过，给过我父母点滴温暖的父老乡亲们致谢！远亲不如近邻，我们不在父母身边的日子，是乡亲们在替我们关心、照顾老人！祝愿好人一生平安！感恩！！！

赶　集

在湘西南部，每一个乡镇都会有赶集的习俗。每一个镇的赶集时间都是固定且相互错开的。我们村处在洞口、武冈、绥宁三县交界的一个山缝缝里。因我村地处偏僻，信息闭塞，所以赶集竟成了乡亲们过节一样的盛事，男女老少对此都蛮期待。离我村最近的洞口县花园镇，在我的记忆里一直就是逢三逢八赶集。每逢赶集日，乡亲便早早结伴出门，挑着箩挽着筐欢天喜地走在蜿蜒青翠的山路上。

俗话说：靠山吃山，靠水吃水。我村背山临水，群山环抱着整个村庄，山上是满坡满眼的楠竹。由于村里日照时间短，村里能拿到集市上去交易的东西不多，都是些各家各户自己加工的竹货。最常见的有晒谷子的晒席、盛东西的箩筐、挑东西的扁担、糠筛、春笋、冬笋、腊笋、米筛……

记得自己第一次跟着妈妈去花园赶集，绝大部分时间是在焦虑不安的等待中度过的。开场不久，妈妈很快就买好了几十个小鸡苗，将它们放在一个竹笆篓里，笆篓口用一块枕巾盖住。妈妈将笆篓放在一个熟识的小店铺里，让我守着笆篓。店门旁边坐着同村的晚秀姑姑……妈妈匆匆交代我别乱走，又和晚秀姑姑打了声招呼后，转身又一阵风似的离开，去场上买别的东西了。

等了不知多久，第一次离开村子的我，心里满是恐慌：“妈妈怎么还不来，要是妈妈不来找我怎么办？会不会不要我了？”这样想的时候，我不由又往晚秀姑姑的身边靠了靠，她正与旁边的人聊得欢，偶尔笑得前俯后仰的。“什么事情那么好笑呢？我妈妈怎么还不回来找我？姑姑你帮我去找一下我妈妈吧。”我心里暗自嘀咕却不敢说出口。

经过漫长的煎熬，妈妈终于拎着大包小包回来了。我长叹了口气，压在心头的石头瞬间搬开：“妈妈，你怎么去了那么久？”我几乎拖着哭腔。“要买好多样东西，场上人又多，我得多比较几家才下手买啊，毕竟钱不多。”妈妈一边说一边麻利地将赶集买的种子、蔬果、农药、锄头、纳鞋底的麻线团，盐，香油……一件件清点好放在竹箩筐里。忙碌的妈妈丝毫没留意到我当时流露的不安。妈妈没注意到，我也就没说。

也许是第一次赶集，留下的印象很不好，当别的小伙伴将赶集当作过节一样期待时，我对赶集再也没了兴趣，就连集市上那些冒着热气的糖包子，也诱惑不了我。

直到成年后，某一个春节前夕，邻居们都去赶集，置办年货，我又去了花园赶集。我买的东西不多，转了一会就被衣服摊上一件粉色的毛线衣吸引了。我试了试大小，刚好合身，就将衣服买了下来。回家后，我突发奇想，用平时剩下的一些毛线头，在新毛线衣的胸口绣了一朵彩色的梅花。穿在身上，自己觉得蛮好看，邻居的姑嫂们也一个劲夸我心灵手巧……

日子一晃而过，离开家乡多年，在老家赶集的次数更少了。因为久违，这几年，反而让我特别怀念家乡的集市，怀念那喧哗的人气，地摊上鲜嫩的果蔬，乡亲们敞怀的谈笑……

记得最近的一次赶集，是我坐哥哥的车来深圳。我们途经花园的邻镇义兰，那天义兰镇正好在赶集。我们停下车，我小跑过去，将一个老奶奶面前的一背篓刀把豆全买了，大概有二十几斤，也没还价，连同一个蛇皮袋的钱结了账。老奶奶笑得花儿一样，而我也是满载而归的快乐。

回来深圳后，我将那一袋刀把豆切成丝，晾干，焯过开水，再晒干水分后，和了些姜丝、红辣椒、蒜头、盐粒、米酒、橘子皮一起腌在几个泡菜坛里密封起来。大约过了十来天，揭开盖子一闻，坛子菜的香气就结结实实地吸进了心里。偶尔不想炒菜，就直接夹两筷子坛子菜下饭、下稀饭，都特别开胃。

故乡的味道浓郁，赶集的那份亲切一直在心里弥漫……

夜宿山村

不到五点醒来，这村子里的夜，实在是安静，听不到半点人声，车声。

安静的，清新，善良的山村早晨，蛙鸣阵阵。我听了一会蛙鸣，想看看书，灯光有些暗，便放弃了这想法。

哦，妈妈新买的小鸡崽也醒了，山上的鸟也醒来，叫声迅速连成一片。邻居家的公鸡开始打鸣，扯着嗓子，拖着长长的尾音；妈妈鸡笼里的某只鸡扑棱了一下翅膀；蝉，无处不在的蝉在我的村庄，它们的弹唱吵醒了整个村庄。鸭子在叫，一只麻雀飞到瓦房的屋檐下开始叽歪……

天亮了。哥哥拉开了他的门闩，干咳几声又静下来，估计又在吸烟，哥哥在想什么呢？面对这样的早晨，陪伴我们长大的早晨。

终于，有一辆汽车轰轰烈烈地从门前驶过，村庄醒来了。妈妈吱呀一声拉开了楼下的房门，接着又拉开了后门，角落里的厕所门，鸭笼门，鸡笼门。那二十三只小鸭子叫得好欢快，正下蛋的母鸡叹息着……

天完全亮了，妈妈打开了我们家的早晨。我也该下楼去，会一会沾满露珠的菜花、野花、豆角、黄瓜、茄子、丝瓜……以及童年的牛脚印。

教师节忆父亲

再过两天就要开学了，看着身边日渐忙碌的学生与老师，我不由想起了逝世多年的父亲。

我们家是“半边户”，母亲是农民，父亲是民办老师。风风雨雨几十年，父亲一直待在村小教书，从不曾离开那三尺讲台。父亲舍不得，也放心不下村里的孩子，更不忍拂了村民们的一片情意。镇联校校长曾找父亲谈过几次话，想把父亲调到另一所学校任教。虽然职位更好，工资更高；但父亲最后都拒绝了，留了下来。父亲说，村小是上天给他的一亩三分地，有这些孩子在，他这辈子也离不开。

村小建在一个山岭上，地势较高，小地名叫“风呷口”。方圆一里地内没有人家居住，加上学校左边的山丘是村里人埋“短命鬼”“豆子鬼”① 的地方，大家在心里对那里特别忌惮。平时能绕开就尽量绕开，晚上就更加没人路过了。从我家到风呷口的学校大约四里地远。作为“半边户”，父亲总在下午放学后，三

① 豆子鬼：方言，意思是夭折的孩子。

步并做两步赶往回家里，帮母亲忙完田里忙地里。然后在吃完晚饭后，别人准备洗脚上床时，他还得急急赶回那个坐落在山岭上的学校。家里人担心父亲一个人走夜路害怕，总让父亲带上我这个“小声气”① 作陪。

那时候全是山路，多是泥泞的泥巴路。就是那少部分的石头路，铺路的石头也不整齐，不好走。路两边是密麻麻的杂树林，夜里什么也看不见。父亲举着槁把火，走在后面。我拿着一根三尺来长的木棍走在前面，大气也不敢出。我们极少说话，心里怪瘆得慌。偶尔蹦出一只青蛙落在火把的亮光里，咕呱两声又窜得没了影子，或是一只受了惊吓的乌鸦在杂树上扑腾几声……我几乎半闭着眼睛走路，火光照亮的那些树木，张牙舞爪，像一个个妖怪。白天那些熟悉的牛脚印，一到晚上也故意跟我作对似的，没事就绊我一跤。我害怕极了！

大约走了半个钟，终于到了学校。父亲打开房门，点燃那盏高脚煤油灯。我一屁股坐在父亲的木板床上，浑身才彻底放松下来。父亲也长吁一口气，顺手端起他的大茶杯仰头灌了一大口水，一手将杯子端到我嘴边，一手摸了摸我的头：“玲玲，你喝口茶就睡吧，我还要改作业、备课。刚才在路上，你没害怕吧？害怕就和姆爸说，姆爸在，你不要害怕！”我接过茶杯，不置可否地应了一声：“嗯。”父亲的茶杯特别大，里面总泡着几片茶叶，而且茶水很甜。那时候没有糖，父亲总爱往他的茶杯里加几粒糖精调口味。父亲的甜茶水总能让我瞬间就忘了走夜路的恐

① 小声气：方言，意思是小孩子。

惧。我进入梦乡时，父亲的背影总趴在书桌上……脚上是泥巴，手指是墨水。

等我长大成人，父亲也由民办老师转为公办老师，封闭的山村小学也有了“教师节”。记得那年教师节，父亲正好取到了“小学高级教师”的资格，涨了一点工资。那段时间父亲特别开心，几次打电话说要帮我和姐姐、嫂子买新衣服。容不得大家拒绝，节后不久的一个假日，父亲就领着姐姐和嫂子去买了她们喜欢的衣服。我在深圳，在电话里和父亲说：“我都这么大了，不用你买衣服，你给自己买些吃的和用的吧。”父亲不依，坚持说等我回家时带我去挑衣服。

但父亲想要送我一件衣服的心愿，我竟没能让他如愿！父亲买衣服时，我故意按着嫂子的尺码挑了一件绿底圆白点的衬衣，一到家我就转送给了嫂子。当时我是怎样想的，为什么要这样做，我现在已完全不记得了！现在想起来，心里很不是滋味，那件衣服我真应该留住，哪怕不穿，也应该将父亲的心愿珍藏起来！而当年父亲看到嫂子穿着那件衬衣时的心情又是如何呢？

所幸，我再没有拒绝父亲的呵爱之心。记得后来的一个秋天，在我女儿过生日时，父亲又来了深圳。同父亲一起来的还有一个旧铝桶，那个桶是父亲过教师节时领到的纪念品。这个桶很旧，桶上油漆字脱落后的痕迹依稀可辨：泡洞小学……那是父亲的笔迹！我可以想象，在那个秋天的清晨，父亲一大早提着它，从泡洞村翻过几座高山，来到了邻县大舅家，然后又连糠带蛋小心翼翼地挎着这个桶，当天返回了家里。往返 80 多里山路，一路上山高坡陡，荆棘密布。可怜了父亲的那双解放鞋！而后过了两天，父亲又带着这只装满土鸡蛋的旧铝桶，乘坐了近 16 个小时的大巴，从湘西到了深圳。那桶土鸡蛋经过层层颠簸，到我手上时，却个个完好无损……想必，一路上，不管多累多不方便，父亲护它之心，就如护我之心！

寒来暑往，至今父亲已离开我近十年。可每到教师节，我总会想起父亲，想起父亲当教师的事情，想起与父亲在一起的点点滴滴。

我想念在田间挥汗忙碌，在讲台上神采飞扬的父亲！

中秋拜月记

中秋节快到了，圆圆的月亮，皎洁的月色，还有商场里琳琅满目的月饼，总是让我想起小时候的中秋节，想起奶奶常在洒满月色的禾堂里讲嫦娥奔月的故事，想起中秋夜里全家人一起拜月的情景。

“玲玲，老细，马上就是中秋节了，中秋节是月光娘娘的生日。你们几姊妹千万要记住：不能用手对着月光娘娘指指点点；尤其是男伢子更不能朝着月亮撒尿！月光娘娘很爱干净，也很爱过生日，如果你们对她指指点点，或是对着她撒尿，是对月光娘娘不恭敬，她会不高兴的。”“哦，奶奶，月光娘娘要是不高兴了会怎么样呢？”我好奇地追问。“谁要是用手朝着月光娘娘指指点点，她会趁那个人睡着时，用镰刀割他的耳朵；谁要是对着月光娘娘撒尿，月光娘娘一生气就会变魔术，让那个对着她撒尿的人撒不出尿来！”

中秋节当天，奶奶起得特别早，那件洗得发白的黑色家织布大襟上衣也纤尘不染，就连那双尖尖的裹脚鞋也在前几天用猪毛刷子沾着水反复刷洗、晾晒过了；稀疏雪白的头发也盘成了一个小小的发髻，安静地待在奶奶的后脑勺上。过节的奶奶真美，虽说是鹤发鸡皮，浑身却散发出一股特别安静的亲切。

从清早到晚上，奶奶有条不紊地为拜月活动准备供品：芭蕉叶蒸糍粑、凿纸钱、蜡烛、月饼、油爆米花、炒花生、米酒……擦亮马灯的灯罩，并灌好不多不少的煤油。我和弟弟像两个小跟屁虫一样紧紧缠绕在奶奶的身边，看看这个，摸摸那个，一刻也不停歇。

供品中，芭蕉叶蒸糍粑是最烦琐的，需要大家分工合作：哥哥姐姐去山坡上剁回几片翠翠的芭蕉叶，在溪水里反复清洗干净后交给奶奶；妈妈推石磨碾磨糯米粉揉糍粑；我和弟弟抱柴烧火，爸爸端木甑子上蒸笼蒸糍粑……一家人为晚上的拜月忙得不亦乐乎。

吃完晚饭后，奶奶在禾堂的南瓜架下摆好一个小桌子，将白天准备的所有供品毕恭毕敬地一一摆放好，燃好香，点上蜡烛，然后对着天，口中念念有词。玻璃罩下的马灯光一闪一闪，天上有数不清的星星，可是月亮怎么还没出来呢？奶奶说："月光娘娘很怕羞，她过生日，想出来又怕见到人间的这些生人，所以她要躲生日。"

往往等到深夜，眼皮直打架，奶奶还说要赶天狗，免得月亮一出来让讨厌的天狗啃了。于是我们左手提了锅鼎盖，右手拿个小木棒，只要奶奶一声惊呼："天狗出来了，快敲锅盖驱赶天狗！"我和弟弟必如得令小喽啰，一边激动地在月色下的禾堂里来回跑动，一边叮当叮当地用力敲打着手中的锅盖，睁大的眼睛则努力地望向头顶时隐时现的月亮，生怕一眨眼，那讨厌的天狗就冲上去咬了月光娘娘……总是要过了十二点后，奶奶为之忙碌一整天的祭月活动才能结束。彼时，祭月的糍粑早已变凉，馋猫一样的姐弟终究抵不过双眼的沉重，糍粑没咬上几口，就被瞌睡虫揪往梦乡。

燕子巢

“哎呀，这是什么？滑腻腻的？”

闻言，正望着对面木墙发呆的妮子，扭头朝堂屋的牌桌方向看了看。

正在小方桌上打牌的姐夫突然像被开水烫到一样，惊叫一声，站了起来，两手不停地往脸上擦拭着，纸牌无声地撒了一地。

牌桌上方的电灯泡布了一层厚尘，灯光无精打采地亮着。木板墙上的年画也像久未洗漱的流浪汉，全无了当初张贴上去的神气。

“啊，是燕子屎！这剁脑壳的燕子！”姐夫懊恼地咒骂着。

“啊，是燕子？”

妮子闻言朝头上的楼板望去。在橙黄的楼板横梁上，竟然有好几个燕子巢！其中的一个燕子巢正好筑在姐夫他们的牌桌上方。两只燕子正在碗口大的巢边栖息，筑巢的泥巴还是湿的，横梁上是斑斑点点的燕子屎。

多幸福的燕子！多温馨的家啊！望着横梁上那一对对亲昵的

燕子，妮子不由得生出许多羡慕来。内心像打翻的五味瓶，思绪飘忽。

“燕子崽，闺闺，闺，讨个老婆十八岁。叫你莫讨，你要讨，讨了回来生烦恼。还没管得三句话，喊起岳母娘来分家……”熟悉的童谣在脑海里回荡，又将妮子拉回了童年时光。

“妮子，细宝，燕子是农家宝，它们通人性，只在吉祥和乐人家里安家。现在是春天，正是燕子筑巢的时候。家里的燕子巢，你们千万不要去捅，更不能追打燕子，将燕子吓跑了。”父亲一边往嘴里扒着饭菜，一边反复叮嘱着几个调皮捣蛋的小孩。

坐在八仙桌上方的奶奶也在一旁帮着腔：“是啊，燕子是很贵气，很善良的动物。但它们也有它们的规矩——燕子崽，来屋里。不吃你的粮，不借你的糠。借你的堂屋生贵子，哪个碰我生癞子。”

啊，癞子头！一想起村里老单身汉闫老三头上的那坨常年洗不干净的燕子屎，妮子几姊妹不由得倒吸了一口冷气。望着在堂屋里进进出出的燕子，一下子都变得安静乖顺了许多，毕竟，谁也不想往自己头上招惹来一坨恶心的癞子疮。

“小燕子，穿花衣，年年春天来这里……”是的，也许是因为妮子家朝阳、干燥干净的缘故，也许是因为妮子家对它们的友好。那些秋去春来的燕子，好像认得路一样，年年春天都来妮子家的房梁上安居乐业。

沉思间，一只燕子啾的一声从燕子巢里飞出了堂屋，斜入山村浓浓的夜色里。不一会又衔着几线草叶回了巢，两只燕子嘴对嘴地在巢里交谈着，欢快而甜蜜。

燕子还是那些燕子，燕子巢也千年不变。面对这熟悉而温馨的燕子巢，妮子却怎么也高兴不起来。

今天，父亲刚下葬，他永远睡在了屋后面的山坡上，不会再醒过来了，也不会再在燕子筑窝时，在一家人围坐的饭桌上，一边扒着饭一边爱怜地叮嘱他的子女："妮子，细宝，燕子是农家宝，它们通人性，只会在吉祥和乐人家里安家垒巢。现在是春天，家里的燕子巢，你们千万不要去捅，更不能打燕子，将燕子吓跑了。"

"小燕子，穿花衣，年年春天来这里……"

父亲的叮嘱言犹在耳，童年的歌谣还在耳边回响，妮子的眼睛又布了一层雾。

一个电话号码

早上，走在上班的路上，不知为何，突然就想起那一个熟悉的电话号码来，想起以前拨打这个号码的一些事情。

父亲在世时，和母亲住在村子里，家里一直保留了原来的座机。每次想家时，就拨打那串熟悉的电话号码。

记得多年前，有一次过母亲节，我中午时打电话给母亲："姆妈，今天是母亲节，祝您母亲节快乐，健康长寿!"母亲在电话那头清了清嗓子，一迭声地打着哈哈："啊，还有母亲节啊?好，好……好！快乐，快乐！也祝玲玲在外面顺利，快乐啊!"

"还有母亲节啊，怎么没听说过父亲节呢?"这是父亲的声音，很明显，父亲在吃醋，语气里透出些失落。"瞧你这个样子，怎么像个小孩子一样？女儿打个电话，你也吃醋。"母亲半嗔半笑地打趣着父亲。

"姆爸，是有父亲节的，过段时间就是父亲节了，到时候我早早打电话给你，多送几个祝福给你啊，祝你天天快乐！天天健康!"我安慰着电话那头的父亲。"好，好，没事，我只是问问。"

俗话说"三个女人一台戏"，而我感觉在隔着千山万水，通过电话与乡下的父母在演一台话剧，每一次都很温暖，安心，相同又不同。

记得2008年冬天，湖南下大雪。我牵挂着住在乡下木房子里的父母，恨不得飞回父母身边，心里满是不安，几次打电话给家里。

“玲子，我和你爸没事，放心吧。早上起来，家里的雪深到膝盖了，压水井都结了冰，摇不出水来。幸好我昨晚装了两瓶开水，用开水浇化了冰，今天才有水喝。”

“哦，家里还有木炭吗？米呢，菜呢？”我还是不放心。

“这些都有了，多亏了院子里的邻居们。庄门前老四人蛮好，每次他自己碾米了，也给我们碾好，送到家里来。还有前几天赶集，人根本走不动，但你表叔他们，给我们送来了白菜、萝卜，还有一些鸡蛋。木炭也有了，是白马庙你爸的学生送来的……唉，都是好人！”母亲在那边慨叹不已。

听着母亲的叙说，我的心情是极复杂的。父母一共生育了四个孩子，小时候，我们四姊妹天天像麻雀仔一样围在父母的身边。虽然物质匮乏，但从不缺少疼爱和温暖。长大后，我们却为了各自的生活，各奔东西，在父母最需要照顾时，没能陪伴照顾他们。每每想起这些，我就很不安，很愧疚，也常失眠。

俗话说“远亲不如近邻”，此话一点不假！关键时候，给我父母关爱和照顾的都是我的乡亲，他们不是亲人胜似亲人！每次听母亲说起他们的点点滴滴，我都不可避免地充满感动和感激。尤其是那年“非典”，我母亲无意中在电话里说：“你通炳表叔说，听说深圳灾情很严重，让我打电话叫你们回来吧，家里还是好些。”当时我就被感动得眼泪哗哗的。表叔的话听起来有些可笑，可那份真切的关爱却像炭火一样灼热了我。表叔与我们实际上没有任何的血缘关系，只是他的父亲与我的爷爷因为当年“逃壮丁”，从不同的地方躲到了湘西这个小山村，做了邻居，成了兄弟，成了没有血缘关系的亲人！我们两家人一直过着鸡犬相闻、互帮互助的生活。

后来，父亲不幸中风，我们建议请人帮忙照顾父亲，可一向勤劳坚强的母亲不同意，她说她还能行，由她独自照顾父亲。于是，我的电话打得更勤了。而每一次打电话除了问候父母，聊聊家常外，都会听到母亲说起乡亲们对我父母的各种帮助：逢赶集时，白马庙的一些乡亲，会将我母亲需要的东西从集市上捎到我母亲的手上，大米会有邻居碾好倒入米桶里，更会有摘四季时蔬送到我家的厨房里的，父亲摔倒了，不管是谁看到了就会马上扶起我的父亲……

电话里，母亲不厌其烦地叙说着家里的事、村里的事、心上的事。我耐心听着，怀了感恩愧疚的心仔细听着，乡亲们的好如雨水一样一点一滴落在我的心上。

2010 年 3 月，父亲不幸过世，料理完父亲的后事后，我们又各自散了。母亲坚持在家待了差不多半年后，也去了弟弟家生活。家里那串打了好多年的电话号码，一年后也停了机。而我回深圳后，很长一段时间，我无法从失去父亲的痛苦里走出来，伴随着失父之痛的就是严重的失眠。

四周一片静的黑夜里，我常瞪眼到天亮。刻在心上的那串电话号码，我无数次地想拨打出去，想象着电话拨通后，远在湘西的那个木房子里，父亲还会在他的书桌上拿起电话，还会惊喜地叫我的乳名，问我在外面过得好不好，孩子们听不听话，叮嘱我过年的时候带着孩子早点回家……

有多少爱可以重来，当我懂得珍惜，有多少人早已不在。至今，那个熟悉的电话号码早已如一枚浸透印油的印章，镂刻在我的心上，成了珍藏的一组情感密码。

暖　床

童年中，有几年我是挨着爸爸睡的，天气一冷，爸爸就会将我搂在臂弯里，把我捂得暖暖的。长大一些后，大人们就让我跟着奶奶去睡了。为此，我曾以若干次的哭闹表示强烈的抵抗，可对于一个两三岁的孩子来说，这抗拒是无效的。

其实，奶奶很疼我，待我很好。

奶奶的床是一张旧木架子床，常年挂着一床乌黑的麻帐子。被子是蓝花家织布，床单也是，床单下面垫着一床垫絮，垫絮下是金黄的稻草。印象中，每到秋收后，母亲就会选一些壮实干净的稻草反复晾晒几天，按着床的宽度用菜刀切整齐，捋净袍叶后，选一个阳光正好的午后，一把一把，一层一层铺在床板上。

睡在新稻草铺垫的木床上，一翻身，床单下面新换的稻草就会发出细微的沙沙声，平整，厚实，松软，舒适，一股熟悉的稻草的气息就会渗进梦里了。被子床单也都是新浆洗过的，泛着米汤的清香。

有时，我会在床上又跳又闹，有时会嫌刚浆洗的被子像爷爷的胡子一样扎人。

“奶奶，被子把我的脸弄得好痛；奶奶，这被子像爷爷的胡子一样扎人，我不要睡觉……”我撒着娇说。

小脚的奶奶总是轻言细语地把我拉到她的怀里，将贴近脸的那一段被子，反复地揉搓，那粗硬的家织布就像会变魔术一样，在奶奶的掌心里，一下一下地变得柔软温顺起来，贴在脸上特别暖和舒适。睡在这样的床上，梦是很甜的。

到了冬天，山里总会结冰、下雪。

白天在雪地里疯玩的孩子，一点也不会记得冷，即使脸蛋冻得通红，手指冷得发硬，我也会跟在哥哥姐姐的屁股后，玩着各种堆雪人、坐板凳溜冰的游戏。

到了晚上，睡觉是一件很可怕的事。枕头冰凉、床单被子冰凉、手脚也冰凉。裹在厚重棉衣下面的我，常常踌躇在奶奶的床前，赖着不肯上床。奶奶总是把我抱在腿上，一边哄我一边帮我脱去棉衣、夹衣。偶尔，她冰凉僵硬的手指碰到我的皮肤时，我浑身一激灵，憋不住就会哭出声了。奶奶就会将我的手捂在她的掌心里，一口一口地呵气，给我温暖，逗我笑。

好不容易将我哄上床，奶奶会想着法子让我暖和。最常用的方法是用她的小火箱帮我烘被窝。

奶奶有两个烘火箱，一个是竹编的圆形的火箱，一个是请木匠加工的四方形的木火箱。她常用的那个是四四方方的木火箱。临睡前，奶奶会将火箱内的小瓦盆盛好半瓦盆燃透的木炭，再用温热的灶膛灰仔细盖好，用火铲稍稍压平整，盖上盖子，最后用毛巾将木火箱擦干净灰尘，小心地放在我睡的被窝里。

奶奶站在床前，不断用手试探着被子里面的温度，烘热一小块，又谨慎地移动一次火箱。我缩在被窝里，朝着奶奶烘热的地方钻。直到我不再喊冷，奶奶才会将木箱取出来，认真地帮我掖好被角，将脱下的棉衣加盖在我的身上，再三叮嘱我睡觉时，不要乱踢被子……后来的冬天，爸爸从外面带回几个别人打完吊针的玻璃瓶，奶奶将它们清洗干净，到了晚上，奶奶就将这些瓶子灌满热水，放在被窝里供我们取暖。

如今，偶尔想起离开多年的奶奶，走近记忆深处的奶奶，冬天的冷又少了一些，某种如同梦一样脆弱的东西又在心头涌动……

万　元

“@所有人：村民们注意了，不管在家的，还是在外务工的村民，有谁知道万元儿子的讯息及联系方式的，请马上联系他，通知他在三天内回家处理家事，否则，三天后，将由村委及陶正、李刚、向宏等人全权处理万元的事务。拜托全体村民相互转告，留意！感谢！！！”

晚饭时，无意中在老家乡亲微信群看到村委书记发在群里的启示，脑袋一激灵：张书记怎么会突然发出这样的寻人信息？一定是万元出事了，难道万元过世了？私信了一个老家的发小，果然是万元过世了，而他唯一的儿子至今下落不明！

得知万元去世的消息，我不由自主地叹息起来：“万元终于走完了他的一生，像一块破抹布一样的一生！”而与他有关的一些记忆瞬间在脑海里复活。

“刘老师，你知道不，七队的那个万元居然讨了个老婆，还是个高中生！只是是个残疾人，走路时腰与腿弯成 90 度，并且屁股一歪一扭的，看起来很吃力。”放学路上，班上的“山麻雀”丽子蹦跳着在我面前说着她队里的新闻。

“啊？万元居然讨了老婆，还是个高中生？”我有些吃惊！

“是啊，那个万元好像前世没见过女人似的，这段时间，成天守着他的那个老婆不出门。邻居喊他做个零工什么的，也叫不动了。尤其夸张的是，明明才两尺宽、两寸深的一条小水沟，万元每次都背着那个歪女人跨过去跨过来，那女人娇气得很哩。”

“哦，是吗？”“是啊，这是真的，我都看到过，邻居们这几天都在议论万元讨了老婆，成了家的事呢。”

万元能成家，这是个好事。万元是他父母抱养的，万元的养父母结婚多年，他母亲年近四十时，却没能生下一儿半子的。在五六十年代的农村，“不孝有三，无后为大”。凑巧的是，在一个饥荒的下午，一个过路客“贵州婆”在万元家用三碗红苕饭填满肚子后，抹抹嘴，拎着半布袋万元母亲给的红苕米，一步三回头地抹着泪离开了万元家的堂屋，那个饿怕了的女人将自己的儿子留给了万元的父母收养。

年近四十的夫妻终于有了儿子，他们自是如珍如宝的待他。好吃好穿的都先尽着那个孩子，目不识丁的夫妻，凭着对财富的渴望和对孩子未来的祝福，给那个孩子取了个名字“留万元”。于是，大家就一直“万元，万元”地叫着他。

万元不太说话，但饭量奇大，负责制造口水的细胞似乎比一般人发达，下巴常挂着滑腻腻的口水，看人的眼睛也是白多黑少。“万元这个孩子哦，他莫不会是个傻子吧？”老两口看着那个日益壮实的养子，心里直犯嘀咕。“唉，傻子就傻子吧，谁叫他跟了我们呢，这都是命啊！”

长大后的万元，果然头脑缺条筋，呆头呆脑，口水常年不干地在挂在下巴上，说话不清不楚，幸好有一把子力气，也听他父母的话，让他做啥就做啥。一家三口忙里忙外，日子还算过下来了，饿不着，冻不着。

万元三十来岁时，疼爱他的父亲双腿一伸丢下万元母子独自去了。那个家的日子更难了，而万元讨老婆的事比登天还难。

如今，万元突然得了个老婆，虽说她是残疾人，但毕竟是个女人啊，何况还念过高中！这半呆子成天乐呵呵地守着，背着新媳妇过水沟，也是可以理解的。至于那个女人是从哪里来的，通过什么渠道来我们村的，又是如何做了万元媳妇的，我并不关心。

日子如门前的溪流一样不紧不慢，不到两年，那个歪女人居然替万元生了一个儿子，万元有儿子了！而且那个女人居然一直没有离开万元，这真是个奇迹！而万元家的事，也成了邻居们茶余饭后的谈资。

“莫看那个女人身子长得歪，头脑可聪明呢，脸蛋也嫩得出水来……”

“哇，万元的那个女人还会自己写对联！前几天我们路过万元家，那个女人居然在写对联，写的什么：处处红花红处处，座座青山青座座”。

这些议论里夹杂着许多说不清道不明的复杂情绪，似有羡慕又不是，谁会去羡慕一个残疾、一个傻子的生活呢！

随着我离开村子，与万元有关的事也风轻云淡。直到那年九月我坐月子期间，那个万元又出现了，带着他不到三岁的儿子出现在我们家的堂屋，一口一个姊姊地叫着我母亲。

按着习俗，母亲进房来，将盛在开水瓶里的红糖水倒了两碗让他们父子喝。一碗下肚，那孩子朝着万元直喊："我要喝盐糖水，我还要喝盐糖水……"

我披着外套探头出去望了望那对父子，万元苍老了不少，还是流着口水，张着嘴在笑。孩子倒不错，干净机灵的样子，是个健康的孩子。

大约一年后，我又在深圳听到村里人说起万元的事：他老婆带着他们父子去了外地，那不是个好女人！她将儿子藏起来了，自己跟了个杀猪佬，并且让人把万元打了一顿……万元差点死在了外地。唉，没想到那个万元并不太傻，一路上靠在餐厅舔盘子，捡垃圾回了家，当时那样子可怜得很哩！

等我的孩子将要上小学的那年冬天，我回了一趟村子。

没想到在那个雪如柳絮的午后，万元的那个歪女人居然拖着孩子出现在我们家。腰还是弓成 90 度，脸色早已不是当年传说中的"嫩得出水"，整个人憔悴不堪！她当时的样子，让我想起那团绑在拖把上的碎皮，拧不清，洗不白。

孩子长高了，白净单薄，怯生生的眼里尽是饥渴。母亲将她母子让到火盆边烤火，请她和孩子吃了晚饭。那女人倒是大方，对自己之前拐着孩子去外地的事只字不提，我们也不好意思多问多说什么。母亲只问了她回村的目的，她说："姊姊，我还是要走的，这个孩子麻烦你们告诉一声万元，他的崽让他领回去吧，我自身难保，管不了他了。"那几句从一个娘心尖尖儿上挤出的话，就像一滴滚烫的水，一着地，就化成了冰，刺得让人心痛。

母亲留她过了夜，第二天天刚亮，她就起来了。雪更厚了，四处都结了冰，她的孩子还在我家的被窝里睡得香甜。她在孩子的床边徘徊了一阵，从贴身的裤袋里摸出一把带着体温的票子来，双手递给我母亲，红着眼睛说："姊姊，这里一共是四百六十九块钱，这是我的全部存款。麻烦你交给万元，让他带好孩子，我不会再回来了……"

母亲从柜子里找了一件旧棉袄让她穿上，她早饭也没吃，一拐一歪地消失在离村的山路上，那路上尽是漫天卷地的雪花。事情过去这么多年，可当时那些渗骨的冷连同那个风雪中扭曲变形的背影糅进我的眼里，当时那种难以言表的情绪，我这辈子都忘不了。

女人消失不久，万元近七十多岁的母亲也染黑了头发，镶了牙齿，改嫁到邻村一个死了老婆的老汉那儿，据说那老汉待她不错，她也时常回来照看孙子，收拾家。万元家的田早荒了，他靠给邻居们打零工过日子，东一餐西一餐地领着儿子过日子。

时间一晃十几年，前几年暑假我回村子时，在姐姐家又见到了万元，那天，姐姐请了万元帮忙砍山上的楠竹。万元老了，才五十来岁的人，头发全白了，背也砣了，口水仍一如既往地挂在嘴角上，不停歇。老了的万元，胃口还是那么好，语言不多。偶尔问一句我们在外面的事，又埋头扒饭。吃饭时，父亲说起近几日不太舒服，小便不太顺畅，可能结石病又要发作了。可谓是说者无意，听者有心。放下饭碗后，趁着歇饱饭干的缝隙，万元抬脚去了对门的田埂拔车前草。大家知道，车前草是一种中药，利尿消炎，长在村里的田埂山坡上，命贱，生命力强！

万元的儿子长大了，上完初中后就跟着别人出门打工赚钱去了。乡亲们说，万元终于苦出头了，老了可以享儿子的福了。

可是命运似乎故意在与万元开着一个又一个不太善意的玩笑：万元的儿子出门不到三个月，村委收到了一张来自云南的刑拘通知。万元年少的儿子，在帮人打工送木头时，莫名其妙成了贩毒帮凶！这消息在村里像一阵龙卷风，一瞬间席卷了整个村子，人们都陷入了对未知事物的迷茫。

儿子出事的消息，把万元彻底震傻了，他不再说话，不再帮人打零工，成天在村里转悠，有时追着一条流浪的狗，嘴里反复念叨着“处处红花红处处，处处红花红处处……”打闹半天，有时守着门前那条不到两步宽，不到两寸深的水沟发一整天的呆，口水流了一地，可没人见过他哭。

万元最终没有等到他儿子的归来，他死在政府给他修的扶贫房里，几天后才被人发现，具体怎么死的，没人知道。屋场还是他的老屋场，地还是父母年轻时开垦的荒地，只是年久不种，那块地又荒了。

在邻居们的张罗下，万元永远睡在了父母开垦的荒地里。邻居们给他撒上了满地的冥币，那些冥币花开白了树，铺满了沟，像极了那个冬天的漫天雪花。

种红薯

每年春天，乡亲们在陆续往秧田里抛撒发芽的稻谷种时，家里的大人就会吩咐负责放牛割猪草的孩子：看到杉树林荫下或是田埂上有“石毛”，就记得扯些回来。春天一来，谷种下田后，就该捂红薯种了。

红薯种子一般捂在家门口不远的一块地里。种子地不必大，大约十来平方。挖好地，再起好一排排间距一尺来宽的种坑，坑里面铺一层牛粪肥，在上面头朝上摆放好一个个已安全越冬的红薯种，红薯上盖一层薄泥，再盖上一层“石毛”铺盖抵御春寒。

一般等插完秧后，红薯地里已爬满鲜嫩的红薯藤。

我经常跟着奶奶剪红薯的种藤。我学着奶奶的样子，秧藤插口倾斜着剪，上面留下三片叶子，下面贴茎剪去两片叶子，这样一段一段剪好，再用金黄的稻草一把把扎好，最后将插扦的一头沾一层凉的柴火灰，沾灰后的红薯藤，据说成活率高，产量也更高些。

剪红薯藤是既快乐又很麻烦的事情。快乐的是，我会挑一些叶秆比较长的叶子，把叶子摘掉。将那段鲜嫩晶莹的叶秆小心地拿在手里，一节一节地用手指掐，掐一半留一半，掐成间距一厘米左右断而不离的链子。戴在手腕上，挂在耳朵上、脖子上，甚至是轻轻缠在额头上……虽然当年的我对项链、手链、耳环这些首饰是毫无概念，但是那些泛着清香味的红薯链子垂在眼帘、碰在肌肤上凉爽爽的新奇，晃悠悠的快乐却是没齿难忘。

剪红薯藤时，麻烦的是，红薯藤那些新鲜的白色汁液，总是不可避免地沾在手上，而且由白转黑，紧紧粘着，任人如何搓洗，没过十天八天，是没法洗干净的。

红薯滕剪好后，一般由大人们用竹畚箕或是猪草篓子一担担挑到事先挖好的红薯地里，大人们在前面用比较轻便的锄头每隔一尺来宽刨一个窝，我们几姊妹则紧随其后，一手提一个小水桶，一手握一把红薯藤。我们在那个泥窝里浇上一点水，再施一小把化肥，把一棵棵的红薯秧插进中间，然后用周围的碎土埋起来，只露出秧苗上半部分即可。

扯“石毛”、剪红薯藤、插红薯秧这些活我几乎是年年参加，并乐在其中。只是有一年春天插红薯秧时，我正好出水痘。村里的赤脚医生李医生在帮我注射了药水，给我吃了几颗糖丸后，再三叮嘱：“小妹仔，这几天莫要太调皮了，脸上的水痘不能碰茅草、露水，不能晒太阳，吹风，更不能用手去抓……你要是不听我的话，像往常一样在山里水里疯，到时候脸上会留好多的坑，好丑的，长大了就是麻子婆，嫁不出去的……”

小小年纪的我，哪懂得什么嫁不嫁？但一听到不听话会变成“麻子婆”这句话时，平时的疯劲立即消减不少：家人们在地里忙碌时，我只好在头上裹一块围巾、顶着奶奶筛米的竹簸箕做遮阳挡风的工具，蹦蹦跳跳地在旁边跟着乐。

红薯藤的生命力极强，到了夏天，地里已如铺了一层厚绿毯，不仅红薯地里爬满了水嫩的红薯藤，沿边的山坡、田埂上也是疯长的红薯藤。为了避免红薯藤上过多的“散根”分散了肥料，影响收成，母亲便给我们几姊妹分工，一人一块红薯地，去地里翻红薯藤。

翻红薯藤其实就是将乱长的红薯藤一条条拿起来理顺，朝一个方向摆好，改变它们的生长方向。让那些散根风干晒死，没机会抢主根的肥料。

奇怪的是，明明是四姊妹一同出工，我们三个还在责任地里挥汗忙碌时，哥哥却总是早早完工，得意扬扬地去山上溜达了。

饭桌上聊起翻红薯藤的乐趣时，当我们问起哥哥为何做事那么麻利，完工那么早的诀窍时，哥哥却支吾着走开了。

第二天，为此多了个心眼的母亲去到我们翻过的红薯地里察看验工：姐姐、弟弟和我翻过的红薯藤经过一晚上的露水滋长，虽说不乏生机，但大部分的叶子仍然翻着浅白的肚子躺着；而哥哥翻过的红薯藤，竟然康复得出奇的好，似乎从没有受过任何的损伤。母亲顺手提起几条红薯藤一看，那些散根原封未动地长在地里，哥哥根本没有动过它们。

纸包不住火，哥哥坦白了他的诀窍：因他分到的那块地是斜坡地，为了省时间，又不让我们看出叶子没有动过的破绽，哥哥从坡顶横着身子滚到了坡底……

哥哥挨了骂，只好老老实实去返工，那个绿色的山坡上至今仍回荡着满坡清脆的笑。

芭蕉树

2010 年清明节前的一个凌晨，天还没有全亮，睡在工厂宿舍的我却被姐姐的电话惊醒："妹妹，你起床了吗?"我心里一惊，出来打工这么多年，家里人从来没有在这个时间点打过电话给我，而且我们从老家过完年回来深圳也才二十来天的时间，一定是有什么急事!

"姐，我醒着呢！怎么这么早?"只一瞬，隔着电话，我明显感觉到一向坚强沉稳的姐姐声音里有抑制不住的哭腔："妹妹，你和你哥哥赶紧回来一下，爸爸昨天摔倒了，情况不太好，他很想看你们!"

"好的，我今天马上和哥哥回来!"我快速地挂了姐姐的电话，瞬间成了泪人。清晨宿舍的走廊空无一人，同事们都还在梦中。我快步下楼来到工厂的草坪，早春的草坪清凉平整，火红的木棉花高高在上，我无心欣赏这一切。离上班还有近两个小时，我却度日如年！我知道，不到非常时刻，姐姐是不会打这个电话的，爸爸一定是出事了！常说心灵感应，原来是真的，不冷不热的天气，我前一晚却莫名失眠。

时间在极度的煎熬中度过，我徘徊在草坪上，反复站起又蹲下。相隔千里，我就要失去父亲了吗？我拼命咬着自己的手指，希望这只是做梦，这不是真的。可是手指会痛，眼泪在流，心乱如麻，我欺骗不了自己。

终于熬到上班时间，我向领导递上请假条，在叙说请假事由时，我几度哽咽，说不出完整的话来。

请完假，我回家收拾好简单的行李，与哥哥踏上了回老家的路。哥哥开车，我坐车，一路上我们几乎没有说话，我不再流泪。

一路上，哥哥冷静地开着车，进入湖南境内时已是深夜十二点左右，我睡意全无。哥哥几次说："玲，你睡一下吧。"

"我不困，哥哥你安心开车，我没事！"

我能说我有事么？深夜的马路上白雾迷漫，像浓烟又像白云包裹着我们的车。我睡意全无，再没有一滴眼泪流下。我与哥哥心照不宣地竭力控制着自己的情绪。只是那一路上的浓雾实在是令我很不安：从老家到深圳打工十来年间，这条路反复走了多少次，我已记不清楚，白天开过，晚上也开过，可从没见过如此大的浓雾！是碰巧还是某种暗示？我不敢细想，只是在黑夜里瞪大了眼睛。

经过近十二小时的车程，我们在凌晨三点多进了村。村庄四处漆黑一团，乡亲们都睡了，熟悉的村庄让我有了一些暖意。

可是当车开过家附近一个拐弯的小山头时，远远地，我家堂屋里的大灯亮着，明晃晃的好刺眼，我霎时崩溃！一路上自欺欺人的那点侥幸被这种亮在深夜的大白灯瞬间彻底击碎了！这种白晃晃地、几乎可以照亮屋对面山坡的灯光只在小时候爷爷、奶奶过世时见过，那种亮是何等的触目惊心，没齿难忘！

父亲去了，他没有等我们！不，是我们回来太晚，是我们没有陪在父亲的身边！父亲没有等到我们，他带着遗憾走了，永远走了！我千呼万唤，他不再理我，我一次次抚摸他手背上打吊针留下的瘀青，轻轻擦拭父亲眼角的泪痕，我一次次问他是不是好疼，父亲不再说话！父亲很疼，父亲很冷！而我却没有陪在他身边！

俗话说，父母在，不远游。可这对我们这些离乡打工者来说，是多么的身不由己！在处理完父亲的后事后，我不顾家人的反对，在潇潇细雨里，执意去屋前小溪边的一蓬芭蕉树里，挖了一小棵芭蕉苗带回了深圳，种在楼上的一个大花盆里。

芭蕉树种下后，我特别用心给它浇水，我要让它活着。果然是功夫不负有心人，那棵来自老家屋旁边的芭蕉树竟然被我种活了，它活在我深圳的花盆里，而且长势相当不错！那段时间，一有空闲，我必是围着芭蕉树打转，换着角度给它拍照存入 QQ 相册里。看着它日益壮实，心里似寻到了某种特殊的安慰。看着它，就让我想起家里的小溪，溪流上的小桥，那桥是父亲在多年前利用一个暑假，亲手修建的。桥的一头是农田，一头是我的家。

深圳的春天是雨季，芭蕉树吸饱了雨水，叶子越长越嫩绿，片片畅快地舒展。雨水打在叶子上，会啪啪作响，雨停后，集在叶子上的雨水犹如水银一样晃动。一阵大风来临或是稍用手一触碰，翠绿的芭蕉叶子失了平衡，那些珠子瞬间倾泻而下。常常是树底的泥土湿润，而叶面清爽翠绿，甚是迷人。

芭蕉树不仅可观赏，它的叶子还可以用来包糍粑蒸，这样蒸出的糍粑特别清香；也可以将芭蕉叶垫在盘子里，隔水蒸米粉肉来吃，这样蒸出来的米粉肉闻着必是令人垂涎欲滴，食后唇齿留香的。

可是，我从老家带来那棵芭蕉树，尽管我对它视若珍宝，舍不得动它半片叶子，它还是未能熬过深圳的高温。入夏后，只几天的工夫，眼巴巴地看着那些翠翠的叶子失了水分，绿意一点点流失，它枯萎了。当时，我真是无奈极了，内心的惆怅无以言表。至今想起来，心情仍难平静。

备注：

农历二月初二是父亲离开我们的日子，今年妇女节这天刚好是农历二月初二。至今，父亲离开我们九年了，妇女节那天我权当是过“父女”节吧！谨以此文遥寄我的思念：我很想我的父亲，我永远爱我的父亲！有人说：爱可以致病，爱也可以治病。可如今，我又能如何去爱您？

世上只有妈妈好

“妈妈，妈妈……”

手术后的第二天，儿子告诉我，从手术室出来后，处在半昏迷状态的我说了很多胡话，后来一直念叨：“妈妈，妈妈……”

“是吗?”我瞬间沉默下来。

女儿接过话说：“不管在什么年龄，人的潜意识里最依赖的还是妈妈!”

是的，人到中年，我习惯了已经长大的自己，习惯了是两个孩子的母亲，习惯了偶尔与千里之外的母亲打打问候的电话，聊聊家常，习惯了在母亲面前表现得坚强快乐。却没想到这次麻醉药的效果却出卖了最真实的自己：有母亲在，走得再远，我仍是一个孩子!

谈及母亲，回荡在我脑海中的画面遥远又清晰，画面中的母亲是多面的。

母亲是美丽，活泼，文艺的。

记忆中，母亲常年梳着一条乌黑发亮的麻花辫子，一双大眼睛特别明亮有神。母亲除了常年在田间地头忙碌各种农活，农闲时更是村里的文艺骨干。

母亲扮演过很多舞台角色，例如杨开慧、刘三姐、《白毛女》中的喜儿、《刘海砍樵》中的狐仙胡秀英、《沙家浜》中的阿庆嫂等等。

提起母亲，村里的父辈们很清晰地记得关于母亲演出时的一个小插曲。有一次，母亲与父亲正同台演一个打日本鬼子的话剧。剧中，母亲扮演的角色开枪打死了父亲扮演的日本鬼子，谁知道在父亲倒下的一刹那，正在舞台角上看戏的我竟一下子冲上了舞台，抱着父亲大哭。一台戏就这样被我搅了，看戏的乡亲们看到我们一家三口在台上的情景，一个个笑得前俯后仰。提起年轻时的母亲，村里的父辈们仍直夸母亲当年是把唱戏的好手：不仅人长得俊俏，身手敏捷，嗓子也是婉转清亮。

母亲更是勤劳，能干，坚强的。

我父亲是老师，家里十来亩稻田的农活，无论轻重粗细，基本落在母亲肩上。记忆中，每天早上，鸡叫过头遍，母亲便披衣起床，开始一天的忙活。她除了种好生产队分给的人头田，还上山开垦荒地。春播秋收，菜地禾田，粗工细活，里里外外都是母亲一个人辛苦打理。每到秋收，我家的谷仓总是装满了稻谷，偏房里则堆满了各种杂粮瓜菜：红薯、玉米、高粱、芋头、冬瓜、南瓜……在别人缺衣少食的日子里，正是因了母亲长年累月的辛勤劳作，勤俭持家，我家的餐桌相对还是丰盈的。

母亲对子女的管教是严厉的，有原则的。

当年，在湘西那个四面环山的村子里，我们家是独门独户，方圆三里内没有人家居住。小时候，我特羡慕居住在村庄里的童伴，羡慕他们可以随时提脚串门玩耍，喊一声就可以召集三五个小伙伴玩各种游戏，相约着砍柴、放牛、割猪草。

母亲不准我们随意跑到院子里去玩，招惹是非。更常常教导我们：小孩子要有礼貌、谦虚，看到人要打招呼。年纪大的叫爷爷奶奶，伯伯、婶娘……得到别人的帮助要及时说谢谢。

直到我长大成人，母亲仍是管教很严。记得一次吃午饭时，住在我家的几个烧炭佬讲了个什么笑话，弄得嫂子忍不住大笑起来，我憋不住也笑出了声。母亲脸色立即就沉了下去，她将手里的碗筷重重地放下，狠狠地剜了我们一眼道："女孩子不知轻重，跟着男人嬉笑傻笑的，像什么话？没一点体统！"

母亲为人善良，待子女有柔有刚。

在物质贫乏的年代，邻居走亲戚没像样的衣服了、断粮少油了、贵州婆上门乞讨等等大小事情，只要找到我家，母亲总会翻箱倒柜地尽力帮助别人一把。

记得有一次刚过完年不久，邻居秀阿姨因要带孩子走亲戚，她的女儿香兰刚好与我同龄，却没有一件穿得出去的衣服，那天她们又毫不例外地来找我妈妈借衣服。

"姣大嫂，真不好意思，有事就想到你。明天是香兰的小舅结婚，我得带上孩子回娘家一趟。你看，香兰这补丁叠补丁的衣服，真是太寒碜了。"

"哎，香兰这姑娘真是越来越俊了。人靠衣妆，马靠鞍！刚好，玲子过年的小花袄挺好看的，你们稍等一下，我这就去柜子里取。"母亲说着转身闪进了她的睡房。

虽然我平素与香兰好得不分彼此，可一听说母亲要将过年的新衣服借给香兰走亲戚穿，我心里却一百个不乐意，一溜烟跟着母亲进了房。我一把抢过母亲手上拿着的小花袄，迅速将衣服塞回了那个四方大衣柜，扣紧柜门后，像个发怒的小猴子一样爬上了柜子，一屁股坐在柜子子上，涨红着脸道："我不要借这件衣服给她们，我不要借这件衣服给她们！哼，这是我最心爱的新衣服，我自己都不舍得穿！"

母亲怔了怔，一手抱起我，一手掀开了柜门。

眼看着最心爱的衣服被母亲借出给了别人穿，我委屈极了，哭闹了许久，任凭母亲怎么哄我，那几天我怎么也开心不起来。

几天后，秀阿姨终于将我心爱的小花袄还了回来，并捎给我一包花花绿绿的纸包糖。我迫不及待地里里外外检查我的衣服，还好，算是完璧归赵，衣服干净如新，我松了口气，怀着失而复得的心情笑了。

母亲见机递给我几颗糖，抚着我的辫子说："玲子，你要记住，做人宁肯少吃一点，穿差一些，也要穿得整洁，睡得安心。能帮别人一把，我们不会少了什么的。"年少的我似懂非懂地点点头，将母亲的话记在了心里。

母亲生养了我们兄弟姊妹四个，她从不偏爱哪一个。用母亲的话说："儿女是母亲身上掉下的肉，手掌手背都一样。"小时候缝过年的新衣服，做新布鞋，母亲总能在大年初一时让我们四姊妹穿上新衣服、新棉鞋。长大成家后，大到家里卖了楠竹杉木的钱，小到割了两斤野蜂蜜，一坛剁辣椒、几块腊肉……母亲必会平分成四份，一家一份捎来。

就在前几年的秋天，母亲突然来电话说要下来深圳送东西，说是马上要去县城帮弟弟照看小孩。而她春上种的瓜蔬，养的鸡鸭已整理分成四份。姐姐和弟弟的已托人捎过去了，而我和哥哥远在深圳，路远，东西多，不好捎。

眼看着给我和哥哥准备的东西捎不来深圳，母亲执意要亲自送到深圳来。

考虑到母亲坐长途大巴的艰辛，我几次在电话里劝道："妈妈，如果只是为了送东西来，真的不用了，路上确实太辛苦。深圳什么都能买得到，你不用牵挂我们。分给我与哥哥的东西，您送给姐姐和弟弟吃吧。"

母亲听罢显得有些生气："我知道深圳什么都有的卖，但那不是你妈种养的。外面的东西打农药，下化肥，喂饲养，吃了都不好。再说，我年龄也大了，身体不如以前好。以后，你们想吃我弄的东西也难了。这次，临到给你们的份，我必须送下来，你们吃了，我才安心。"

那次，母亲是坐长途大巴来的深圳。

那夜，我与哥哥在福永汽车站接到年近七十的母亲时，已是夜里两点多。母亲终究是老了，除了看到我们时眼神里流露的欣喜，她曾经舞台上俊俏活泼的模样全无，微弯的身形显得虚弱，疲惫不堪。

我快步走近车门口牵住母亲的手，母女肌肤相触的那一瞬间，我被母亲像铁砂布一样的手掌惊到了，一股心酸涌上心头。借着昏黄的路灯光，我托起母亲的手仔细一看：母亲的手指粗大变形，手纹像干裂的松树皮，一道道刺目的血痕杂乱地赖在母亲的手上……

母亲一边叮嘱我们清点那些大大小小的包裹、叽叽嘎嘎的鸡鸭，一边捂着肚子蹲在路边打着干呕。母亲说，她一路上晕车，并且在半路要求司机换了一台车。加上大巴车进入广东后，沿途有人下车，她担心别人错拿了她的包裹，就一直打起精神盯紧自己的行李。

到家后，我数着母亲带来的十几个装满红薯、芋头、冬瓜、南瓜、糍粑、鸡鸭的蛇皮袋，我说不出任何话来。我想象不出年老体弱的母亲是如何熬过那十几个小时的长途颠簸的，尤其是在被司机中途“卖猪仔”时，又是如何一件不少地清点好大大小小的行李搬上第二台车的？

那次，母亲待了不到一周又牵挂着老家的孙儿没人看，转身又回了湖南。

那天清早，我和哥哥送母亲去车站坐车。一路上我心里酸酸的，心上虽有着无尽的不舍，可为了让母亲安心回家，仍故作轻松地与母亲聊天，像当年我离家时母亲叮嘱我一样，我反复提醒母亲路上注意安全、中途停车时不要跑丢了、上厕所后不要上错了车。

“你们放心，我吃了晕车药就没事的。再说，就是晕车，这次少了行李，我不用攒那么大的心劲了，会轻松到家的。”母亲宽慰着我们。

看着母亲日趋矮小的背影，目睹载着母亲的大巴慢慢离开，我强装的笑容瞬间化成了泪。我想起了那年早春，自己第一次离家出门的前一夜，母亲基本上没睡，她反复帮我整理那个行李箱，将每一个包裹扎上一条象征着平安吉祥的红布条。最后，她担心我一路上坐车双脚会受凉，她脱下自己喜爱的枣红卫生衣，量着我的保暖鞋的尺寸，毫不犹豫地剪了三对鞋垫子垫上。

儿行千里母担忧！母亲，从小到大，我从来不想让您担忧，可您却常常在担忧我！牵挂我！母亲，因有了带着您体温的鞋垫，我单薄的双脚一路柔软坚定，从湘西到深圳，这双鞋垫温暖至今！

著名作家老舍说过："人，即使活到八九十岁，有母亲便可以多少还有点孩子气。失了慈母便像花插在瓶子里，虽然还有色有香，却失去了根。有母亲，是幸福的。"

"世上只有妈妈好"。是的，因为有母亲在，至今我仍是孩子气十足的人。我仍是在最脆弱的时候喊出："妈妈，妈妈！"

又是母亲节，诚以此文送给我的母亲。愿我的母亲，愿全天下的母亲都安康幸福！笑口常开！

"妈妈，母亲节快乐！我在外面挺好的，请您不用对我太牵挂！"

那一坛咸鸭蛋

“玲子她妈，今晚煮夜饭时，试一下那坛咸鸭蛋吧。”

是父亲从学校回来了！闻言，我一溜烟从房里跑到了禾堂迎接父亲。

母亲一边在暮色渐浓的禾堂里收捡农具，一边抬头朝父亲嗔怪道：“就你嘴馋，那坛鸭蛋才腌了几天啊？你就想着它了？”

“就尝一个，就一个好了……不是也有快十来天了嘛。”父亲一边回应着母亲，一边抱起我，将我举到了肩膀上坐好，扛着我顺着宽敞的禾堂玩开了骑马的游戏。

“好吧，等一下就煮两个咸蛋尝尝，应该还没有入味，时间腌的还不够哩，你的嘴咋这么馋呢？”母亲似是在嗔怪父亲，又似是在自言自语。

“好呢，两个就两个，玲玲，晚上我们有咸鸭蛋吃喽！”父亲扛着我玩得更欢了。

“瞧瞧你，白天不见个人，一到家就只顾掬着你的宝贝女儿耍，看看你要把她惯成什么样了……要吃咸鸭蛋，自己去坛子里取，开盖子时要小心点，轻拿轻放，别碰坏了盖子和鸭蛋。”妈妈唠叨着闪进了厨房。

“晚女[①]娇娇，砍柴烧烧，砍柴要砍杨树柴，养女要养娇娇女……”父亲一边愉快地哼着自创的宠女儿小调，一边牵着我的手跟着母亲进了厨房。

记忆中，每年端午节前夕，我家就要腌一坛咸鸭蛋。

用父亲的话说，我家的几只下蛋的老母鸭是家里的功臣。平时餐桌上的辣椒炒蛋、小葱煎蛋、荷包蛋、汤蛋皮都仰仗它们。尤其是腌端午的咸鸭蛋，得积攒好几十个呢。

农历四月末，是湘西的农忙季节。此时，亦是雨季。眼看着竹笆篓里的鸭蛋积攒得日渐丰盈，山坡上的粽叶青翠，柴竹山的竹笋憋着劲拔节，映山红娇艳，清溪里的水鸭欢畅……秧苗已插下田，菜园里的红薯苗长得嫩绿繁茂，端午节就近了。

端午节是过节，而我们家做咸鸭蛋也像是在过节。

选一个雨天的周末，父亲放假，母亲也不出工。父母开始着手在堂屋里腌咸蛋。

午饭后，父亲取来了前几日备好的稻草灰，母亲小心翼翼地端出那篓鲜鸭蛋，奶奶盛来熬好的米汤，姐姐抱来装腌蛋的粗瓦坛……

“做咸鸭蛋，关键是盐的量要把握好。放多了盐，蛋就太咸，落不得口；放少了盐，蛋又入不了味，味道太寡就不是咸鸭蛋了。”母亲一边往米汤里调入海盐，一边念叨着做咸蛋的窍门。父亲则慎重地从笆篓里取出鸭蛋，轻手轻脚地在洗碗的木盆里用

---

① 晚女：方言，意思是家中最小的女儿。

清水一个一个洗好，再用干毛巾擦干水摆放在旁边的米筛里待用。

母亲搅拌好咸米汤，在报纸上摊开一堆草灰。父亲则将洗好晾干的鸭蛋缓缓放入米汤里，再用筷子将鸭蛋稍稍翻转几下，那些原本晶亮的鲜鸭蛋裹了一身黏稠的咸米汤后，在母亲的手里更乖巧了。

我们姊妹几个一个个跟屁虫一样粘在父母身边，瞪着眼睛看好奇：平时手脚麻利、极爱干净的母亲此时变得轻柔缓慢。她一手取出黏稠的鸭蛋放在旁边的黑草灰里滚动几下，一手将那些裹满草灰的鸭蛋放入粗瓦坛里……

等咸鸭蛋尽数装入坛子，盖好瓦坛盖子后，父亲和一团黄稀泥将坛子盖彻底密封起来，然后像藏宝贝一样端着那坛沉甸甸的咸鸭蛋存放在厨房阴凉的一角。

“玲子、老细，你们几个听好了，千万不要去碰那个瓦坛子，谁要是打烂了盛鸭蛋的瓦坛，端午节就不给他吃粽子，也没有咸鸭蛋吃……”母亲搓洗着双手反复叮嘱我们。

父亲的眼里溢满了笑。我们则数着日子，淌着口水盼着父母熟悉的对话：

“玲子她妈，今晚煮夜饭时，试一下那坛咸鸭蛋吧。”

“就你嘴馋，那坛鸭蛋才腌了几天啊？你就想着它了？”

“就尝一个，就一个好了……”

父亲，端午节又近了。

霉豆腐

“二姐，给你寄几瓶霉豆腐吧。给我个地址，有老妈做出来的味道哩。”

我正捧着手机在刷朋友圈时，平时极少微信聊天的弟媳突然发来信息，我随机回复了收件地址并表示感谢。

虽然平时联系不是很多，但同为读书人，我确信聪颖的弟媳是懂我的。若不是她加上那句“有老妈做出来的味道”，她知道我一定会拒绝。

对于一个远离家乡、在外闯荡多年的人来说，有谁能够拒绝家乡的特产？又有谁能够抗拒得了妈妈的味道呢？

霉豆腐的味道，在我看来，不只是妈妈的味道，还有年的味道，家的味道。

每年入冬后的湘西，乡下的家家户户都忙着做过年的油豆腐、猪血丸子、腊豆腐，总不忘还要做一坛极易下饭，香辣可口的霉豆腐。

一进腊月，母亲就打开粮仓，取出一袋自家种的黄豆，放在一个竹米筛里让我们几姊妹精挑细选，母亲会在前一晚上将我们选好的豆子淘洗干净，用一个大木盆，倒上清水浸泡。次日吃过早饭，母亲就会系上围裙，戴上长袖套，招呼一家人围拢过来，大家分工合作，开始做过年的豆腐。

在做好最后一锅豆腐上好箱，盖上豆腐箱的木盖子沥水时，妈妈就会招呼爸爸："玲子她爸，你去搬一块石磨来压在这豆腐箱上，这锅豆腐是用来做霉豆腐的，水一定要沥得更干些。做油豆腐和做猪血丸子的豆腐可以水分多些，吃起来更嫩滑；而霉豆腐则必须水分尽量少些，老些，硬些，这样才能耐得住发酵，耐得住在坛子里腌几个月。"

"好呐!"爸爸总是麻利地搬来一块沉重的石磨压在豆腐箱上，石磨一上箱，豆腐箱四周缝里的碱水顺着棉纱布流得更欢了。

豆腐压干后，打开豆腐箱，妈妈先用菜刀将那一大箱散发着清香的豆腐按着方格模子划成约三寸左右的方块，再小心翼翼地取出冒着热气的豆腐块，托在手掌上，切成麻将大小的小方块，摆放在一个事先在里面铺了一层干稻草的竹筛子里，最后把装有豆腐的筛子放进谷仓里面发酵。

数十天后，妈妈开仓取出竹筛，看着豆腐上已经长满了绒绒的白毛和黄色的霉点，妈妈便开始着手腌霉豆腐。她取出腌霉豆腐的材料：自家产的二锅头米酒、红辣椒粉、切碎的姜粒、大蒜米、干橘皮丁，将它们加盐调制好。我跟在妈妈的身边，看着妈妈变魔术似的用筷子一一夹起那些毛茸茸的豆腐块，放在散发着米酒香的辣汤里轻轻打一个滚，稍腌一两分钟，等那些香辣的汁液充分地附在豆腐块上后，再将它们夹进一个小瓦缸里密封好。

最后，妈妈将小瓦缸摆放在厨房阴凉不碍事的角落里。馋人口水的霉豆腐就在我们一家人的期待中了！

十来天后，爸爸开始在妈妈面前念叨：“玲子她妈，那坛霉豆腐应该可以尝一下了。”“嗯，是的，腌的时间差不多了，应该可以开坛了。你这老馋猫，去打开坛子，夹两块出来尝一下吧。”妈妈回应着父亲。

爸爸一掀开瓦缸盖，霉豆腐那股特有的浓浓的香辣味开始四处弥漫。爸爸郑重其事地夹出一块霉豆腐，轻轻咬上一口，细细咀嚼，他的眼睛亮了：“嗯，不错，今年的霉豆腐做得很成功，很入味，味道不错。”看着爸爸陶醉的样子，我禁不住直咽口水。

霉豆腐开坛后，家里的餐桌隔三岔五的多了一道开胃菜。尤其是开春后，家里偶尔没有什么菜上桌时，奶奶就会按人头从坛子里夹出八块霉豆腐来，不多不少，每个人的饭碗里就一块霉豆腐。

我夹了那块霉豆腐，总是舍不得一下子吃完。先用筷子尖尖绕着那块霉豆腐的边沿一点一点沾着来下饭，越吃越香，总是等肚子差不多吃饱后，那块闻着香辣，吃着可口的霉豆腐还剩一大半。哥哥和弟弟总是很疑惑：玲子这小馋猫怎么一餐饭吃完了，那块霉豆腐居然还能剩一大半？

那时，我总是在他们狐疑的注视下，迅速夹起那大半块霉豆腐一骨碌送入嘴里，慢慢咀嚼，细细品，那种唇齿留香，口舌生津的满足感、得意劲至今记忆犹新！

离乡多年，餐桌上仍少不了一瓶解馋下饭的霉豆腐，那是魂牵梦萦的妈妈的味道，年的味道，家的味道。

剃头匠老陆

剃头匠老陆在我儿时的记忆里，轮廓像被雨水冲洗过一样，清晰可见，单调，深刻。

在湘西偏僻的乡下，在那条依山蜿蜒的小路上，肤色白净、头发稀疏的剃头匠老陆几十年如一日地走街串巷为他的老主顾们理发。

“婶娘，叔叔，吃午饭了没?”一串熟悉的鸭公嗓子音，嘶哑着长尾巴划破了我家的宁静。

奶奶闻言，从小山般的猪草堆后抬起头，放下手里的剁猪草的菜刀，在厨房门外的竹简上，就着清水洗净了手，随手捞起围裙擦了擦手，将垂到脸上的几缕白头发往耳朵后捋了捋，转背在釉色发亮的老茶缸里倒上一碗清凉的茶，颠着小脚迈去了禾堂。

“老陆来了，好，好！先坐下，歇口气，吃碗茶。”奶奶热情地端给老陆满满的一碗红勾藤茶。

老陆接过碗，咕嘟咕嘟灌下肚，一边捞起挂在脖子上的汗巾擦着汗，一边连声道着谢：“谢谢婶娘了，每次来都劳烦你们，真是不好意思!”

“坐，坐，坐！一笔写不完刘字，一家人莫说两家话！”急性子爷爷从随身的腰包里撮出一把金黄的烟丝，抽出一张裁好的卷烟纸，三两下将烟丝卷好，在椎形的卷烟接口处舔了舔，伸手将烤烟递向老陆。

“谢谢叔叔，您老自己抽，我不抽烟的。记着您老爱抽烟，这次出门，我特意去龙门山代售店帮您带了半斤进来，您老等下尝一支，看看合您的口味吗？”老陆不接爷爷卷好的旱烟，却从他的工具箱里取出一包用报纸裹好的烟丝递给了爷爷。

爷爷接过老陆的烟丝，迫不及待地打开，嘴里的叭着的卷烟一闪一亮的燃得更快了。我与弟弟傍坐在竹凉床上的爷爷身边，眼盯着老陆打开的工具箱看稀奇。

剃头匠老陆，是我爷爷的老家——武冈市南桥镇人，加上也姓刘，因此，每次来村里给乡亲们剃头发时，约定俗成地借住在我家，随我们一个锅里吃饭。

“叔叔，叭完这支烟，我们开始剃头发啊。”趁爷爷抽烟的功夫，老陆轻车熟路地去厨房里打了半脸盆温水，放在走廊的脸盆架子上。

水冒着薄薄的热气，爷爷踩熄烟头，弯腰将头浸入脸盆里。老陆麻利地将爷爷的脸涂上肥皂，开始给爷爷洗头，剃头发，刮胡子。

老陆左手托住爷爷的头，右手则一刀一刀地伴着刺刺啦啦的声音，将爷爷的头发、胡须拌着肥皂泡一团一坨剃掉。

“叔叔，您老的胡子真是长得快，又特别粗硬，每次都要刮钝我的一把剃刀。”

“呵呵，是的呀，我这连包胡子几天不剃，就拉碴得很，我自己又刮不干净，有时候不小心，胡子没刮干净，却把脸刮破了。老陆，以后你要勤快些来。”爷爷眯着眼回话。

老陆答应着以后会勤快些来，可等他剃头发的人多着呢！邻县几村人都习惯了老陆剃头发。

老陆剃头发几十年，麻利熟练，总能剃出脑袋的主人喜欢的发型，加上为人谦和，收费便宜，倍受乡亲们的喜欢。

可我不喜欢他，不愿意让他剃去好不容易长长的头发。老陆的左手有六个手指，手掌宽大，小孩子的头被那只手掌控着，很难挣脱。有时有细碎的头发掉进眼睛里，很不舒服，我借故大叫着抗议。老陆也只是让我瞪大眼睛，让他看清头发跑进了眼睛的哪一个角落。

老陆弯腰，鼓着腮帮子往我的眼睛里反复吹几口气，然后让我揉揉眼睛，再眨眨眼睛，很奇妙，那细头发就听话地跑出来了。

老陆在我们村里穿街走巷给乡亲们剃了几十年头，价钱从原来的五角涨至了三块。改革开放后，随着镇上理发店的兴起，年轻人都喜欢逢赶集时去镇上的美发店理发，老陆的生意淡了。

老陆来村里的次数越来越少。

后来听人说，去邻居一个老主顾家剃头发时，一向谦和的老陆却在饭桌上红了脸。

老陆特别爱出汗，尤其是夏天，温度一高，他的汗巾就离不了手。

饭桌上，老陆边吃边不停擦汗，那个主人故意打趣他：“老陆，你慢慢吃，锅里有蛮多的饭菜的，现在分田到户，不缺吃的了，嘻嘻，看把你急得出这么多的汗。”

“哎呀，我这是习惯出多汗，哪里是急着吃饭呢？瞧您老说的！”老陆闻言红了脸，放下碗筷，背上箱子就走了。

主人自知失礼，让老陆产生了误会，追出去喊：“老陆，莫当真，我是在和你开玩笑呢！哎呀，我对不住你了！”

老陆表情甚是羞恼，头也不回地离开了那家。当时，我爷爷奶奶听到动静后赶出来，再三打圆场。但是，村里原来俨然如一条长蛇、缘山脚爬行的茅草路，还是没能留住剃头匠老陆匆匆的脚步。从此以后，剃头匠老陆再也没有来过我们村。

水娘花糍粑

清明节后，哥哥从湘西老家扫墓回深圳时，给我带来了几个散发着“水娘花”（一种植物的名字）清香的糍粑。一层层剥开裹着水娘花糍粑的芭蕉叶，嗅着水娘花那股特有的香味，我的思绪不禁飘回到遥远的童年。

乡村里长大的孩子，童年的最大喜悦莫过于走外婆或是接外婆了，我也一样。外婆每次见了我们几姊妹，总要挨个地搂在胸前，用她那双不知编织过多少床蚊帐、打过多少双草鞋的手，把我们一个一个从头摸到脚，又从脚摸到头，嘴里不停地说：“宝宝，又长高了，好，好，好，又长高了……”语气里满是藏不住的喜悦。

在一年当中，我最喜欢在清明节前后走外婆。那时，早春的地里长着一种叫水娘花的野菜，叶小微圆，表面有白茸茸的毛，小米粒大的花骨朵儿挤在一起，开成一簇簇蛋黄色的花团，握在手里柔软温润。

外婆每次见我们去了，总会挎个小竹篮，领着我们去田埂山坡上采摘一些水娘花的嫩叶及花骨朵。春天的乡村，尤其是下了一两场小雨后，田埂上，菜地里，溪流边，山坡上，都会冒出这些可食可赏的嫩芽来。外婆总是一边采摘水娘花，一边教我们哼唱：“小白菜呀，地里黄呀，两三岁哟，没有娘呀……”

回家后，外婆让我们将采来的水娘花挑拣洗净，再放在开水锅里稍微煮几分钟。煮水娘花时，外婆站在灶台边，边煮边用筷子夹起几朵水娘花来，用手指捏了捏，外婆说：“只要水娘花捏得烂，就可以捞出来沥水了。”随后，外婆将煮好沥干的水娘花放在砧板上用切菜刀仔细地切烂斩碎后，再放入干净的脸盆里，和进加了水及少许白砂糖的糯米粉里，用手反复将这些材料糅合在一起，揉成表面光滑的劲道的面团。最后，再一小团一小团压成圆状后用新鲜翠绿的芭蕉叶裹了，放在锅里隔水用猛火蒸。估摸一小时左右后，蒸锅里水娘花糍粑热乎乎的香气在厨房氤氲时，那诱人的味道早馋得我们直咽口水了。

当然，外婆除了每次让我们在外婆家解够馋，还要额外做多些，让我们回去时捎上一两包。芭蕉叶裹好的水娘花糍粑，吃的时候可以用油煎，也可回锅清蒸，或是放在柴火灶里烤着吃，我最喜欢将水娘花糍粑烤着吃。我总是蹲在灶门前，将糍粑摆在滚烫的柴火灰里，一面烤焦了又翻一面烤。当原先包裹水娘花糍粑的芭蕉叶被火烬一点点蚕食尽、水娘花糍粑滋滋地往外冒着香气时，我总是迫不及待地用火钳从热灰里取出水娘花糍粑，涨红着脸，鼓着腮帮子快速地吹去上面的灰尘，也顾不上烫不烫嘴，张口就咬上一大口，那股热腾腾、香脆甜润的味道瞬间满足了我童年对美食的所有想象。

记得那时候从外婆家回来的我，俨然一个凯旋的战士，总是在小伙伴羡慕的目光里，从口袋里摸出一个捂得发热的水娘花糍粑，那神情犹如中了大奖的彩民，兴奋得小脸蛋都红了：“我又去外婆家了，我又去外婆家了，外婆又给我们做水娘花糍粑喽！”

至今，每年清明扫墓时，甜糯芳香的水娘花糍粑作为应节点心，乡亲们仍用它当供品，祭祀故去的亲人，我们家也不例外。

年岁渐长，逐渐明白了“人间有味是清欢”的道理。尤其是作为远离家乡长期生活在闹市里的人，能偶尔尝到来自家乡的野菜点心，总能被水娘花糍粑特有的味道瞬间点燃“舌尖上的乡愁”。

霜降柿子红

霜降前后，超市里的水果档，或红或黄的柿子引人注目。望着那些鲜甜多汁的柿子，我总忍不住要停下来买两个。回家后洗干净，剥去皮，慢慢品尝。有关的记忆瞬间鲜活起来。

小时候，我家堂屋门前有一棵高大的柿子树。听奶奶说，那是爸爸多年前从柴山上挖种到我家的。

记忆中，我没有看到柿子树的成长，却年年看着柿子树开花、结果，盼着柿子成熟。每年霜降前后，柿叶由绿变红，柿子也开始由青变黄，变红。

那个年代，柿子很难待到完全成熟，当柿子皮色稍微泛黄的时候，一有空闲，我就站在堂屋的大门坎上仰头望去，眼睛像探照灯一样在斑斓的柿子叶里搜寻，试图能发现经过一夜霜风的某个柿子泛出诱人的红来。

一旦发现目标，我就像山猴子一样，嗖嗖几下爬上柿子树，想尽办法去摘那几个稍稍泛红的柿子。爬上高过屋顶的柿子树后，山风摇晃着树枝，我则站在摇摇晃晃的树枝上兴奋不已。那时，正在厨房忙碌，裹着小脚的奶奶听到动静后，必会卷起两个袖子，举着一把油油的锅铲急急地从厨房里奔到树下，踮起脚尖仰头朝我大喊："你快下来。柿子树枝是脆的，很容易折断，万一树枝断了或是你一脚踩空，何得了呢？赶紧下来吧。"

那时，爬上树尖的我，望着对面山顶上的云霞和电线上起落的麻雀，想起电影里的一些镜头，小脑袋里充满了幻想，低头向树底下的奶奶回话道："奶奶，我摔不下去的。要是树枝断了，我正好可以顺着风飘下来啊，那个七仙女不就是这样从天上飘下来的吗？"

奶奶急得直跺脚："哎哟，我这个宝贝孙，你脑壳里整天装了些什么稀奇古怪的想法呀？电影是电影，凡间哪有什么仙女呀？求你快下来，我的心要跳出来了……"

我顾不上奶奶的担忧，只管在树上呆够后，将衣服口袋和裤袋装满了柿子，嘴里还要咬上一个柿子后，才恋恋不舍地顺着树干往下滑。

果子成熟的那段时间，奶奶整天为我们几姊妹担着心，生怕哪个馋猫一不小心，从树上掉下来摔坏了。爸妈见状，未等到柿子完全成熟，就选一个阳光晴好的午后，一家人分工合作，将整棵树上的柿子摘下来。有时恰好有邻居经过，免不了，要分一些给他们带回家尝尝鲜。

刚摘下的柿子青黄生硬，酸涩得难以入口。奶奶会按照一层柿子一层稻谷的顺序，将它们存放在一个大瓦坛里。我总是忍不住，每天都去看看大瓦坛。十多天后，柿子逐渐变软变红，糖分充分转化。一个个握在手里软软的，轻轻剥去柿子皮，咬上一口，汁液蜜甜，醇香四溢，一家老小围坐在一起，吃得十分开心。

长大后，离了村。那棵陪我长大、带给我无限乐趣和甜蜜的老柿子树，还有那满树满枝的又红又软的柿子，成了我聊慰乡愁、回味亲情的记忆。

火塘往事

一到冬天，就特别想家。想念那些给过我无尽关爱的亲人，想念带给我无限温暖和乐趣的火塘。

我们的村子四面环山，一年四季山清水秀。山上盛产楠竹、杉树，以及各种取之不尽的杂柴木。

靠山吃山，乡亲们家家户户都有火塘，火塘里常年烧着柴火。一到做饭时间，架在火塘上的锅里飘出的饭菜香，顺着袅袅炊烟，似乎召唤和提醒着在田间地头忙碌的乡亲们，是该回家吃饭的时候了。

火塘是喷香的，热闹的。寒冷冬日里，孩子们一个个趴在柴火灰里烤糍粑，煨红薯；炎夏时节，小伙伴们会烤一些从清水溪里捉到的螃蟹，烤一些刚从辣椒树摘下的鲜辣椒，做成擂钵菜来吃；凉爽的秋季，柴山上的野核桃、板栗都相继颗粒饱满，它们也成了我们火塘边的常见“客人”，孩子们都用“火”一般的热情，招呼他们……火塘里烤出来的美食，那味道，那醇香，令我们一个个口舌生津。

火塘是亲切的，幸福的。晚饭后，我和弟弟常常坐在烧火板凳上，依偎在爷爷奶奶的身边，听他们讲各种千奇百怪的神话故事；也常常赖在火塘边睁着睡意已浓的双眼，强打精神，任谁也哄不上床，一条筋地等爸爸回家来……

火塘是快乐的，调皮的。秋收后，五谷归仓。奶奶会带着我们四姊妹围在火塘边，烧起柴火，洗净菜锅炒花生、炒玉米粒当零食吃。

干透的柴，点火容易，烧起的火也旺。偶尔，柴房里头年储备的干柴烧完了，奶奶只好用当年半干半湿的柴火烧火做饭菜。每当奶奶被燃不利索的浓烟呛到泪流不止时，奶奶就会顺手抓起那管三尺来长、泛着亮光的竹竿吹火筒，鼓着腮帮子憋足劲往灶膛里吹火。当奶奶的脸涨得通红，火也就烧旺了。其时，奶奶的嘴唇四周常会印上一个锅底灰的黑圈圈。奶奶看不到自己嘴唇四周的锅底灰黑圈，仍照常围着锅灶边忙碌着，我们看到奶奶嘴巴周围滑稽的黑圈圈，常忍不住笑得东倒西歪的。奶奶见我们几个老盯着她的脸笑得如此稀奇，就会踮着小裹脚去洗脸架上照镜子。奶奶瞧着镜子中抹得乌黑的脸，总会爆发一阵尖叫："哪个竟然又做这样的坏事。等会你们爸爸回来，看我不让他打烂你们的屁股，看以后谁还敢这样捣蛋不？"

火塘还是奶奶教我们做人的课堂。火燃不好时，奶奶会一边用几条干透的柴棍子，在灶膛里架起一个中间透气的柴架子，将火烧得旺旺的，一边对我们念叨着："为人要忠心，烧火要空心。"

火塘边上有童谣。我们几个小家伙，谁要是被烟熏到睁不开眼睛，就会争先恐后地念奶奶教的避烟咒语："烟，烟，烟朝天。

火，火，火朝我。烤个粑粑吃，您吃一边，我吃一边。”念咒归念咒，有时遇上风从门外钻进来，奶奶教的避火咒就失灵了，烟在火塘里乱窜，呛人得很。

时过境迁。如今，坐在南方的家里，想起家乡的火塘，我的心里总是暖暖的。

记忆中的年味

临近春节，常常被人问道："今年回家过年吗?"

是呀，有钱没钱，回家过年。尽管来深圳定居多年，岁月让我有了丝丝缕缕的白发，我依然想念千里之外的那个家，还有那些红红火火的过年往事。

记忆中，进入腊月，家家户户就开始陆陆续续置办年货了。

置办年货，是从熏腊肉开始的。家里在开春时抓的猪仔，喂了一年，一般也有两三百斤重了。尤其是秋收后，经过奶奶天天剁红薯，煮熟猪食"撑年猪"的那头猪，早已是毛色光滑，膘肥体壮。到了选定宰年猪的日子，父亲邀了村里的屠夫上门帮忙烫年猪。

从猪圈拖到禾堂的肥猪嗷嗷叫着，闻讯而来的几个邻居则端着脸盆、海碗跟在屠夫的屁股后，瞅准时机递上海碗或盆接上一些猪血，趁着新鲜各自回家做猪血粑去了。

猪被大卸几块后，屠夫会按着母亲的意见，再分切成大小适中的数十块，顺手用尖刀在肉块的一头挑出一个洞，用事先备好的青棕叶穿好，系上一个死结，一串串摆在大木盆里，撒上粗盐腌上几天，用来做腊肉。

有了猪肉，年味就浓了一半。接着是杀年鸡年鸭，打糍粑，磨豆腐，做猪血粑，腌霉豆腐……

过年得有肉有鱼。鸡鸭猪肉以及豆制品备好后，象征着年年有余的鱼要在年前二十七八才去集市上买。过年赶集采购年货，这是家家户户的重头戏，我家也不例外。

镇上的集市，平时是逢三逢八才赶集，一到了春节前十来天，乡亲们按着约定俗成的习惯，已改为常集，意即为天天可以去集市上买自已想要的东西。在置办年货上，我们家除了奶奶，其他的人都会行动起来：爷爷挑着他的小箩筐去选购他四季不离嘴的金黄旱烟丝。期间若是碰上他的老伙计，免不了顺手撮些烟丝，用事先裁剪好的小方块报纸卷两支旱烟，火柴一划，点上烟就过他们的烟瘾去了；母亲则领着我们几姊妹去布摊上扯上几块布料，去裁缝铺里找熟识的师傅量了尺寸，免不了央求师傅赶两个晚工，务必让我们几个小孩子过年时都穿上新服。

平素淘气惯了的哥哥，在集市上像条泥鳅一样在人群里穿来穿去。他量完衣服尺寸后一眨眼又跑去鱼摊上找爸爸。爸爸负责买鱼，年三十晚餐桌上的鱼，讲究新鲜完整，不得丝毫破损，说是完美有余，来年有好年景。爸爸买好鱼后，接着就去香烛纸火铺里买祭祖的香油、红蜡烛、纸钱，以及写对联的笔墨红纸。

来回几趟，妈妈清点了购物单上的年货，大件的东西都有了，糖果小吃也不能少。于是，我们又一窝蜂地跟着妈妈挤进了百货商店……

时光如梭，年又近了。我坐在深圳与花同静的书房里，想念远方的家，怀念小时候的年。怀念在火红的烛光里，帮着父亲贴对联；怀念围坐在暖暖的烘箱边，守着母亲穿针引线给我们做过年的新棉鞋；怀念青瓦房檐下，晶莹剔透的长冰棍棍；怀念柴火灶房里撩人的饭菜香；怀念除夕夜里，千足响的红鞭炮将我们的禾堂映照得通红，满屋团圆，满心喜气！

走在人来人往的大街，我在遥望故乡的炊烟。

拜　年

记得小时候，按着我家的惯例，一到大年初二，爸爸妈妈就会带着我们四姊妹去外婆家拜年。

因外婆家在邻县，与我家有近四十几里的山路，半路上还得翻过一座海拔近千米的“火岸岭”。虽然山高路远，但骨子里流淌的血脉亲情却像一团火一样在年味里翻腾。

一早起来，吃罢奶奶张罗好的饭菜后，妈妈就帮我们换上过年的新衣新鞋，爷爷则郑重其事地在烛光烟火氤氲的堂屋里，为我们新年的第一次出行敬神问卦求平安。

一切准备妥当后，爸爸将我和弟弟分别抱进一对事先放了一条小板凳的竹编大箩筐里坐下。奶奶俯身抚摸着我们的头反复叮嘱：“细宝去外婆家要乖哦，路上坐稳些，手要攥紧箩筐边边。遇上平路时，你们要下地自己走走路，让爸爸歇口气。”

“好哩！”我们脆脆地应承着。

我和弟弟坐在晃悠悠的箩筐里，一面用脚踢着箩筐，一面与一路上忽前忽后追着箩筐走的哥哥姐姐嬉闹着。爸爸挑着我们走出十来里地后，尽管是冰天雪地的天气，他的脸上仍慢慢渗出一层细密的汗珠来。

妈妈见状，紧跑两步上前道："你累了，放下担子，歇一会吧，换我来挑一阵，两个人轮着来挑就轻松了。"

"嗯，你别急，这里的路不平，我再往前走一段路，就到火岸岭了。那里的青石板路平整干净，适合歇脚，也好让孩子们出来活动下手脚，解个手。"爸爸说着一手握紧箩筐绳子，一手搭在扁担上保持着担子的平衡，继续有节奏地往前走。

在火岸岭山脚下歇过脚后，妈妈招呼我和弟弟重新坐进箩筐里，她一弯腰一伸脖子挑起箩筐就往岭上走。山陡路滑，看着妈妈吃力的表情，我和弟弟瞬间变得安静了。我将头缩在箩筐里，路边被冰雪裹着的树枝茅草刮划着箩筐嗖嗖直响。随着离山顶距离的缩短，母亲的呼吸也变得急促起来，脚步也明显变得沉重缓慢……

下山后，一条熟悉的青石板路将我们引向一个村庄，意料中的亲切。我们知道，穿过这个雾气掩映的龙门山大院子，外婆家就近了。

"哎呀，刘老师新年好！今天带着孩子去给外婆拜年呀，瞧瞧你这几个孩子，一个个长得像葱一样的，儿女双全，真是好福气啊！""是的，借您贵言，也给您拜年啦，您家过热闹年啦！"爸爸回应着院子里飘来的热情问候。

说话间，院落尽头的田埂小路上，远远地走来一个人，跑在前面的哥哥和姐姐惊喜地大声呼喊："是大舅舅，妈妈你看，是大舅舅来接我们了！"

几乎在同时，舅舅也看到了我们，他小跑着迎上来，与爸妈简单地打过招呼后，就一把从爸爸肩上接过扁担，挑起箩筐就走。

我们笑着，闹着，热热闹闹地踏进了外婆家的禾堂。

在火炕上烘过的千足响鞭炮，在爸爸点燃导引线的那一刹，迫不及待地炸响在外婆家的禾堂里，在震耳欲聋的鞭炮声中，我们像背乘法口诀一样地抢着给外婆拜年：“外婆，拜年！外婆，拜年！祝您新年快乐，发大财……”

外婆清瘦的脸溢满了笑，她左一个右一个地将我们几姊妹抱到烘火柜里，一下摸摸这个的头，一下又亲亲那个的脸，一迭声地笑道：“好，好，真好！宝宝们又长高了，真好！”

说话间，舅妈乐呵呵地端来一个锃亮的木茶盘，按着长幼秩序为我们一家六口人，相继递上外婆特制的糯米花油茶来，外婆则乐不可支地往我们的衣袋裤袋里塞着糖果、瓜子、花生。

舅舅与舅妈安顿好我们后，转身就和爸妈边拉家常，边去厨房准备午饭的甜酒、腊肉、腊鱼、猪血丸子……哥哥没老实几分钟又溜到禾堂放鞭炮，姐姐则拉着表姐说着悄悄话，我和弟弟钻进外婆的被窝里，与表弟吵着抢占外婆的床铺。

年，又近了。那些镶嵌在记忆深处与拜年有关的热闹与温馨又在脑海里苏醒：穿新衣服、放鞭炮、讨红包、塞满口袋的糖果、亲友团聚的笑脸……逢人就说上几句祝福的话：“过年好，一年更比一年好啊！”

清明茶

清明节，唐代诗人白居易写下“留饧和冷粥，出火煮绿茶”的诗句。清乾隆皇帝也曾作诗《观采茶作歌》：“火前嫩，火后老，唯有骑火品最好。”在传统观念中，人们总认为清明茶比谷雨茶要好。

我的家乡位于湘西南部一个偏僻的小山村，海拔一千多米，四面环山，山上盛产楠竹、树木、野果子、野菜、各种中草药材和茶叶。

清明节前后，细雨连绵，云蒸霞蔚。漫山遍野的茶树经过雨水的滋养，长出来的叶子特别鲜嫩，清香扑鼻。

小时候放牛时，一看到散长在山坡上鲜嫩的茶叶，总忍不住信手摘几片嫩叶子学着父亲的样子放在嘴里嚼一嚼。新茶嚼碎，先苦后甜，尤其是嚼完茶叶后，再捧几口山泉水漱口，那种感觉真是清甜甘爽，唇齿留香。

偶尔遇上几蓬长得特别好的茶叶树，总会摘几捧揣在口袋里带回家。摘回的茶叶，有时就晾在竹米筛里，放在阴凉通风处晾着。风干后的茶叶，保持着叶子原来的形状，只是颜色变了。奶奶则会将茶叶一片片收捡起来，用一个罐头瓶装好，放在家里的开水瓶旁边。

爸爸空闲时，就会郑重其事地找出他专用的大茶杯，先用小半杯开水将茶杯烫一烫。然后，撮几片茶叶放入杯子，倒入一些开水后，将杯子晃几晃，小心撇干。看着爸爸慢条斯理地一烫二洗三泡，最后端着茶杯一边品茶，一边感叹："嗯，今年的茶叶不错，不止清香，醇和爽口，还有些甜味。"奶奶笑眯眯地在一旁答话："是的，今年的茶叶是清明节前采摘的，加上玲子全程细心晾晒，茶叶干燥无霉味，确实是好茶。"

有时茶叶摘得多，等叶子晾得半干半湿时，我就取出家里的米筛，用毛巾擦干净后，开始蹲在地上揉捻茶叶。揉捻茶叶比较费时间。我人小力气小，揉捏一阵后，就会站起来问妈妈："是不是可以了？"

妈妈半嗔半笑道："揉茶叶需用暗劲，要耐烦，要将茶叶揉出汁，抓在手里感觉有些粘手了才行。你想孝顺你爸爸喝上好茶，就得好好揉哦。"

我闻言，又蹲在地上，双手将茶叶握在手心，在竹篾筛里向前推揉一阵后，又将茶团放在手心里翻转，揉一阵后，又将茶团解散，然后继续揉捏、翻转茶团。茶叶揉好后，我将茶叶团堆好堆，拍紧，然后洒上一些温开水，再盖上一条温热的湿毛巾给茶叶发酵。

约莫半天的功夫，我端着米筛子走到堂屋里，掀开毛巾。经过发酵后的茶叶，颜色呈浅褐色，散发着浓郁的清香，拿在手里像糯米饭一样绵软。

我将发酵后的茶叶团一丝丝摊开在竹筛里，放在当阳的地方晾着。茶叶晾晒好后，爸爸总是第一个品尝，然后一半放在家里，一半带去学校，美滋滋地请他的同事品新茶，顺便再夸一夸他女儿的能干孝顺。

至今，我离开家乡多年，爸爸也已离世十年，葬在老屋后五百多米的山坡上。每年清明节前，我就很想回乡，想去山上摘细雨里的清明茶，很想再给爸爸揉一堆柔嫩醇香的新茶，晾晒好后，再双手捧给他："爸爸，你爱喝的清明茶，可以品尝了。"

甜蜜的回忆

三八妇女节的时候，单位给我们女同事各发了一小袋包装精致的软糖。望着这袋色彩诱人的糖，我不由与同事感叹道：“要是在小时候，能有这样一袋糖，该是多大的幸福啊！”

是的，小时候最大的快乐，莫过于逢年过节时或是跟着大人走亲戚时得到一些糖果。回家后，和院子里的小伙伴们聚在一起，郑重其事地从捂得紧紧的口袋里掏出几颗糖来，小心翼翼地剥去包装纸后，轻轻地放入嘴里，慢慢感受糖味在嘴里一点点化开的甜蜜，稚嫩的脸上尽是满足的笑靥。

物质清贫的年代，能有糖吃，实在是件很幸福的事。

每逢爸爸出村去开会的那天下午，我和弟弟就会在傍晚时分，蹦蹦跳跳地跑到村口守候，等着爸爸回来。

夕阳快下山了，爸爸总会如约而至地出现在山路的那一头，朝我们走来。

“爸爸回来了，爸爸回来了！”“爸爸回来了，爸爸回来喽！”一见到走在夕阳下的爸爸，我和弟弟欢呼着朝爸爸跑去。爸爸见到我们姐弟后，一扫脸上的疲倦，总是一边欣喜地叫着我们的小名，一边蹲下身子，任我们一头扑进他的怀里。

接到爸爸后，爸爸总是左手抱一个右手抱一个，将我们抱到屋门口的禾堂才放下来，然后开始从他的上衣口袋里往外掏糖果。爸爸一边给我们分发糖果，一边说："先给爷爷奶奶送几个糖，再给妈妈和姐姐哥哥留一些，剩下的你们姐弟俩一起吃。"

在童年的我们眼里，糖果是好吃的，包装纸也是我们珍视的玩具。

我们总是把每次吃糖后的五颜六色的糖果包装纸，一丝不苟地抹平整，用心收藏在一个小袋子里。偶尔用来与伙伴们交换玩具，或是玩做商贸游戏时当钱币使。当时，谁收藏的糖纸越多，谁就是伙伴们眼中最受欢迎的孩子王。

我上中学时，住在镇上的姐姐家。姐夫家只有三兄弟，姐夫的爸爸是个老医生，待人极和善，脾气好，对我也很好。

记得初二那年夏天的"双抢"时节，姐夫家附近几个村流行一种叫"勾端螺旋体"的传染病。那段时间，附近有人因这传染病去世，姐夫的爸爸成天在他的诊所忙碌着，回家时表情甚是凝重。

那天放学时，我突然感觉发烧，无力，由同学黄娟陪着我到了姐夫家的诊所。姐夫的爸爸一见到我不舒服，比我自己还焦急。马上给我测体温，输液，倒温开水吃药。

此后我连休三天病假，在姐姐家打针、吃药。姐夫的爸爸总是在早上出门前给我量体温，叮嘱我按时吃药，尽量多吃饭；晚上回家时，总会像父亲一样，从提包里掏出一小包糖果来递给我，有时是爆米花糖，有时是几块麦芽糖。眼里满是关心和怜爱。即使在我康复后，姐夫的爸爸仍然经常给我糖果吃。

如今，我的爸爸，姐夫的爸爸都已离世多年。但那些带着父辈体温的糖果香，常常萦绕在我的心里。还有那些五颜六色的糖纸，也总是让我回想起清苦而又快乐的童年。

南　瓜

周末在亲戚家，无意中看到他们家阳台上长着一根南瓜藤。这条南瓜藤霸占了阳台的大部分，藤粗叶壮，长势喜人，两朵南瓜花呈现出淡淡的青黄颜色。

在深圳的水泥阳台，突然发现这条被主人种植在花盆里的南瓜藤，我的内心不由萌生出他乡遇故人的感动。

看见南瓜，我想起与它相关的种种事物，它是深深植根于我童年记忆中的一种蔬菜。

每年一开春，奶奶就会在头上裹一块毛巾，围着她的蓝印花围裙，颤着一双小脚，扛着一把小锄头，握着一把砍柴刀在我家的房前屋后忙个不停。

奶奶总是架一个木梯子，小心翼翼地爬上屋后的山坡，先将山坡上的杂柴茅草消除干净。等这些杂柴茅草晾晒几天后，爸妈就挑一个晴朗的周末，将屋前屋后的垃圾连同那些茅草堆在一起，划上火柴燃烧干净。

奶奶说草木灰是种南瓜的最好肥料。有了草木灰后，奶奶开始扛着她的小锄头，在我家木房子周围见缝插针地刨土挖坑种南瓜。每撒下几粒南瓜种，就先勾两锄泥巴盖住，然后倒半簸箕草木灰做底肥催芽。

几场春雨过后，奶奶的南瓜苗总是不负所望地顶着瓜子皮，拱出肥厚水嫩的南瓜苗来。我家乡虽然是山高雾重，奶奶还是隔山差五地给她的南瓜苗浇上一些淘米水。

种在屋后的南瓜苗，是不用搭瓜架的，只需偶尔将乱爬疯长的瓜藤顺着山坡理顺，引导它们往山坡上爬就好。

种在屋前禾堂边上的南瓜就需要搭瓜架。瞅着南瓜苗长到一尺来长时，在奶奶的催促下，爸爸上山砍竹子时，会拖几根连着枝叶的竹尾巴回来，将枝条稍加编织后，削尖几棵较粗壮的杂柴树打墩，再横架几根茅竹，竖搭几根编好的竹尾巴，用草绳绑稳扎紧后，由着南瓜藤往上爬。

奶奶说，南瓜命贱，只要有泥巴就能活。何况加了草木灰，浇了淘米水。入夏后，我家屋前屋后已爬满藤肥叶茂的南瓜藤。

每当这时候，奶奶就开始在一些有露珠的早上，架上木梯子，让哥哥爬上瓜架摘“倒藤”，掐公花尝鲜。奶奶说，如果不摘除那些乱长的“倒藤”，主藤就吃不饱养分，结的南瓜就会又少又小。

刚摘下来的瓜藤和花朵，剥去毛茸茸的青皮后，鲜嫩多汁，清香扑鼻，一些采花粉的蜜蜂会绕着菜篮子嗡嗡乱转。

母南瓜花开花时，奶奶会反复叮嘱我们几姊妹：“南瓜结瓜时，像新媳妇害喜一样金贵小气，你们千万不要去移动瓜藤，触碰花朵。否则，那些花会莫名的枯萎，掉落下来，结不了南瓜。”

那段时间，我们谨记奶奶的话，不再去瓜架下穿来穿去捉迷藏。

一段时间后，瓜架上如愿以偿结满了大大小小的南瓜，瓜叶日渐消瘦，褪色不少，不再像开花时那么青翠了。我们又开始在瓜架下玩游戏。

有时，我们在瓜架下摆上桌子、板凳、椅子，茶壶，茶杯，在那里乘凉，喝茶、聊天、剥瓜子、写作业。尤其是在秋风送爽，月色皎洁的夜晚，奶奶会手摇蒲扇，领着我们坐在瓜果累累的瓜架下，指认天上的星星，讲天狗食月，七仙女下凡的故事。

晚秋时节，等田里地里的粮食都归了仓，我家屋后的山坡、屋前的瓜架上躺满了比脸盆还大的红南瓜。

丰收总是喜悦的。摘回家的南瓜，我们会挑选出长得饱满结实的，且肚脐眼小的，存在谷仓一角，用来做南瓜饼，煮南瓜粥吃，这样的南瓜确实特别香甜。长相一般的，用来剁碎煮熟做猪食，吃过南瓜的小猪会长得非常快，肤色红润光滑，奶奶看着它们就乐，说来年争取再种多些南瓜。

妈妈，“520”

前天，跟远在湘西老家的妈妈通电话时，妈妈欣喜地说道：“玲玲，我昨天洗换季的衣服时，在去年夏天穿过的一条裤子口袋里，发现了一个红包，里面有520块钱！呵呵，不知道是哪个给我的，又没有告诉我，幸好我的东西用得蛮细致，不然，随手弄丢了的话，就辜负了一片心意喽。”

听了妈妈的话，我瞬间想起去年暑假，女儿从老家回来时和我说的话：“妈妈，这次我和弟弟从外婆家来深圳时，外婆又给我们一人塞了一个红包，我们本来不肯要外婆的红包，但她还是坚持要给我们。还说，外婆老了，你们常年在外，难得回老家一趟。以后，你们成家立业后，就更忙了，我想看看你们两姊妹就更难啦。红包，是外婆的一点小小心意，只愿你们在外面平安健康顺利！”

“哦，你外婆是那种习惯，我每次回家看她，进屋时给她一个红包，她总是在我出门时，又添上一些钱硬塞给我，说是出门有红包，万事如意，红红火火才好。”

“是呀，外婆对我们真是太好了，每次回家，她都想方设法弄好吃的给我们吃。她那种热情，就差没把身上的肉割下来了。”女儿答道。

“是呀，你外婆对晚辈确实是疼爱得很。”

“妈妈，幸好这次出门前一天下午，我趁外婆不注意，偷偷将一个红包藏在外婆衣柜的一条裤子口袋里了，里面放了520元钱。我没告诉她，嘻嘻，我要给外婆一个惊喜，让外婆高兴高兴！”没想到女儿也学会了我这一招，这些年，我每次回家也是这样因为红包的事，与妈妈斗智玩藏宝游戏呢！

就在我发呆时，妈妈却在电话那头说话了：“喂，喂？玲玲，你怎么没说话，是电话信号不好吗？”

我回过神来，马上说道：“姆妈，我在呢，我听得到您说话，您听得清我的话吗？”

“嗯，可以，现在又可以了，你的声音蛮清楚。”妈妈在电话那头答话。

我决心揭开谜底：“姆妈，那个红包是纯宝去年暑假回去看您时，藏在您的裤袋子里的，520元钱的意思是我爱您！表示纯宝爱外婆！”

“啊？！哈哈哈，我就想嘛，嘻嘻，我这个纯宝宝，真是太逗人爱了，太孝顺了。她才上班多久啊，就给我520元红包。我自己有钱用，哪要你们牵挂那么多呢，你们在外不容易啊！”

“姆妈，那是孩子的心意，您安心收好，去买点自己喜欢的东西吧。您以前那么用心帮我带孩子，现在他们长大了，孝顺您是天经地义的，这也算是我们的家教好，您应该高兴才是。”

“嗯，嗯嗯，高兴，我高兴。你那两个宝宝从小到大听话，不仅长得好，你还管教得好。玲玲，你以后会有无数个520的。哈哈，520，我爱你，现在的年轻人真能干啊，520就是我爱你啦。呵呵，想起来，蛮有味啊。”

我挂了电话，想象着此刻的妈妈，一定坐在她房间的藤椅上，反复抚摸去年暑假的那个红包，妈妈心上的那份喜悦，岂是520元钱所能购买得到的！

之前，每逢母亲节，我只给妈妈500元红包。去年开春我病了一场，母亲节那天，我寻思：妈妈今年已经73岁了，如果我还能给她发20年的母亲节红包，也只有20年了！所以，我要把握好机会，加倍地给妈妈过母亲节，加倍珍惜爱着我、我也爱着的人。

今年，我几次三番动了回家看妈妈的念头，却因为疫情的影响，至今没有成行。转眼又是母亲节，那一天，我一定要发一个520的红包给妈妈，并告诉她：“姆妈，我爱您！”当然，那一天，我肯定也会收到孩子们给我的母亲节礼物！

鸭　蛋

前段时间，一个朋友和我说，他上次出差到湖南一个乡村，一家农户用自己家的鸭蛋煮了几个荷包蛋招待他们。并说，这是他第一次这样吃鸭蛋，真没想到鸭蛋还可以这样吃，口感特别滑嫩鲜美，蛋香浓浓。

我笑道："我小时候经常这样吃鸭蛋。我们家常年养了几只母鸭，所以捡鸭蛋，煮鸭蛋，吃鸭蛋便是常事了。"

每到秋天，待山上的桐树叶落尽时，家里从开春时养的一群鸭子，大部分已变成了下饭菜。唯有按照惯例留下的八只母鸭，每天拖着肥美的身子，日出时出门，在秋收后的禾田里觅食，在澄清的溪水里嬉戏，啄鱼虾。

吃肥长壮后的母鸭，待秋风微凉后就陆陆续续开始下蛋。母鸭下蛋是有规律的，一般是在晚上下蛋。

对我来说，捡鸭蛋是一件极快乐的事。

天一亮，我从床上一爬起来，顾不上洗脸梳头发，就会端一个洗菜用的竹编菜篮子，弯腰钻入厨房隔壁的鸡鸭栏里。

栏里的鸡鸭已在天亮时，穿过母亲拉开的竹篱笆门，叽叽嘎嘎涌到禾堂里一个堆满米糠苞谷的破脸盆边，吃撑肚子后，三五成群地跑去附近的山坡，禾田，菜地，溪谷里开启新的一天了。

鸡鸭栏内光线昏暗，腥臭味重。但可捡拾鸭蛋的喜悦，让我顾不上这些了，我的眼神早已被地上的几个鸭蛋吸牢。散落在地上的鸭蛋一个个晶亮透明，即使在黑暗里，我也能一眼看见它们。

我端着盛了鸭蛋的篮子走到厨房门口，父亲随手拿起一个鸭蛋举到眼前，对着光线晃一晃说："我家的鸭子真能干，鸭屁股蛮争气。它们下的是绿壳蛋，而且还是双黄蛋，这种蛋营养特别好，不管是煎蛋还是炒蛋，或是做荷包蛋都很香，开胃下饭。"

母亲接过篮子说："玲子，你赶紧去洗洗脸，把头发梳好。呵呵呵，你去照下镜子，你的头发上沾着鸭毛呢。"

我闻言，赶紧跑到洗脸架前照镜子，洗脸刷牙梳头发。

奶奶接过妈妈递过去的篮子，小心翼翼地将鸭蛋一个一个数好，放入铺了谷糠的瓦罐里，盖好盖子后说："玲子，以后捡蛋的时候要注意，如果你摸着的蛋还是热的，你要拿着那个刚刚生下来的蛋往脸上滚几滚。不然，你以后容易脸红。要是谁丢了东西，随口一说，你的脸一红，容易让人误会是你拿了。"

"真的吗，还有这样的说法呀？"我将信将疑地回话。

八只鸭子同时下蛋，每天就会捡到八个亮晶晶的大鸭蛋。有时，却只有七个鸭蛋。凭经验，大人们断定是其中的哪只母鸭不听话，将鸭蛋生在野外了。

如此几次后，母亲会在早上拉开鸡鸭栏的篱笆门时，抱住每一只母鸭进行产检：母亲左手抓紧母鸭的双翅，右手在母鸭的腹部轻轻地抚摸几遍。已生下蛋的鸭子，肚子空空，轻松过关，扑闪着翅膀冲向禾堂里的脸盆。而那只未能在夜里生下蛋的母鸭，则会被单独关在一个鸡笼里，望着它的伙伴嘎嘎嘎的叫，满腹委屈地蹲在窝里待产。

捡鸭蛋是快乐的，吃鸭蛋更是幸福的事。

有时，切上几个辣椒，拍几瓣蒜，打入两个鸭蛋一炒，是很下饭的。家里有人过生日那天，母亲会让奶奶单独打两个荷包蛋给过生日的人吃。有时，家里来客人，会先将搅拌好的鸭蛋液，一小勺一小勺地盛入滚烫的猪油里炸成金黄色后，再捞出来，切上辣椒、姜葱爆炒。另外，鸭蛋还可以蒸水蛋，烫蛋皮包蛋饺吃。尤其是每年端午节前，家里总会做一坛用草木灰腌制的咸鸭蛋。对于小时候的我来说，鸭蛋的任何一种做法，我都喜欢吃。

时至今日，每次回老家赶集，一见到集市上新鲜的鸭蛋，我总会买一些。平时在深圳买菜，也习惯了顺手买几个鲜鸭蛋回家，变着花样做下饭菜。

“妈妈”牌布鞋

国庆假期的一个清晨，我在半梦半醒中，被一阵电话铃声吵醒。

真是的，谁那么早打电话吵人瞌睡呢？我半闭着眼睛，有些不耐烦地接通了电话。

“玲啊，起床了没？我昨天来你姐姐家了。我早上起来没事，拿着手机乱扒看，突然想起前几天听人家说，今年的冬天会特别冷，而且是近60年来最冷的冬天！”

“是姆妈呀，你这么早起床干吗呢，怎么突然关心起天气来了？家里冷吗？”一听到电话那头妈妈的声音，我的瞌睡一下子全没了。

“是啊，家里已变天了，老下雨，我已经穿上单夹衣啦。是这样的，我也蛮多年没给你们几娘崽做布鞋了。人老了，我的眼睛差了许多，风湿病一到冬天就加重。可我看到冬天的天气预报说得好吓人，我想给你们几个一人做一双布拖鞋来，自己做的鞋底厚实，面料绵软，冬天到了，鞋一套进去，火烘烘的，舒服。”

“啊，姆妈您怎么还想着给我们做鞋？您不是手疼吗？做布鞋多麻烦呀？我在网上买来穿好了，深圳的冬天不会太冷的，您放心吧。”

“不呢！我还可以做鞋子，外面买的哪有我做的耐穿？玲，你们需要做几双鞋？我等一下就去按码数买鞋底和鞋面料。”

“姆妈，您以前帮我们做了几十双千层底布鞋，我都还没有穿过，您不是年年在帮我晒一晒又存放在柜子里面吗？我的布鞋不用再做啦！”我继续努力劝说妈妈不用辛苦做鞋子。

“玲不用再说啦，以前的鞋还放得好好的，但现在流行穿棉拖鞋，不用千针万线纳鞋底子，你放心吧，我做起来不会很累的。”

我离开家乡几十年，自己的孩子也都长大了。可是，我在母亲的心里，永远是她牵挂的孩子。深圳的冬天未到，母亲却坐在老家寒凉的堂屋里，担心冬天的冷会冻着我们！

母亲年老体弱，我无法常年陪伴她，照顾她，不想给在老家的她添加担心与牵挂。去年生病，我也没有跟她说。我想起蒋士铨的诗《岁暮到家》：“爱子心无尽，归家喜及辰。寒衣针线密，家信墨痕新。见面怜清瘦，呼儿问苦辛。低回愧人子，不敢叹风尘。”

我陷入了对往事的回忆中，心里变得酸楚起来，泪水从眼里涌出来，顺势滚落在枕头上。

谁言寸草心，报得三春晖？但愿妈妈健康长寿，可以年年牵挂着自己的儿女，可以为我们添衣做鞋，磨豆腐做猪血丸子，喂猪熏腊肉，养鸡养鸭……这样，母亲的爱有了寄放，我的心也安定，我的芬芳、我的幸福更是有根的！

大前天，妈妈打电话给我，说鞋子已全部做好，让外甥女帮我寄过来了。

收到快递后，我打开那个大纸箱，里面整整齐齐地装满了崭新的棉拖鞋。每只鞋子里塞了花生，鞋面上还缝了一块小红布条。

我将鞋子取出来，摆在竹编的大篮子里晾晒了一上午，并拍照片发了一个朋友圈。

朋友们看到我“晒”出来的照片，一边羡慕我的“妈妈牌”布鞋，一边对鞋子里的花生与红布条充满了好奇。

我怀着喜悦的心情，有些得意地解释：“我们老家的习俗，在新鞋子里放新花生，红布条，是祝福穿鞋子的人平安幸福，顺利安康的意思。”

“妈妈牌”布鞋，穿在脚上，暖在心头。

旧年桃事

昨天成都的一果农说："再过几天，就可以摘今年的新桃了，有一个叫'红玉'的品种，不仅外表看起来鲜红诱人，吃起来更是鲜甜多汁。等'红玉'一上市，我就寄点给你尝一尝，你若觉得好吃，再买。"

看着果农发过来的照片，我禁不住口舌生津，对尚长在成都某个果园的桃子充满了期待。同时，旧年时一些与桃有关的记忆瞬间鲜活起来。

缺吃少穿的年代，能吃饱肚子已经是幸福的事了，对于水果这个词，我与童伴们都很陌生。而我做老师的父亲却在我家门前种了一棵李子树，三棵梨树，两棵桃树，另外，还有一棵高大的柿子树。

每年春分时节，随着轰隆隆的雷声滚过，燕子又轻车熟路地从南方飞回来，落户在我家堂屋的横梁上。其时，我家门前的桃树，李树，梨子树便相约着开花了。桃花粉红粉红，李花与梨花雪白雪白，她们你挨着我，我挤着你，霸道地占据了满树满枝。花开时，我们家的禾堂弥漫着花的香味，招惹得谷仓里的蜜蜂成天嗡嗡嗡地缠着花儿打转。我常常站在果树下，仰头望着那些烂漫的花朵，心上总是盛满了喜悦。起风时，细佃柔柔的花瓣飘下来，一些洒在头发上，一些滑过脸颊落在鞋面上，禾堂时时沐浴在花瓣雨里，风里夹着香，透过我家的门窗，我们浸润在花香里。

那段时间，蜜蜂常全身裹满香甜粘人的花粉，在地上和树上的花瓣间翻爬穿梭，我蹲下身去，用细小的竹枝去逗弄她们，她们也不恼，仍旁若无人地围着花瓣嗡嗡转。

有时，我望着头顶上满树满枝的桃花、李花、梨花入了迷，常常趁奶奶不注意时，三下两下就窜上了离地面最近的驼背桃树。

我坐在桃枝上，伸手折下一小枝桃花，插入花丝，摘选两片翠翠的桃叶，轻轻含在双唇间，学着哥哥的样子吹，我吹桃叶时发出的声音并不流畅，可鲜桃叶的清新味早已顺着我的呼吸，浸透我的身体，不！是我融入了桃花，融入了蜜蜂的忙碌与甜蜜。

桃花，李花，梨花的花期都不长，几场春雨后，花落叶长，树上便挂上一层毛茸茸的小毛桃，它们就躲在日益繁盛的枝叶间，沐风浴雨长个儿。

天气一天天热起来了，我陪着花儿开落，守着果子成长。

季节轮换，小毛桃的颜色也一天天由青转红。此时，小脚奶奶常嘱咐我们："桃子正在长个子，还不能吃，你们要管住自己的手，不要摘果子，桃子摘下来又不能吃，扔掉好可惜。也要看着院子里的那几个调皮蛋，不要让他们在我们家的果树下久停，免得他们看着果子眼馋，如果被摘了扔掉就太可惜了！"

我们几姊妹记着奶奶的话，没事就拿着放牛时砍回来的褐色方竹条在果树下追逐嬉闹。放学后，就将家里的小方桌搬到禾堂里，我一边趴在桌子上写作业，一边用警惕的眼神极严肃地驱逐路过的孩子：赶紧给我走开，不要妄想我家的桃子，桃子还没熟呢！即使是端着饭碗，我也是嘴里嚼着饭菜，眼睛盯着我家禾堂里的青石板路，唯恐一眨眼，院子里那几个调皮蛋就会摘了我们家的桃子。

童年的心天真洁白，乐趣却多。我们用心守着桃子，院子里的玉香、华红、纪良、春姣、细海……却在惦记着我家的桃子。

他们路过我们家禾堂的次数越来越多：一会赶着牛路过，一会背着猪草竹篓子路过，一会挑着柴火路过，一会抱着野芹菜或蕨菜路过，一会儿赶着鹅呀鸭子路过，一会儿摘了把野葱艾叶路过……

随着他们路过的次数越来越多，我们的警惕心也越来越高，也许是桃子太招人喜欢了，他们路过时，那一双双亮晶晶的眼睛总是有意无意地往桃树上瞟，哼，你们的心思不用猜，我也知道！

进入六月，桃子渐渐长大变红，挤挤挨挨地将桃树驮弯了腰，桃树上渗出晶莹粘人的桃胶，桃树也成了昆虫飞鸟的乐园。

夏至时节，日益成熟的桃子惊醒了蝉鸣声声：早上，我们还没睡醒，它们就开始藏在林叶间嘶哑着嗓子唱歌；我们吃饭时，它们也不歇着，好似是常驻我家的免费歌手，一直敬业地唱呀唱。

有时，奶奶听烦了，免不了唠叨：“哎呀，这些蝉哨子，成天不知死活地叫，吵得我心里好烦哩！你们看那些蜻蜓蝴蝶多乖，不吵不闹，也不蛀桃子。对了，你们可要小心那些可恶的毛毛虫，千万不要被毛毛虫碰到皮肤，要是不小心被毛毛虫碰到了皮肤，会又痒又疼，皮肤会长疹子，可难受了。”

我们越护桃，细海和玉香他们就越惦记我们家的桃子。

有一次放牛归来，我刚将吃饱喝足的母黄牛赶进牛栏屋，闩好木闩子，解下牛绳后，转身就跑去察看靠厨房边的驼背桃子树。没想到，玉香竟然正蹲在垂至地面的桃树下，她身边的猪草篓子里的弯镰刀，懒散地躺在几把露水未干的猪草上，玉香手里捏着两个半生不熟的毛桃，正出神地望着我家的桃树。我一急，扬声喊道：“玉香，你怎么可以偷我们家的桃子？不要脸！”说着就用手里的方竹条去赶她。谁知道，我的竹条还没碰到玉香的衣服，她就拖着哭腔嚷嚷开了：“我没偷桃子，我路过，来捉甲壳虫不行吗？桃树是你们家的，甲壳虫总不是你们家养的吧？！哼，你这么霸道，我不理你了，以后不和你玩了！”

我一听，更来气了，左手叉着腰，右手刮着羞羞朝玉香吆喝开了：“死脸牯①，舔屁股，舔点油星煎豆腐，豆腐煎得二面黄，死脸牯莫得尝！”我的吆喝声不仅惹恼了玉香也招来了奶奶。

谁知奶奶一来，我还来不及理直气壮地向奶奶说玉香“偷”桃子的事，玉香竟一扯嗓子，眼泪哗哗的先向奶奶告我的状：“奶奶，我只是看看你们的桃了，玲子就骂我死脸牯煎豆腐，说

① 死脸牯：方言，意思是厚脸皮。

豆腐煎好后还不给我尝……”奶奶看了我一眼，轻轻地牵起哭闹的玉香说道：“孙女，桃子还没有熟，不能吃，摘了就浪费了可惜。玲子不懂事，骂人是不对的，我给你赔不是，你别哭了好吗？”

“嗡嗡……嗡，我就要哭。玲子还用方竹枝打人，把我的手打得好疼啊。”玉香噘着嘴越说越委屈，我扯着奶奶的手争辩：“我没打人，谁让她蹲在我家的桃子树下不走，明明就是想偷桃子嘛！奶奶，你看玉香的手里，还捏着两个毛桃子呢！哼，还狡辩！”

“桃子是在树下捡到的，不是我摘的，玲子你莫赖人！”玉香哭得更起劲儿了。

“孙女乖，你快莫哭了，你一哭，我的心里就闹得慌，不舒服。你还没有吃早饭吧，你莫走，奶奶给你打个荷包蛋，你在我们家吃了早饭再回家。”

玉香抽泣着止了哭，一边香香地吃着奶奶煎的荷包蛋，一边趁着奶奶不注意朝着我吐舌头做鬼脸。我翻着白眼瞪她，心里念念叨叨记下了账：“死脸牯，煎豆腐……还吃我奶奶的荷包蛋！”

真是守桃不成蚀个蛋，玉香走后，我追着奶奶不解地问：“明明是我守护我们自己家的桃子，又没打她，奶奶怎么不相信我说的话呢，还给玉香吃荷包蛋，哼！我都没得吃。”

奶奶抚摸着我的头发，轻声说道：“玲子啊，好东西要懂得分享。俗话说得好‘千人吃了千人香，一人吃了没人帮’，长大后你就会懂的。只是，我们家的桃子目前还没有熟，等桃子真正熟了，就喊那几个小家伙来，一起摘桃子，尝尝鲜。”

因为没打农药，我家的桃子总是被虫蛀坏许多，能真正吃到嘴里的极有限。

中学毕业后的那个暑假，我因事在邻县的大舅家待了一个多月。大舅家的房前屋后种着好些桃子树。

双抢时节，农人忙碌，树上的桃子也一个个晒得满脸通红，甚是喜人。那时，几个表姐已出嫁，大舅家的几棵桃子树成了我和表弟的专属果树。

在树上自然熟的桃子闻着香，吃着甜，让我们过足了桃瘾。印象最深的是长在田沿井水边的那棵桃子树，这棵桃树结的桃子不仅口感脆甜，而且桃核不粘桃肉，只要将桃子捏在手里，双手的大拇指挨在一起，沿着桃子凹进去的中间线轻轻往两边一掰，桃核就应声而出，不粘连半点桃肉。这样的桃子，我们叫它“脱骨桃”，它是最受人喜爱的。

岁月流转，如今，很多疼爱我的长辈已相继离世，我家门前的果树也早已不在原来的地方。暑假将近，不知舅舅家的桃树还在吗，那些桃子是不是依旧脆甜可口？陪我长大的伙伴们，你们如今在哪里？会不会也如我这样，偶尔还会想起少年的你？

我是开在妈妈掌心的一朵棉花

“玲啊，我再给你做三床新棉被，每床十二斤新疆产的新棉花，你觉得可以吗？”周六下午四点多，我正在给学生讲作文，妈妈又来电话了。我一惊，伸手滑开接听键，压低声音连声回话：“姆妈，我正在上课，我晚点打过去给您啊。”

挂完电话，我不由自主地重复了一句：“我的妈呀，又在打棉被了。”几个学生一听，憋不住都笑开了花。

放学后，我坐上 11 号地铁的商务座返回罗湖，望着窗外的蓝天白云，我的思绪又飞了。

自从上次清明节来去匆匆回了趟老家后，妈妈给我打电话的频率高了许多。

上次回家，发现我妈妈又衰老了许多，只是，她那颗为儿女们操不完的心还一如既往地年轻着。

我来去共三天的时间，我心里挂着深圳的事，给爷爷奶奶父亲扫好墓后，我又风风火火的来了深圳。

那天下午，外甥开车送我去洞口高铁站乘车。临出门时，妈妈低头从她的背包里掏出一个红包来递给我，很认真地看着我的眼睛说："玲，出门红，出门红！你这么孝顺，工作那么忙还赶回来给你的爷爷奶奶、姆爸扫墓，他们一定会感应到你的心意的，而且，你姆爸生前很疼你，相信他仍然会保佑你平安，健康的！你这样来去匆匆，连你最爱吃的血酱鸭都没有吃呢，哎，出门在外真是不容易啊！"

望着满脸皱纹，头发发白的妈妈，我突然想起一首老歌里唱的："叮咛祝福，千言万语，留不住……"鼻子发酸，却故作轻松地越过妈妈的视线，望着厨房屋顶的黑瓦说道："姆妈，我很快就会回来的，忙完这阵子就好了，这阵子，我正在忙一些学校的事，这可是我一直想要做的事哩！"

可是，这一次，妈妈并没有如我想象中那样替我高兴！她扶着我身边的车门，眼睛泛红："玲啊，我知道你喜欢读书，知道你的性格，只要是你喜欢的事就一定要做好。可是，你去照照镜子看看吧，你的嘴唇一点血色也没有，一点血色也没有啊！傻孩子，你也不小了，你自己的身体自己要多保重，没有好身体，你做事多吃力呀。现在，你的两个孩子也大了，他们都那么争气，又都那么孝顺体贴，你要多替自己想想，把身体养好才行，我也放心点。"

我答应着妈妈出了门，车辆拐弯时，我摇下车窗往后看，夕阳下，妈妈还站在原地，朝我挥着手，只是影子越来越小，越来越模糊……

回深圳后，我的工作更忙了。而妈妈打电话给我的次数反而多了，每次接通电话，妈妈就反复强调："玲啊，你赶紧把离家远的工作辞掉。你喜欢教书，就在你家附近的学校上上课就好，不要把自己累坏了。”“好的，姆妈您放心吧，这学期，我把答应朋友的事情做完，远的学校，我就不去啦。”

上个月开始，妈妈就开始给我张罗打新棉被；就计划着暑假让我们全家人回家好好休息，趁着假期放松放松；就开始唠叨让我们回家过春节的事……

上周日下午五点多，我正在为抗疫忙得晕头转向，妈妈又打电话给我：“玲子，我告诉你，我现在刚从你姐姐家回到村里了，你的棉被已打好，我选了最贵的新疆棉花，三床棉被一样的重量，每床十二斤棉花，一米八宽。你不是说睡眠不好吗？呵呵，下次你回家，就可以睡得好啦！这新棉被白白的，软和得像棉花包子，你一躺下肯定会睡得很香，腰也会好的。”

我在电话这头，一边听着电话那头的妈妈满心欢喜“汇报”棉被已大功告成，一边看着密密麻麻的电话号码出神。

我多想回到老家陪着妈妈，种菜养花，过些闲适的日子！可疫情当前，我哪能回家？

我有些走神，挂了电话后，我又投入到紧张的抗疫工作中。

第二天下午，忙完一阵子工作后，我突然想起前一天妈妈的电话，马上就给妈妈打电话。

“玲，你今天不忙啦？告诉你，我又到了你姐姐家啦，我明天去你弟弟家，帮忙带宝宝。”

我反应过来，我这个能干的妈妈呀，还真是宝刀未老啊：周六打电话给我时，她正守着姐姐的邻居张师傅给我打棉被，礼拜天就已经将打好的棉被打好包，送回家里放好，礼拜一又到了姐姐家。

今天的深圳，有风有雨有太阳，更有一团团，一层层，如梦似幻的云。

每一棵树都开花，每一朵云都洁白柔软，云在飞，我望着天空之城，想起妈妈的新棉被：“白白的棉花，软软的很舒服，玲躺下就会睡着的新棉被，像个棉花包子。”

当妈妈念叨着“新棉被，白白的软软的很舒服……”时，就如她的小女儿已经躺在妈妈的“棉花包子”里一样，妈妈的语气柔柔的，轻轻的，好美，好温暖。

妈妈啊，我的老妈妈，我是开在您掌心的一朵棉花，有您在，我的身上总是温暖的，有您在，我还是被妈宠溺着长不大的小女孩。

苦　瓜

汪曾祺先生在《五味》一文里写道："北京人很保守，过去不知苦瓜为何物，近年有人学会吃了。"而我对于苦瓜呢，也是经历过一段由抗拒到接受再到喜爱的过程。如今，我家的餐桌上，从夏到秋，是少不了苦瓜这盘菜的。

春末夏初的一天，我无意中将几粒从老家捎来的苦瓜种子，种在了楼顶花园的花盆里。这之后，我就没去管它，不曾特别留意，也没有用心侍弄，只是任其自由生长。

开始长苗时，唯一成活下来的一条苦瓜藤长得极纤瘦，一幅弱不禁风的样子。有好几次，如果不是看到攀沿着竹竿努力向上生长的藤尖，以及为数不多的鲜嫩叶子，我差点就动手扯掉它们，重新翻土种上别的蔬菜了。

立秋后，深圳的天气沉浸在反复无常的太阳雨里，而我极喜爱的花草果蔬也在风里雨里，在秋阳下吸够了雨水长得枝繁叶茂。立秋十几天后，我发现那条原本纤细的苦瓜藤竟然已稳稳地爬上了瓜架，抽出了好几条肥壮的新藤，翠翠的藤叶间，几朵散发着清香的小黄花特别招人喜欢，让我对它们的未来也充满了期待。

自从发现这棵苦瓜藤开始开花后，我早晚逗留在园子里的时间更多了。花开瓜长，这棵苦瓜藤每次就结三四条米白色的苦瓜。从发现第一朵苦瓜花起，苦瓜与苦瓜花不仅成了我朋友圈里的贵宾，同时也招来了亲友们对苦瓜的各种关注：这个说，玲子，要留些苦瓜种子给我啊；那个说，玲子，等藤叶枯萎后，记得将苦瓜藤留下给我；更多的人说，玲子，真是羡慕你呀，那苦瓜长得好美，每天看着你的朋友圈就是一种享受哩，要是能吃上这样的纯天然生长的苦瓜，味道肯定好极了，那才是真正的苦瓜味。

说起苦瓜味，记得小时候，爷爷总会在我家的房前屋后种下几蓬苦瓜。春天，种子下地后，苦瓜出苗前，爷爷总会用竹尾竹枝扭编，搭好简单的瓜架。夏天一到，瓜藤憋足了劲顺着瓜架攀爬，抽枝展叶。有时，奶奶还会将淘米水顺手浇到瓜地里增加瓜藤的营养。

爷爷奶奶种的苦瓜年年都丰收，而且个子特别大，每条约有一斤来重，大人都很喜欢吃苦瓜做的菜。可我看着浑身长满疙瘩的乳白色苦瓜，却怎么也爱不起来，因为这些苦瓜实在太苦了。有好几次我吃到嘴里，又忍不住偷偷吐出来。

一次，爷爷站在苦瓜架前，抚摸着我的头，语重心长地对年幼的我说：“玲子，俗话说，吃得苦中苦，方为人上人，一些道理，等你长大后就会明白的。苦瓜，其实不是真的苦，它只是叫个苦瓜而已。你别看苦瓜长得丑，吃苦瓜却很有益处，不仅有营养，而且能清热气，缓解秋燥，更会减少皮肤长疙瘩。”

为了让我爱上苦瓜，奶奶变着花样做苦瓜：有时，先将苦瓜切成麻将大小的方块，再在方块上轻轻划上几刀，然后将切好的苦瓜方块放在清水里泡上一阵子，最后用猪油煎香，加上豆瓣酱辣椒煨煮；有时，奶奶将苦瓜剖开去籽后，用心将苦瓜切成薄可透光的苦瓜片，再用清水泡一会，减少苦瓜的苦味。

在长辈们用心烹饪的饭菜香里，我慢慢爱上了吃苦瓜。长大后，尤其是如今人到中年，经过生活的反复锤炼打磨，我对苦瓜的喜爱与日俱增，我也终于理解了爷爷说过的话。如今，看着长势喜人的苦瓜，我常常提醒两个孩子在忙碌的工作生活中，要懂得放慢脚步，让心静下来，多抽空看看向阳生长的苦瓜藤，多吃些苦，才能体会生活的甜。

叶落时节，鸭汤香

“梧桐叶上三更雨，叶叶声声是别离。”每到梧桐叶落时节，我就会学着母亲当年的样子，着手准备一只老鸭，为家人煲一锅老鸭汤。老鸭汤润肺去燥，特别适合这个季节食用。

深圳的菜市场，食材众多，可是要想在秋天买到正在下蛋的老鸭却不容易。要是托人在老家乡下买了邮寄过来，既不容易，也不方便。况且，村子里年轻人大都外出打工了，留守的老人们都指望着家养的老鸭下蛋，舍不得卖掉老鸭。

记忆中，每当老家门前梧桐树的叶子开始枯黄、飘落，父亲总是习惯性地和母亲商量给全家人煲老鸭汤喝，我们总是欣喜异常。母亲做老鸭汤的食材和方法都很简单：拔光鸭毛的老鸭圆润黄亮，母亲将老鸭切块后放入洗净的铁鼎锅里，加几片生姜，用竹勺子舀几勺清亮的山泉水没过老鸭，盖上漆黑油亮的铁锅盖，点燃杂树柴火开始炖老鸭汤。

母亲先用大火将铁鼎锅里的水烧开，然后抽出部分柴火，改用小火慢慢熬煮。约一个多小时后，老鸭汤特有的清香从铁鼎锅里挤出来，霸占了我们的厨房，轻而易举地将我们潜伏的馋虫

“勾”出来，口水直冒。

今年中秋节前，我托人从广东的乡下买了两只老鸭来，一只自己留下煲汤，一只送给了同样喜欢喝老鸭汤的朋友。

女儿说，用老鸭煲酸萝卜好吃。可我还是喜欢小时候的味道。于是，我家的一只老鸭煲出了两种不同口味的老鸭汤。

女儿用半只老鸭，切上我酿制的酸萝卜片，加了些生姜和枸杞，放在砂锅里慢慢煲了近两个小时。没想到女儿煲的酸萝卜老鸭汤，汤色乳白、老鸭皮糯肉粑、萝卜酸香爽口、具有独特的风味，让人回味无穷，也让我惊讶。女儿是老师，心思都用在教学上，平时没什么时间下厨，没想到她居然对美食也这样有研究，敢创新，实在让我佩服。

我煲的清水生姜老鸭汤口感清甜，汤水清亮，那股萦绕在记忆里的香气又回来了。

我问朋友家的老鸭是怎么煲汤的。朋友说：“我是用新鲜的白萝卜煲的。秋天的萝卜鲜嫩肥壮配上老鸭煲汤，可真是一绝呢！白萝卜煲的老鸭汤不仅口感鲜甜，香气诱人，而且特别清热解燥，我一连喝了三碗，实在是太好喝了，老鸭汤真是好东西，我一点也没舍得浪费哦！”

鸭汤三吃，我最喜欢的还是儿时原汁原味的味道。秋天的梦里，金黄的梧桐叶飘飘而下，叶叶声声的别离里，父母的念叨依旧，老屋门前的溪水澄澈叮咚，鸭子“嘎嘎……嘎”的叫声起伏。

第二辑

深圳光阴

CAOMUQINGQING

怡心园的光阴

每到周末，总是喜欢待在自己的小花园里，数阳光投下的光影，听风翻动书页。

今天也不例外，一早上楼，却一眼发现那些原本郁郁葱葱的绿萝有一部分居然耷拉着脑袋，我走近仔细一看，发现好几条绿萝藤都被老鼠拦腰咬断了，地上凌乱地掉了好几截，叶子失了生命的汁液，全蔫了，这可恶的老鼠，不是存心与我作对么？

一边收拾残叶，一边给小园子做“5S”①，才一周不收拾，茶几、茶具、桌椅都灰头土脸的，尤其是茶几上，居然还留下了小鸟方便后的痕迹，这些小家伙也太不把自己当外人了。经过大约一个小时的清洁修剪，我的小园子又恢复了我喜欢的样子：花花草草个个都精神抖擞，地面台面，茶几等用品也都桌明几净。身在闹市，我还是喜欢离泥土更近些，离喧哗更远些；人到中年，很多东西看淡了，所以更多的时候我都愿意一个人待着，静是我目前最喜欢的生活方式。

---

① 5S：一种源自日本的企业标准管理法。

小园子的每一枚生命都是我一手买回或是捡拾回来的，然后年复一年，日复一日地小心侍候，终于有了今天的“怡心园”。

侍弄花草久了，也基本上成了半个花农，了解了它们的一些习性。比喻幸福树、绿萝和龙吐珠就特别爱喝水，除了雨天，其他时间必须每天给它们喂够了水，它们才能呈现出生命的活力；而虎皮兰、金边铁树、艾叶草则是最好打发的，它们耐旱耐涝，怎么养都能活得生龙活虎，真是让我省心不少；另外还有金银花树、鸡蛋果树、黄皮树、小橘树、鸡矢藤、秋葵、滴水观音、龙船花、无花果、桂花树、栀子花……也都比较好养，它们的叶子一年四季都是绿绿翠翠，不定时也会开些小花哄我开心，偶尔还挂些果子慰劳我，与这些花花草草相处的时间总令我忘却了时光的流逝，也抹平了生活中的一些小疙瘩。

泡着茶，翻着书，看阳光将花草的影子投射在地面，小狗丁丁忙得不亦乐乎，一会钻入花草间嗅嗅香，一会又趴在花影里眯着眼假寐（我想它才是真正的生活家，懂得适时享受和撒娇）。偶尔有不知名的小鸟在黄皮树间吟唱（莫非它就是趁我不在时，在我的茶几上撒尿的那个家伙么，我不得而知），它唱一会，又试探性的跃到那个装了水的桶沿上，润润嗓子，抖下一团小雾在秋阳的光影里。我几次把手机调成静音，蹑手蹑脚地想要拍下这宇宙间的小精灵，可它实在是太机敏了，我总是难以如愿。园子里什么花开了，我总是第一个发现，而今天的花极少，蜜蜂也好久不来。坐久了起身活动身子，蓦然发现一只大黄蜂在围着小桂花树打转，我揉了揉了眼睛，天啦，那棵小小的桂花树居然开出了零星的小黄花，亏我前几天还在抱怨它为何总不开花呢！这次的桂花开，最先发现的居然是这只勤劳的大黄蜂，真是太有趣了。看来，等一朵花开就如时光酿酒，需要有足够的耐心。

手里的书是汪曾祺的作品，正在读的这篇是写他年少时的一些经历。别看他成年后经历坎坷、成名成家，他年少时也是一个调皮捣蛋的少年呢！比如让他守晒的米粉、灶饭等，他偶尔会把吓鸟的红纸拿掉，故意让鸟儿们大吃一餐，到觉得鸟儿太贪心时又大喝一声将鸟儿赶走！读到这里，我禁不住失笑，反复读了几遍，又翻到书本封面再三确认这确实是汪老的作品，我没有看错。看来人的一生，不管经历了什么，只要你的童年是在温暖中长大，我们的内心深处就会有不为人知的温柔和稚嫩，而我喜欢待在这样的时光缝隙里。

秋阳收好一地的花影后悄然离开，又起风了，我合起书抬头发现黄皮树枝上一条绿萝吃力的探着头，身子垂下了一大截。我走过去，顺手将它往头上的铁线网上一抛，希望它的生长因有所依附而舒适些，可能是用力过猛，手腕瞬间被铁丝网狠狠地划出几道血痕来，用酒精一涂，伤口钻心疼。生活就是这样，只要用心，你就会在点点光阴里发现许多别人无法体会的乐趣，当然，还有那些不为人知的痛，这就是怡心园的光阴故事。

早晨的歌

在鸟鸣中醒来，晶莹剔透的露珠还不舍得从花叶间离开。太阳还没有起来，被厚雾缠住了，露珠是雾的孩子，挽留都是为了爱。

成双成对的飞鸟在不远处呢喃欢唱，那些知名或不知名的生命都在晨歌中醒来。百合花苗揉揉惺忪的睡眼从泥土中探出头来，翠翠净净的苗苗，来年花开也应很美。茶花是养在深闺的娇娘，尽管我天天望穿秋水、飞鸟的情歌也缠绵悠扬，她仍然矜持地含羞带怯，仅向我展露若有若无的一抹潮红！

哟，今天看来是个好日子，你看那只平日消沉慵懒的单身甲虫，居然悄悄找了个伴，正在秋葵枝间温存哩！还有另一只小甲虫，竟然也勾搭了一只小野蜂，它们也玩起了捉迷藏……

这珍贵的人间，这美妙的早晨，这深情的土地，这丰盈的生活，叫我如何不多情？叫我如何不痴迷？叫我如何不年轻？叫我如何不爱他？

眷恋你的温柔

每天早起，只要人心不死，总会被一些新奇和美妙缠绕着。

尤其是，在这样花草凝珠坠露的早晨，霞光初映，鸟声稠，叶嫩花鲜，天空澄清，气息灵动清雅，置身其间，就有了眷恋人世的最大理由！

俗话说早起的鸟儿有虫吃，但这菜叶上的青虫好幸运，也很幸福！那些小鸟都忙着去唱情歌了，它们得赶在春风吹来前找到一个可心的伴侣，哪里还顾得上啄食青虫？

是因人勤春来早？还是有花仙子特别眷顾？这个冬天的花草长得特别出色。天气一回暖，脱去厚实的衣衫，和这些愉悦身心的生命温柔共享良辰美景，让一切烦扰绕道！

俯身大自然，看青虫尽情进食绿叶，听蜜蜂嗡嗡，还有那无声无息飘落的花瓣，空气中的丝丝花香……

记得叙利亚诗人阿多尼斯曾写过“什么是玫瑰？为了被斩首而生长的头颅。”而我觉得，玫瑰花若只是商品，是传情的道具，未免太可惜！

我不会斩首我的花草。在我的花盆里，所有的种子可以肆意生长，也欢迎那些知名或不知名的小鸟来欢唱，我只需温柔以待，出落成光明，清澄，简单，喜悦，温润的模样就好。

紫苏情怀

“妈妈，今晚的菜真好吃，我要吃三碗饭！”这是上小学的儿子在进餐时发出的欢呼。看着孩子那少见的馋样，我舒心地笑了。其实，那令儿子胃口大开的菜并非什么山珍海味，它只是一盘简单的，却散发着诱人芳香的紫苏煎蛋。

家人可能至今都未明白，餐桌上为何总是隔三岔五地弥漫着紫苏味。其实，对紫苏的情有独钟，是我内心珍藏的一个小秘密。每次闻着紫苏那股沁人心脾的香味，我仿佛嗅到了故乡的味道。刹那，我被那种叫乡愁的东西迷醉了，恍惚间，思绪又飘回了久违的故乡……

故乡那清澈透明的小河，群山环抱的村庄，那绿油油的庄稼，山间野地随处可见的各种野菜、山花，以及乡亲们那纯朴的笑容、亲切的乡音……鸡犬相闻中无不令人有一种置身世外桃源的感觉。而这一切对于久居他乡的游子来说，似近又远。

多少次梦回故乡，闻那玉米叶清甜的芬芳，目睹那群山尽染秋色的金黄……梦醒时分，心头总余惆怅。而母亲那声声唤儿归的呼唤，依然萦绕在耳畔。想起母亲，就令我对母亲那道紫苏煎蛋产生无限向往。

在家乡，紫苏是很平常的一种植物，几乎没人把它们当蔬菜来种植，可也没有任何一株紫苏因自己不被重视而自卑地拒绝生长。每到夏天，在菜园某个不起眼的角落或是房前屋后都可一觅它们紫色的芳踪。我总感觉紫苏是有灵魂的，因为它们总喜欢生长在有人烟的地方。在深秋时节，乡亲们会随手割下一把把紫苏晒成干菜，用来做调料。午后的阳光里，空气中弥漫的满是紫苏香。

在都市的繁华中，常常迷失了自我。而故乡是一剂清凉的处方，为我安妥灵魂，抚平沧桑。在我想家又不能回时，我便走向菜市场，目光在菜贩的摊位上搜寻，寻找那种广东人用来煲凉茶的紫色植物——那种我故乡也有的紫苏。寻到了，我便如获至宝，在摊主诧异的目光中，我总是爽快地付账，迫不及待地摘下一小片叶子捻烂，贪婪地吸吮它那独有的气息。那一刻我又嗅到了故乡的味道，闻到了母亲的饭菜香……

又是深秋。故乡的紫苏，你还好吗？

草木书香

天一亮，我就被鸟鸣唤醒。

起床后，总会习惯性地捧一本闲书去与花草聊天。其实我并不太懂种花养草，学历也不高，但这两者，仿佛都有一种神奇的魔力，让人放不下。

哪有比与书籍、自然相处更妙的事呢？

诗人陶渊明早就有“少无适俗韵，性本爱丘山”以及“少学琴书，偶爱闲静，开卷有得，便欣然忘食。见树木交荫，时鸟变声，亦复欢坐有喜……”。

而历史上的一些名人雅士对花草更是厚爱有加。譬如宋庆龄也喜欢种花，据说现在她的故居阳台庭院中，还有她当年栽种的玫瑰、牡丹、石榴等，年年花繁叶茂。她最爱黄色康乃馨，此花颜色丰富，姿容绚丽、多花并发，十分可爱，人称“母亲花”。

文学家老舍在《养花》里就有一段：“我不是有腿病吗，不但不利于行，也不利于久坐。我不知道花草们受我的照顾，感谢我不感谢；我可得感谢它们。在我工作的时候，我总是写了几十个字，就到院中去看看，浇浇这棵，搬搬那盆，然后回到屋中再写一点，然后再出去，如此循环，把脑力劳动与体力劳动结合到一起，有益身心，胜于吃药。要是赶上狂风暴雨或天气突变哪，就得全家动员，抢救花草，十分紧张。几百盆花，都要很快地抢到屋里去，使人腰酸腿疼，热汗直流。第二天，天气好转，又得把花儿都搬出去，就又一次腰酸腿疼，热汗直流。可是，这多么有意思呀！不劳动，连棵花儿也养不活，这难道不是真理吗？”

我也喜欢植物。客厅角落，阳台，楼顶都养了不少。菊花、富贵竹、口红花、金银花、百合、兰花、绿萝、无花果、鸡蛋果、西红柿、朱顶红、簕杜鹃、艾草……只要能活的，不分贵贱，我都种养，我都喜欢。逢刮风下雨的天气，出门进门必是要巡视一遍的，看看她们是否有受到风雨的损害；晴好的日子，晨光暮色里，更要一盆盆仔细检查，根据品种的习性，一棵棵喂够了水。

深圳温度高，稍有怠慢，一些花草就有可能不告而别。记得去年夏天，用一个旧茶壶分养了一些金钱草，摆在茶几上，翠翠的甚是好看。那天早上出门前，我并没察觉到她有什么异样，下午下班回来，那些圆圆的小绿叶居然全半死不活地蔫倒下来，伸手在壶里一摸，水全干了。我心疼不已，也为自己的粗心懊悔。自此，对花草的照料更加勤快小心。

这几日，是朱顶红与簕杜鹃开得正好的时候，花团锦簇，如火如荼。那几棵西红柿更是果实累累，一天一个样。每天看到她们，除了浇浇水，就是为她们拍照。有时兴趣来了，就给那些照片随意配上几行文字发在朋友圈，分享给朋友们欣赏。

今晨上楼，那株去年冬天移植的柠檬树居然挂了果，那些淡粉的花瓣褪落后，立在枝尖是一粒粒如葵花籽大小的小柠檬，一半青绿，一半嫩黄。实在是很惊喜，犹如初婴般澄净，俯身一闻，它们也是香的。花草有灵气，有秉性，更懂得知足和感恩，只给些微的关怀，她们必会拼尽全力，熬过严寒与酷暑，回报以花香叶绿的美和果实的甘甜，给我一个柔软、清香的空间。

买书购花，几年下来，渐渐堆积了不少。看书累了，就起身看看花草，随手浇浇水，修剪一下枯枝败叶。偶尔有蝴蝶、蜜蜂在花间忙碌，便又捧着手机追着它们拍照。也有一些胆大的飞鸟，不知是对我视而不见还是窥究了我的心思，也会在我的花草间唱歌比赛，有时是一只，有时是一对，叫声欢快。

今天是三月的最后一天，太阳不小，云朵安静。也许明天，也可能是后天，蝉就会醒过来……

鸡屎藤

春夏之交，深圳这段时间的天气忽冷忽热，一阵太阳一阵雨。阴晴不定，人体最易积累湿毒，肠胃也较虚弱。

据说，鸡屎藤能够先将人身体内的湿热之毒解消，到了暑热天少生温病。我家附近菜市场卖凉茶原料的东莞阿姨说，在岭南，很多地方是采了新鲜的鸡屎藤，挂在门楣上，辟邪护宅。

而我对鸡屎藤的了解，可谓应了那句俗语：有心栽花花不开无心插柳柳成荫。前几年，在楼顶一角，每到春天，就会有一蓬青藤不管不顾地长出来。我认得它，在湘西的老家，我们叫它“粢粑藤”。每年春天，溪边、河边、路边、田埂旁及灌木林中，就有这种藤常攀缘于其他植物或岩石成蓬长出来。趁着“粢粑藤”正值壮年，不老不嫩，一些有闲情的妇女会采下这种青藤，用一双巧手和了糯米粉，做成粢粑粑给家人吃。我上中学时，姐姐就做过这样的粢粑粑给我吃，蒸熟后的粢粑粑颜色黝黑，青草味很重，吃起来却又有回甘和香气。有些人吃不惯，但吃过的，必是一口难忘，非常霸气。

虽说这“粢粑藤”是我的旧识，但因为它有难闻的气味，加上种植的空间有限，当初，我是并不乐意它与我为邻的。每次它一长出来，就会被我当野草扯了丢弃。直到去年秋天的那个早上，我照常上楼浇花，没想到那蓬“粢粑藤”不仅无声无息地长成了一大蓬青藤爬在我的花架上，而且在冷冷的风雨中，竟然开出了满满一层钟形的小花，一朵朵白里泛紫，清雅芬芳，无不给人一种清新脱俗的感觉。我瞬间被她们安静而淡雅的美所感动，并为当初对它们的无情羞愧不已。这么美的花，我觉得应该会有一个不俗的名字。于是用手机一百度，没想到它因了叶子揉烂后，初闻有一股鸡屎味而得了一个不雅的名字：“鸡屎藤”。这名字容易让人联想到恶臭，我对这名字有小小的失望，可已无法影响我对她的喜爱。当初闻着的那股怪味，久闻下来又会有一股沁人肺腑的清香。

通过百度，我不仅知道了小时候的“粢粑藤”的书名叫“鸡屎藤”，又叫“鸡矢藤”“牛皮冻”“臭藤”等，还了解到它是我们生活中常见的一种中药材，主要作用效果在祛风利湿，消食化积，止咳止痛等方面。

今年春天，楼上的鸡屎藤毫不意外地长势喜人，一条条青藤肥嫩壮实。好几次想要采几枝青藤做糍粑，可又不忍破坏这欢畅的生命。

今天是三月初三，据说会有许多的草木成精。这些草木会在今天达到药效巅峰，譬如夏枯草、蔓菁花、荠菜花……当然，还有鸡屎藤。于是一大早，我就上楼挑剪了几条长势稍弱的鸡屎藤，洗干净后放在多功能茶壶里，按下煲花茶的功能开始煲茶。随着水温的升高，壶里绿绿翠翠的叶子慢慢暗淡下去，一股清香便充盈了整个客厅。多少远去的往事，在这香气里氤氲。

现在，大家生活物资丰富，餐桌上几乎不缺大鱼大肉，可反而很难感受小时候生活的醇香，感受亲情、友情的美好。没想到鸡屎藤这老朋友，不仅可食可赏，还能帮我们调整身体不适，排除毒素，实在难得。

我想选一个风和日丽的周末，邀三五好友，一起动手做粢粑粑，品尝青藤香。

久违的等待

生命中有很多的时间都在等待。也许在等一个久别的人，也许在等一封远方的来信，也许在等一树花开，也许在等一场聚会，也可能在等秋天的一片落叶，等一粒种子的萌芽，等天亮时的第一声鸟鸣……

我等过。年少时，我等待外出的父亲，他的口袋里总有包装鲜艳的糖果；下雨天，我等待家里人送来的雨具；饥饿时，我等待奶奶端上桌的热饭菜；过年时，我等待妈妈熬夜缝制的新衣服新布鞋。成年后，我等待远方的一封封来信，我等待考试后的一张成绩单，我等待发出去的一条短信的回音，我等待放学归来的孩子……

等待的心情是焦虑的，掺杂了淡淡的期待，有时也是甜蜜的。由于现在的沟通方式极为便捷，譬如微信、QQ、邮件、电话、短信、快递等等。这一系列的沟通工具，在带给人们方便的同时，不觉间也让人少了等待过程中那份期待的心情。生活中少了期待，反而有时让人有些失落起来，若有所失，心无所系。我不会网购，也没什么邮件往来，如是，等待的机会就更少了。

从去年开始我学会了在当当上买书，于是偶尔选购一两本喜欢的书籍，从下单开始，就开始了久违的等待，每一次的等待，就像盼一封不知内容的来信，那几日的心情便多了一些期盼。

上周，我无意间在朋友圈看到一个云南的朋友在卖几条实木小板凳，不知道为什么，实木凳子那没经修饰的简洁、清爽、结实稳重，瞬间就诱惑了我。于是在简单询问了价格后，就下单了。卖家是不曾谋面的一位文友，相隔千里，平时在微信上极少有沟通，我对他并不了解，一直以为他是云南本地人。没想到下单后，从他发语音的口音里才知道，他原来也是湖南人，距离一下子就缩短了。交谈中，得知他姓张，在云南做贸易，主要卖一些实木家具、玉器、各种特产……说平时很喜欢看我的文章，也一直很欣赏喜欢读书的人。被人欣赏总是快乐的，何况对方还是老乡，那天的聊天比平时顺畅愉快。聊到最后，张总提出要送给我一个缅甸的鬼脸花梨木笔筒，并说我一定会喜欢上这笔筒！

说实话，我对木材一窍不通，喜欢的就是实木的简约和别致。当张总说到笔筒时，我除了感激便是期待了。那感觉就如当年守候一封不知内容的来信。

经过三天短暂又漫长的等待，期间根据张总发过来的快递单据编号，我几次在网上查询快递件的进度：这饱含着期待的快递件，一路从瑞丽到昆明，再由昆明中转到深圳，今天中午终于接到快递小哥的电话，马上就送到了，让我在家等着签收！

签收完后，我迫不及待地拆开包装盒，真是不负所望。两条四平八稳的小凳子，端庄典雅，简洁，像老朋友一样泛着温暖的光。再拆开另一个包装盒，一个浑圆深褐色的笔筒呈现在我眼前。造型简单，时尚大方，花纹清晰，做工精湛，凑近鼻子一闻，一股天然的木香沁人心脾，这正是我所喜欢的风格！难怪那天张总说，我一定会喜欢上这笔筒，他真是猜对了。

不要说这笔筒价值多少，冲着这份千里之外的友谊，它就是无价的，就值得我永久珍藏爱惜。我喜欢读书，在读书的过程中又喜欢画画写写。平时，对那些常用的质朴精致的小物件有一种与生俱来的喜爱：饰品、笔、笔筒、书签……可以说是宁缺毋滥。一旦拥有，对它们就会像对待自己的孩子一样，倍加珍惜。没事就会拿在手上欣赏把玩一阵。

我将已收到快递的事在微信里告诉了张总，告诉他我非常喜欢这个来自云南的笔筒。张总回复说："这笔筒就是送对人了，它与你有缘，你喜欢就太好了！"

等待没有白费，这几天的心情也是非笔墨所能形容。那种企盼，那种喜悦和期待，给我的感觉真好，就像一个充满希望的梦……

在游牧生活里徜徉

看新疆作家李娟的《春牧场》，我了解到哈萨克人是和羊生活在一起的。他们居无定所，羊在哪，人就在哪里，可以说羊就是他们的生活重心，甚至让人感觉有时羊比人更重要！那里物资极其匮乏，就连李娟扔掉的药瓶都被当成宝贝，大人孩子排着队找她要……

文章里有不少感人的地方，而令我印象最深刻的是：一匹母马失足陷入沼泽，小马在旁边急得团团转，李娟也是手足无措，于是只好回家搬救兵。男人们都没回家，卡西取了套马绳子，尝试了很多次后还是失败，相比之下，她还是太稚嫩，无法准确地套住母马，更别说有力气把母马从沼泽中救出来。

经过再三努力营救后，卡西深知凭自己与李娟的力量根本就救不出母马。卡西果断放弃了徒劳的救助，回家，捡起牛粪生火，架上铁锅准备晚饭，如常等待家里的男人回来。天黑前，男人们回来了，并且成功营救了母马，场面看上去“一切都会过去”。整个过程中，一点没见过卡西担心的样子，就连最终把马救出沼泽地的斯马胡力和阿依恒别克也都是淡然地笑着，好似这只是一个习以为常的小游戏。一切那么自然，与李娟在整个过程中表现出的担忧、焦虑不安、无助形成了鲜明对比。

也许是同为母亲的天性使然，当读到小马不得不一步三回头离开陷入危境的母亲，转身去追随暮色里的同伴时，我禁不住泪奔。一些离开是多么无奈，内心是崩溃的，却又不得不一步一步越走越远……

李娟的笔触平坦真实，以润物细无声的细致叙述，白描她所见所闻所悟的日常生活。每一篇篇幅不长，既能独立成篇，却又环环相关联，扣人心弦。从她心中自然流淌的文字，简单、清澈、活泼、温暖，读罢令人回味无穷，难以忘怀。

在那样居无定所的地方，男人们面对险境一边照常嬉戏打闹一边沉着冷静应对；女人们日夜辛劳却毫不抱怨；小孩们无忧无虑地过着乐趣无穷的童年生活；还有那些羊群、骆驼、牛、马，狗也在各自的角色中刻画着独有的生命轨迹。

这群依靠草地和羊群而活的人们，尽管要经历贫穷和残酷的生存条件，但他们仍以淡然、坚韧和智慧遵循着大自然强大从容的秩序，坚守着自己传统的生活方式，尽管前途充满未知的艰险，仍充满希望地一次次启程。

搬家，对游牧民族的人们来说，不仅仅是一场离开和一场到达，更是一场庆典！谁的生活不需要忍耐和坚持，追逐着“水”的痕迹，从干涸的荒原赶往湿润的绿草地？用李娟的话说：“春天，积雪从南往北渐次融化，牧人们便追逐这融化的过程，追逐着水的痕迹，从干涸的草原赶往湿润的深处。秋天，大雪从北往南一路铺洒，牧人们被大雪追赶着，一路南下，从雪厚之处去往南方戈壁、沙漠地带的薄雪之处。在那里，羊群能用蹄子扒开积雪，啃食被掩埋的枯草残根……在这条漫长寂静的南来北往之路上，能有多少真正的水草丰美之地呢？更多的是冬天，更多的是荒原，更多的是忍耐和坚持。”

雨继续下，我从沉思中醒来，路是自己的，心也是自己的，从春到夏，再到秋。李娟的《夏牧场》又会写些什么呢？没想到那个陌生女子，已悄无声息地用她的文字牵了我敏感的神经，一步步靠近夏天的牧场，情不自禁地想要走近那些鲜活的游牧生活，拥抱那些奔向羊妈妈的小羊……

留得秋光待过年

一早起床，趁台风“山竹”未到，秋阳热烈，秋风舒爽，我翻箱倒柜，拆洗、晾晒冬天的一些衣物及床上用品。

忙完一阵子，出了一身微汗。看着在风中悠闲摇晃的衣物、被子，想想这是秋天，这应该是叫“晒秋”吧！到时候，这些衣服和被子不管是穿着，还是盖着，这股独有的秋阳味都会被吸进肉体与灵魂里，那一定是温暖的感觉！

阳光树影下，给花草吸够了水，一些叶子似乎更有活力了，那些绿真是绿得好像要滴下来了。角落里的那颗“独生子”柠檬果似乎又变黄长大了一点，我照例往它身上喷了一些水，它没有言语，仍是安静欣然地待着。

天空明净高远，那些蓝似乎也要滴下来了，平日的那些云不知道跑去哪里？半空中，一条丝瓜藤与一条田七藤互相缠绕着，都较着劲任性地攀爬上一条黄皮树枝，各自仰头开出清雅的花来：丝瓜花儿黄，田七花儿白。风一来，藤与花便在风中摇来晃去，都极舒适活泼的样子。

如此美妙时光，我怎能轻易错过？找出一首《行云流水》，将它调成单曲循环。于是山溪流水声、风声、鸟鸣声汇成一片……真是净空净尘净灵魂！

也不知从什么时候开始，我习惯了一有时间，就独自待在这亲手打造的小花园里，读书，听歌，品茶，种菜养花。而且越来越享受这样的时光，真可谓："人间存一角，聊放侧枝花，欣然亦自得，留得秋光过好年！"

春去秋来

晨曦，凉风抚摸着我的脸，这是个很舒适的早晨。

昨晚睡着了，睡得很早很沉，似乎做了很多梦，又似乎没有。因为此时，我什么都不记得了。

在我睡着时，月亮在人间绕了一圈，走了。尘世间的人说，昨天是月亮的生日，并为她举行各种各样的生日庆典……月光娘娘知道吗？她收到了多少祝福？多少礼物？可她又欠下了凡间人多少的人情？

在我睡着时，秋雨也来过。这才是我最喜欢的雨，不惊不扰，来了走了。这是一场喜雨，吸纳了满月的光华，洒在我的园子里，心里。

昨天将我折腾得几近窒息的疼痛，在我睡着时跑了。这是多么值得庆祝的事，比过节更令我愉悦！风雨过后是彩虹。天一亮，我与花草一起复活过来，浸润着秋雨，秋露，醒在暖暖的晨光里。

每一叶子上都沾满水珠，干净青翠，我像老朋友一样与它们打着招呼。那些叶子看起来很快乐，很享受的样子。小鸟比平时多出好几只，叫得极欢快！难道它们的世界，也发生了什么快乐的事？生日？过节？新婚？恋爱了……还是建了新房？我不得而知。虽然听不懂它们的语言，既然它们那么欢乐，我也跟着乐吧！

毕竟是秋天，一些叶子黄了，但仍然很美。我喜欢叶子壮年时的翠，也接受它耗尽生命的能量后，慢慢枯萎凋零的事实。这是生命的另一种美，它氤氲着成熟饱满的香。几条老丝瓜在风里摇晃着，丝瓜藤韵华褪尽，一副无精打采的样子。不过，它还顽强地活着，活在秋风秋雨秋阳里，根扎得很深很远，它不会轻易放弃自己的生命。

不远处的轨道上又传来“哐当哐当”的声音，那些火车是在进站还是离开？节后的人们又奔跑在路上了，学校的铃声又将响起……

风还是那么悠闲，没心没肺的样子。飞鸟跃上瓜架，将影子叠在我的影子里，我没有转身，秋光这么美，谁能不眷恋？

漂在西乡的日子

来深圳打工多年，由刚来时的无依无根，到现在的“来了就是深圳人”，我已定居落户罗湖多年。回首风风雨雨的打工岁月，一些记忆无法抹平，一些经历仍然记忆犹新。比如 1995 年在西乡的那一段打工生活，任何时候想起，心湖总会泛起涟漪。

1995 年春节一过，我就随同老乡来深圳求职。也许是突然从偏僻的农村来到一个陌生的城市生活，人地生疏，工作没有着落，心里满是茫然。再加上一想起将年幼的女儿独自留在老家，成了留守儿童，更加剧了内心的不安和焦虑。

就那样在罗湖的街头像一条流浪狗一样徘徊了十几天，闻着那些大排档飘出的“广东菜”味，耳边流动的“广东话”音，有时几乎有些反胃。常常不知道自己为何要来深圳？也不知道未来的路在何方？幸运的是，那个下午，表弟的同事说要帮我介绍一个工作：去西乡的某个酒楼做收银员。酒楼老板是香港人，老板娘是他朋友的外甥女。因为这个岗位需要找个老实可靠的人，他觉得我挺合适的，所以就推荐了我。

当时，虽然不知道西乡在深圳的什么方位，离罗湖有多远？

但一听说有工作，我当即满口答应下来。表弟的同事带着我去见了那个老板娘，这是个不到四十岁的女人，皮肤白皙，头发微卷，身材高挑。见面后，她上下打量了我几眼，就对我表弟的同事说："靓女如果可以的话，下午就过去西乡，晚上就上班。"我回住处取了那个装了几件换洗衣服的背包，卷起一床芦苇席子就随老板娘上了一辆银灰色的小车。

一路上，老板娘与开车的男人用广东话聊个不停，我一句也听不懂，像个透明人一样坐在后排。不知道开了多久，也不知道还要开多久才能到达西乡，更不知道自己要去的是个什么地方？

近傍晚时终于到了西乡，老板娘将我带到一个营业面积有两层楼的"莲达"大酒楼，面无表情地与一个穿着白衬衣打黑领结的女领班交代几句就走了。那个领班将我带到酒楼后面的一栋楼房前，告诉我二楼是我们的宿舍。男同事一间房，女同事一间房，床是上下铺的铁架床，自己找空床位睡。我挑了一个没人睡的床放下行李，转身跟着领班去了酒楼。

酒楼规模不小，大厅有好几十张台，还有十几间包房。白天是中餐、茶市，晚上是西餐，卡拉 OK。我与洗碗的几个阿姨挤在一张台，胡乱地扒了几口饭，就开始了工作。

我坐在狭小的收银台里，身后是一排酒柜，摆满了各种包装的红酒、白酒、洋酒。领班将一叠单子交给我，上面是各种菜价、酒水价、海鲜价、水果拼盘价等等。

我看着领班涂得鲜红的唇一张一合："作为一个收银员，必须熟背熟记酒楼所有的菜单、酒水、点心……的价格。不能出错，如果收了假钱、少收了钱要自己赔，收多了钱，客人找麻烦，自己解决！”

从下午在罗湖的见工面试，再坐车到西乡，看宿舍，上班，这一系列的活动弄得我应接不暇。领班说什么我都点头答应，其实当时脑子里一片空白。我倒了杯开水，打起十二分的精神，强迫自己进入工作状态。

不就是收钱么？我一张一张数清楚，一分一分计算好，遇上面额大的纸币，我就反复确认好才结算。没有客人买单时，我就记记菜单菜价。

终于到了下班时间，看看酒柜旁挂着的闹钟，已是晚上十点半。我将收好的钱再计算、清点两遍确认无误后，交给领班，签好名就下班了。

独自走出酒楼，外面霓虹闪烁。面对夜色，我长吁了口气，呆立了一会，转身朝村里的宿舍楼走去。

可是当我走近那栋灯光昏暗的平楼时，小院的门紧关着，锁上了。我没有锁匙，初来乍到，不认识一个人，而且已经那么晚了！我一时慌了神，面对这个陌生的城市，陌生的夜，真是一点办法也没有。酒楼的同事在我做收尾工作时，都一个个麻利地吃饱肚子，一窝蜂跑回了宿舍。这时候也许正在宿舍聊天，冲凉呢。她们哪知道在楼下的围墙外还站着一个孤立无援的新同事！

也许是我不安的徘徊，引起了对面阳台上歇凉人的注意。几个年轻的男女朝我打招呼：“那个小姑娘，你是不是莲达酒楼新来的呀？你没有锁匙是进不去的，你的同事都下班了。你等在那儿那么久了，也没有人进出。要不，你上来我们这儿坐一会吧，我们认识那个领班的，她可能吃夜宵去了，等她回来了，你再回宿舍休息吧。天那么晚，外面又黑，一个女人在那里走来走去不好！”

也许真是太累了，也许是被他们三番几次的热情邀请打动了。我犹豫一会就去了对面的二楼。那几个年轻人看起来是亲戚或是老乡关系，都很热情。一个个给我递凳子、倒茶……我还是胆怯，虽然心里感动，也不主动与他们说话，就安静地坐在那条小凳子上，内心祈盼着那个红唇领班早点回来。

就在那几个年轻人相继冲好凉，准备睡觉时，我的那个领班终于回来了。

劳碌奔波的一天，陌生的环境，陌生的人，杂乱的宿舍，简易的床……注定那是一个无眠夜！

待了十来天后，工作基本上顺手了，同事也慢慢变得亲切温暖起来，尤其是在吃饭时，见我有时还在忙碌，不能及时去餐桌上与大家一起吃饭。那几个洗碗的大姐总是先用一个大碗将饭菜盛好，放到收银台；厨房的几个厨师见我不习惯吃广东菜，也常说：“阿玲，你喜欢吃什么菜，自己尽管去炒，厨房什么都有。”也正是在那个时候，我才知道广东人厨房里的白糖是用来做调料的，而我却只会用来泡菊花茶。见我喜欢用菊花泡茶加糖喝，厨房的几个师傅竟然在他们自己泡茶时，同时也给我泡上一壶加了糖的菊花茶放在我的工作台上。就这样，在西乡那个原本陌生的地方，因了同事们的热情关爱，让我这个异乡人慢慢有了温暖的感觉，心情日益平静安定下来。

莲达酒楼白天是中餐，一到晚上就经营西餐和卡拉 OK。我本来也喜欢唱歌，于是，在一个晚上下班后，在几个大姐的撺掇下，我也试着点唱了两首歌。当我唱到《故乡的云》那首歌时，我一时控制不住自己突然涌出的情绪，哽着喉咙落了泪。

漂在西乡的日子，不紧不慢，轮到休息日，我也经常跟着几个同事去西乡的步行街、北帝届、西乡公园转悠……

就这样，时间一晃就过了大半年。正当我工作上得心应手、心情逐渐稳定，准备长期待下来工作时，在福永一个工厂上班的哥哥嫂子来找我说，家里的计划生育很严，育龄妇女必须回家接受孕检；另外，女儿身上突然长了疮，成天哭闹找妈妈！

一听女儿生了病，我几乎想都没想就去清理好衣服，提起行李就要跟着哥哥嫂子走。哥哥嫂子见我急切的样子，也不好阻止我。就直说："你这样走，工资也不要了吗？辛苦大半个月，不是白干了？"我说："我刚才已经和老板娘说了，我要辞职走，家里有急事。老板娘没说什么，就说好。也没提工资的事。"

"你这个傻子，老板娘当然不提工钱了。她不提，你自己不知道提吗？"嫂子在一旁恨铁不成钢地数落我。

"我，我，那我再去问问看？你们等等我。"我放下行李，跑上了二楼。正是下午两点多，同事都下班休息去了，酒楼出奇地安静。老板那天刚好从香港来了几个朋友，他们都在一个包间里打麻将。房间不时传来麻将噼里啪啦的碰击声和谈笑声，我在走廊里迷了路一样绕圈子，心里矛盾极了：他们在打麻将，我这样进去要工资，会不会挨骂？会不会不给我钱？要是不给我钱怎么办？可是，我要是就这样走下去，嫂子肯定又会说我了，如何是好呢？正在我不知如何是好时，一个熟悉的厨房大佬从麻将房里走了出来。他看到我的神情，就走过来关切地问："阿玲，你在这干吗，是不是有什么事?”我像遇到救星一样将自己辞职要走的事和他说了，并说想要拿回自己的工资。

“是这个事啊，好可惜哦。你在这里干得挺不错的，老板夫妇对你的印象也很好，同事们也都喜欢你。可是你家里有事要辞职，而且是说走就走，这也有些让老板为难，一时不知从哪去找一个合适的人替代你的工作。不过，我看你还是去试一试吧。不用怕，自己的工资，争取一下也没什么丢脸的。老板两公婆为人还是蛮好的，没事的，你进去吧!”

听了厨房大佬的几句话，我如打了一针强心剂，硬着头皮几步走进了打麻将的包间。一屋子六个人，我只认识老板夫妇。他们的心思全在麻将上，对我的闯入，好像没有察觉。我身子僵硬地走近旁观打麻将的老板娘，鼓足勇气说出了自己的想法：“老板娘，我家里有急事，现在就要走，我想现在就结算我这个月的工资。”

“怎么可以这样?说走就走?我一下子去哪找个人替你呢?”我低头揪紧自己的衣角，没有回答。就这样站了一两个钟头的样子，老板娘（可能是心软了，或者是我这段时间做得不错吧）从钱包里掏出了几张票子，一言不发地递给我。我伸手接过钱，第一次对着那张粉白的脸轻声说了一声“谢谢你!”扭头像兔子一样溜下了楼。

嫂子将我手里的钱拿过去一数，共 180 元整。我平复着自己的心情，暗自想：要是老板娘不给我工资，我也不会再说第二遍的。拿着那个 180 元工资，一路上，我好像是中了什么大奖一样高兴……

至今，虽说离开西乡已二十来年，但在西乡那段有泪有笑的打工记忆，什么时候想起，仍是回味无穷。那几个朴实的洗碗大姐、厨房大佬，还有那几个在我最无助时，邀请我去屋里休息的年轻人、白净高挑的老板娘，以及当年那几条破旧的街道都曾温暖我，陪伴我，至今想起那一切，心中仍有感动。

出来打工，至今已经二十多年，在这举目无亲的城市，回首哪有平坦？

多少心酸，多少彷徨，多少无奈，多少迷茫？

昨天重回西乡，真是感慨万千！感谢举办方，能让我以这样的方式重回“娘家”，内心满是感动！！这篇文章基本是叙说，可能你读来平淡无奇。可对我来说却是一段岁月，年轻的岁月，遇上任何事，也只能自己咬牙扛过去的岁月！

感谢曾经的日子，感谢耐磨的自己，感谢西乡，感谢在今天相逢相助的你！

未来的日子，希望越来越好，朝着自己喜欢的样子前行！

冬至时光

一个上午，独自在一园暖阳里，待着。

我喜欢一尘不染的环境；喜欢花草繁茂，充满生机；喜欢喝暖暖的茶或开水；喜欢读贴近灵魂，偶尔停下来回味，似曾相识，又不是的文字；喜欢听一些听得懂的歌曲；喜欢热闹，更喜欢安静。

所有喜欢的事物，都得付出心思与时间，互相陪伴，互相取悦。在与这些喜欢的事物相处时，偶尔，会觉得自己是女王，尤其是这些不知道在哪一刻会绽放的花、拱出土的芽，还有那些不知名的小鸟，我不认识它们，它们也不认识我，可这并不重要，并不妨碍它们来我的枝头唱歌、筑巢，恋爱生子……还有那些翩然而至的蝴蝶，它们的存在，它们的一生似乎就是为我而来，没有相约就是相约。所以，对这些单纯又美好的生命，我总是心怀感恩，感激它们至今不曾让我苦恼过。

有时，又觉得自己是快乐的、任劳任怨的丫鬟，一有空就爱绕着它们转，这些娇柔的生命，不能旱着，不能涝着，否则，它定会给我脸色看，甚至以死相逼。

曾经有些朋友问我："玲子，为什么你的花草都养得那么漂亮啊？你是怎么养的？"我会很认真地告诉她："我养花其实没有什么诀窍。就是在我得到一个新的品种以后，我会第一时间百度一下，了解它的习性。它是喜欢干旱？还是喜欢湿润？是喜欢阳光？还是喜欢阴凉？当我了解了它的喜好以后，我就会根据他的习性侍弄它。这样下去，这些花草自然就长成了可人的模样。"

我觉得，很多东西都是相通的，包括我们的生活方式，喜欢的人。譬如我们与人共餐，点菜时，自然会问问对方喜欢吃什么菜，有没有什么忌口？喜欢喝什么茶？这是一种礼貌，更是一种在意。

对于喜欢的事物，用心相待，用心陪伴，用心学习，投其所好，这种心甘情愿的付出，过程就很快乐，美好与感动就会在身边，就如这冬至的阳光，洒在你身上，也洒在我身上，心也是暖的，柔的。

今天是冬至，又逢周末，我就是这样过的，把自己与花草都侍候利落舒适了，一杯茶，一本书，循环一首特别喜欢的《斯卡布罗集市》，偶尔有小鸟歪着好奇的脑袋落在杜鹃花枝上，我走近几步，它翅膀一张，只留给我一个轻盈的影子，任我去想象，张望。

常说冬至大过年，今天，想对怀了温暖的心情过着这个节的亲们说声："节日快乐哈！愿大家安康幸福，美满！"

此中有真意

元旦这天，我去人民公园信步漫游、赏景，以此庆贺新年的到来。

从东门进去，在玫瑰花园里转了一圈。也许是气温较低的缘故，花开得不多，游人也少。公园比平日里要安静一些，这样的环境正适合我。走走停停，拍了一些半开的花，朵朵娇艳欲滴，犹如含羞带娇的新娘，令人不由心生喜乐。

玫瑰花丛，每一蓬都结了不少花苞。这些花苞都在为春节的到来憋着劲呢。节气一到，她们定会开得热闹，绚烂。那时候，定会游人如织，分不清是花多，还是人多，或是枝丫上竟唱的鸟儿多。由此，我想起唐朝李建勋的《春词》：“日高闲步下堂阶，细草春莎没绣鞋。折得玫瑰花一朵，凭君簪向凤凰钗。”天气一暖和，我也会游园更勤快些，那又将是另一种春风十里的美妙。

在玫瑰园待了一会儿，转身穿过一座拱桥，顺着一蓬蓬密集的小竹林上了一条幽静的小路。小路依山傍湖，左边是斜坡，右边是不大的一方湖，或是叫鱼塘。鱼塘边的人倒是不少，临湖的一排水杉下面，三三两两的垂钓者，有老年人，有中年人，也有青年人。他们绕湖而栖，各占一块地，板凳一摆，调好鱼饵，鱼竿一挥，就开始了他们的悠闲时光。一个个大有姜太公的悠闲，淡然。

对于这些垂钓者，我曾认真观察过几回：他们总是将好不容易钓到的鱼，取下来后又随手将鱼放回鱼塘。对此，我有些疑惑。也许，他们钓鱼并不是为了口腹之欲，只为优哉游哉地“偷得浮生半日闲”，尽情享受垂钓的过程。

看着水里那些死里逃生的鱼儿，我的心情有些复杂：它们肯定是受伤了，从肉体到心灵。那些锋利的鱼钓再怎么温柔，也会划破它们的嘴唇或腮帮子，康复起来肯定不容易。而人类如果懂它们的语言，必会听到它们的哀泣，感受到它们心灵的战栗。

发了一会呆，我抬脚上了路边的小山坡。因为是冬天，草木较春天低调寂静。泛黄的叶子，让人感到一丝丝寒意。走到坡顶，一棵被台风掀翻在地的大树，四脚朝天地瘫在那儿，没有一点生机。路过它的人对它的生死毫不在意，我也以为它死了。正在我抬脚准备跨过它时，竟然发现在它的脚下，正长出一棵约两寸来长的嫩芽，浅浅的红，洋溢着新生的力量和朝气。我赶紧蹲下身子，给它拍了几张照片，并鼓励了它一下：小可爱，加油，春天会更好!

走下斜坡时，左手边的一弯干溪处，四周长满了叫不出名字的树。这些树围拢处，竟成一方静地，这是我以前没有留意过的。一位男士独自坐在那团幽静里，面前架着一台专业的相机，他在拍什么呢？那里面好像没有什么东西值得拍呀？

我顺着他镜头的方向望去，三米开外是一棵小树，一条枝头竟坠着一团红花！我好奇地走过去。

“请问您在这拍什么呀？”

那人回头看我一眼：“我在拍小鸟。”

“拍小鸟？哪里有小鸟拍？”他抬手指指我看到的那枝红花：“就在那朵红花那儿，我在花上涂了蜂蜜，它们会来吃的。我已经拍到它们了。”

“啊？在花上涂蜜拍小鸟？我真是第一次听到。”“是的，这里比较安静，树木密集，小鸟比较多，它们会来吃蜜。”

“那你，在这守候好久了吧？”“是的，差不多一下午了，现在是几点？”

“将近四点半了。”

说话间，他打开了他拍好的相片给我看：“你看，下午已经拍了四千多张照片，一些清楚，一些不够清楚。这是一只蜂鸟，镜头下它的羽毛真美！你看，它正在啄食蜂蜜，它张着嘴，舌头都可以看到，是不是很震撼？”

我惊呆了，真的从来没有见到那么漂亮的小鸟，它们在镜头下姿势优美，毫无顾忌地觅食……

实在很喜欢他相机里的照片，在征得他的同意后，我拍了两张他相机里的小鸟，拍得有些模糊，却也是满满的喜悦，毕竟是陌生人，怎敢要求太多？

他继续旁若无人地盯着对面的树枝，我站在一边，不再说话。我也睁大眼睛仔细地看着对面的树枝，石头……

一只，两只，接着又是第三只。无数只小鸟出现了，林子变得热闹起来，我仔细地看着，眼睛应接不暇，看不清哪只是看到过的，哪只又是刚加入进来的。我静下心来，竖耳倾听来自另一个世界的美妙声音：细细碎碎的鸟声逐渐连成一片，在耳边萦绕。它们轻盈地在树梢跳跃，穿梭，跳上石头，飞上树梢，靠近那棵开花的树……

在这儿，没人惊扰它们的生活，更没人投饵捕它们取乐！拍照的人，也只是在适当的地方，安静地欣赏它们的美，并给花儿涂上蜜！

记忆中的电报

回首打工路，我来深圳的第一份工作在金威啤酒厂旁边一个小电子厂里。至今，让我对那个工厂记忆深刻的，却是工友阿华来自家乡的一封简短电报。

在电子厂上班，一天工作十几个钟，我们的工作是给一块一寸大小的液晶显示器贴膜。膜要贴得平整，不能有半粒灰尘与气泡在里面。看似简单的动作，却常被玻璃质地的小方块割破手指，一些细碎的玻璃屑轻而易举地钻入我们的指腹，拇指与食指上总是旧伤未愈合，又添新伤。再看看那些老员工，她们的手指上虽已结了硬茧，偶尔仍被划出血痕来。

人在异乡，相同的境遇，让我们几个年龄相仿的室友成了无话不谈的伙伴。我们年轻单纯，每天除了打卡上下班、排队接水洗澡、吃饭外，我们除了想家，还是想家，想家厉害时，几个女孩子就会忍不住哭。

皮肤细嫩的阿华是湖南武冈人，她是跟着刚在老家定亲的未婚夫阿雷来的深圳。阿雷在隔壁厂做保安，他个子不高，皮肤粗糙，但为人憨厚，待阿华更是细心体贴。每天下班后，阿雷总是去菜市场买些菜，去老乡的出租房借锅灶炒好，再打包送到我们厂来给阿华吃。阿雷说：“虽然炒菜的手艺不咋地，但自己炒的菜起码比食堂炒的菜多了些家乡的辣椒味，吃着开胃些。”我们也常沾阿华的光。

在电子厂干了一个月，我领到了十元钱的工资。当时，我无心去研究自己到底干了多少活，这工资是怎样算出来的？

我只想回家，我们都想回家！回家是个不能触碰的话题，一碰我们的眼睛又酸了。

日子不紧不慢地到了第二个月的中旬。那几天，不知道什么原因，阿华的情绪变得很不稳定，她常常偷偷地抹眼泪，朝阿雷发无名火。阿雷则在旁边涨红着脸，显得手足无措，像一个做了错事的孩子。

我们再三询问阿华到底发生了什么事，为何总是哭泣？阿华不说，仍只是用手帕捂着脸一抽一抽地哭个不停。

不几日，一封来自家乡的电报打破了宿舍的平静，阿雷收到了阿华父亲发给他的电报：“母危，雷速送华归！”

真是惜字如金啊！捧着那封电报，阿华一夜之间把眼睛哭成了又红又肿的水蜜桃。电报上简短的几个字，让她彻夜未眠！

深圳的雨季总会提前来临，阿华来不及收拾过多的行李，也等不及结算剩余的工资，就随着阿雷辞工回了湖南。

阿华一回老家，我的思乡情绪更浓了，对阿华近期无来由的哭泣也似乎找到了答案。

可是生活有时比小说更离奇。阿华辞职不几日，同在我们工厂做保安队长的阿华的表哥却告诉我们，阿华回乡是因为她不小心怀了孕！而家里喜酒还没有摆，结婚证也没有拿，她怎么能未婚同居，并且怀孕呢？真是丢尽了父母的脸！

阿华父母得知女儿有了身孕的消息后，考虑到寄信件耗时太久，发电报比较快，就找了个“母危”的理由，将阿华、阿雷用一封惜字如金的电报诳回家去了。

往事如梦，当年打工的工厂、工友已无踪可寻。通信工具也由最初的写信、电报置换为手机、微信、QQ、邮件等各种便捷工具；一些传统的思想观念也随着时代的变迁逐渐淡化消失！

惆怅之余，不禁想起木心先生的《从前慢》：

记得早先年少时
大家诚诚恳恳
说一句　是一句

清早上火车站
长街黑暗无行人
卖豆浆的小店冒着热气

从前的日子变得很慢
车，马，邮件都慢
一生只够爱一个人
从前的锁也好看
钥匙精美有样子
你锁了　人家就懂了

生日快乐

昨晚十二点一过，女儿将家里的灯全熄了。和她弟弟一前一后捧着点着蜡烛的猪仔造型的生日蛋糕、鲜花，轻轻唱着：“祝您生日快乐，祝您生日快乐……”进了我的房间。

是的，今天是我的生日，家人们年年都将这个日子记在心上。在每年的今天，我都会受到很多的红包与祝福，尤其是孩子们长大后，他们总会想着法子送给我可心的生日礼物。孩子说：“妈妈的笑容是我们最大的幸福！”

今天，因孩子们时间上的不便，他们选择了在我生日的前一晚十二点后为我过生日，送给我惊喜和暖心。

我穿着睡衣来到客厅，配合着孩子们的心意，许愿、拍照、切蛋糕，心里暖暖的。

“妈妈，你去换一件衣服再拍照吧，你看你睡衣上好多的折纹，拍照不好看。”“弟弟，你已经很帅了，能不能笑得自然一些，不要那么搞怪好吗？”女儿一边举着手机给我们拍照，一边像个专业摄影师一样对我们提出要求。

我换了一件红色的T恤衫出来，捧着鲜花与孩子玩着各种表情的自拍。人到中年，面容不再光彩照人，但我的眼里溢满了笑：儿女长大后，都懂事孝顺，细心体贴，我有什么理由不开心呢？

《你的生日》这首歌唱得好："这世界有些人一无所有，有些人却得到太多。生日快乐，生日快乐，有生的日子天天快乐，别在意生日怎么过……"

当今天一早醒来，孩子拉着他们的行李出了家门，临别时再三叮咛我："妈妈，生日快乐！记得出门要带钥匙，冰箱里的蛋糕，你今天再吃一点，要多吃水果……"我乐呵呵地笑道："你们放心吧，我一个人在家刚好静下心来读书，我会照顾好自己的，祝你们一路顺风！"

孩子们走后，我打开冰箱，昨晚的蛋糕只是象征性地切了一个小角，又被细心的女儿包装好放在冰箱的保鲜层里。

怎么处理这个蛋糕呢？我想起了钟点工谢阿姨，年近六十的谢阿姨，前几年老公因病离世，留下一个尚在上初中的儿子让谢阿姨独自抚养，孤儿寡母的生活很是不容易！

"谢阿姨，你在忙吗？"我拨通了谢阿姨的电话。"小刘，我在家，等一下出门，你有事吗？"

"我没什么事，你来我家拿一个蛋糕回去给孩子吃吧。"

"哦，你们家谁过生日啊？"

"是我今天过生日，孩子们买了个蛋糕，没有吃，你来拿回去吧。"

不一会，谢阿姨进了门，连声地向我说着祝福生日快乐的话。我将蛋糕和一箱八宝粥递给了她，谢阿姨开心极了。

看着瘦小的谢阿姨脸上满足的笑容，听着她真诚的祝福，瞬间让我觉得，这个生日得到好多好多！

“生日快乐，祝我生日快乐！有生的日子天天快乐，不在意生日怎么过。”我在循环播放这首歌。

雨中，谁给你打伞

“你要往哪条路走？我遮你一阵吧。”

猝不及防地，一声夹着广东口音的问话，将站在通道出口望着漫天雨花走神的我惊醒。

“谢谢你，你是在问我吗？”我偏过头往左边一看。不知何时，我的左手边已站着一位穿着黑色连衣裙，面容姣好的姑娘。姑娘张着一双满是关切的大眼睛望着我道：“是的，你要往哪边走呢？”

“谢谢，谢谢你！我带了伞的，你先走吧。”说着，我举起了右手握着的小花伞。

姑娘不再多言，微微一笑，撑着伞走进了街灯渐亮的雨中。看着姑娘一步步走远，渐渐模糊在雨中的背影，我陷入了新的沉默，内心被一些温暖包围着，一些与伞有关的回忆越发清晰起来。

记得几年前的一个台风天，我撑着一把巨大的雨伞走在离家不远的路上。

一路上，风斜雨急。就在我用力抓紧了手中的伞，努力平衡着往前走时，不远处，一对年约七十岁的老夫妇让我揪紧了心：阿叔将一个笔记本电脑包抱紧护在胸前，阿姨则努力高举着手中女式的小遮阳伞，企图去替她老伴遮挡风雨。

看着在风雨中吃力前行的老夫妇，看着无情的雨水不管不顾地将眼前的老人浇透，看着阿姨手中那把被台风吹得东倒西歪的小伞，我抬眼看了看自己头顶小帐篷似的大雨伞，毫不犹豫地快走几步，追上那对老夫妻道："阿姨，我们换一把伞吧，雨太大了。你们的伞太小了，根本遮不住雨。我的伞大，换给你们吧。"

"不，不需要了，我们很快就到家了，谢谢你！"听了我的话，老夫妇不仅不愿意接受我的换伞，反而加快了速度往前走，他们穿过雨丝落在我身上的眼神充满了戒备。

我愣了几秒钟，望着暴雨中老人趔趔趄趄的背影，心里充满了惆怅。是啊，人与人之间，信任是无价的。而对于一对阅历丰富的老人来说，对来自陌生人的帮助心存戒备也是可以理解的。

相对这一对老人的高度警戒心，另一个阿姨的乐观耿直也让我记忆深刻。

去年中秋节前夕的一个中午，下班时，天上正飘着毛毛雨。我没有带伞。我加快脚步，准备穿过一个小巷子去书城看看书。迎面一个背着大包小包，双手提满购物袋的老阿姨正蹒跚着前行。在与老太太擦肩而过的瞬间，老人潮湿花白的头发、吃力的表情让我的心为之一颤，我犹豫了下，狠下心继续往前走了几步。

短短的几步距离，老太太的负重前行的影子像在脑海里扎了根，我无法再多往前走一步，我为自己刚刚的自私羞惭不已，我掉头冲到老人身边："阿姨，您住在哪里？我来帮你提回家吧？"

"好啊，那太谢谢你啦，小姑娘。"阿姨欣喜地将两手提着的购物袋毫不犹豫地递给了我，我与阿姨并肩走在初秋的细雨里。柔软的雨丝飘在我的脸上，特别舒适。

走了不到二十分钟，阿姨引着我进了她的家门。我见家里没其他人，放下东西就走，并叮嘱道："阿姨，我走了啊，我姓刘，就在您家旁边的大厦上班。以后，你不要随便领陌生人来家里，要注意安全！"

"哈哈哈，小刘啊，今天真是碰上你这个好人，让我这老太婆轻松回来了。你放心，我不会领陌生人回家的。"

"哦，那您不是领着我来了您的家吗？我也是陌生人啊！"我强调了一句。

"小刘，我是老党员，我退休前是人民教师，虽然我今年八十三了，但我看人好准的。你是好人，你不是陌生人！"

我被阿姨的风趣逗乐了，那种被人无条件信任的幸福感瞬间充盈着我的心。

是啊，在这多雨的城市，谁都有没带伞的时候。

雨帘下，若有一声关切的问候，一把愿意替你遮一程风雨的伞伴着前行，那种感觉，真的很温暖。

我的老师梦

一首老歌唱道："说起了我的梦，像是一道彩虹。每一场梦境，有着不同的憧憬。"从少年到中年，我的心里一直有一个老师梦。

我爸是老师，我也许是受了他的影响，从小我就对老师这个职业充满了崇敬和向往。

记得那年冬天，我们村小的彭老师因爱人生重病住院，她不得不学校、医院、家几头跑。班上的学生、家里年幼的孩子、躺在病床上的爱人让彭老师顾此失彼，心力交瘁。

那时的村小，条件极其简陋，山路崎岖，村外的老师是不愿意调进我村当老师的。加上学校老师是包班教学，一个萝卜一个坑，谁也没有多余的精力去扛起彭老师带的三年级。

看到日渐憔悴的彭老师，目睹着她们母子在山路上艰难前行的背影，听着父母说起她面对的种种艰难，我暗自做出了一个大胆的决定。

没和父母商量，也没经任何人同意，我只是跟彭老师打了声招呼，说："您照顾好您的爱人，我替您带一带班上的孩子，等您回来。”在彭老师感激的话语中，我义无反顾地去了彭老师的班级，捧起三年级的教科书，第一次走上了讲台，成了一名临时老师。

那真是一段神奇又难忘的日子，年轻的我，充满了活力与梦想，干劲十足，激情澎湃。我带着孩子们学语文、数学，上音乐、体育。孩子们叫我“刘老师”，班上的 36 个学生都出奇的乖巧、听话。

音乐课上，当我站在讲台上充满激情地领着孩子们唱：“轻轻敲醒沉睡的心灵，慢慢张开你的眼睛，看看忙碌的世界，是否依然孤独的转个不停……明天会更好。”台下的 36 双眼睛发亮，激情飞扬的旋律久久萦绕在学校。

“教育的本质意味着，一棵树摇动另一棵树，一朵云推动另一朵云，一个灵魂唤醒另一个灵魂。”当我第一次教孩子们写作文，领着他们去田埂上认识昆虫、植物，讲述相关的知识时，孩子们充满了好奇，听得一个比一个认真。

有一天回到家，父母亲和我说：“玲子，你这样做，是没有工资的，学校也不会有你的任何位置。要想清楚，要教就要教好，不能让人说我们闲话。”我认真地点了点头。

那时的我单纯又执着，只想替彭老师带起那个班，教好班上的 36 个学生。

不得不说，那是此生最无悔的一个决定，也是无比快乐的一段时间。虽说物质上我没有收到一分钱的报酬，但我得到了学校师生和家长们的一致好评。这是我事先没有想到的，也是最珍贵的报酬，我开心极了。

彭老师的爱人康复后，她回到了她割舍不下的学校。我跟孩子们告别，他们依依不舍的眼神令我感动。到深圳打工后，有一年，我们村小招代课老师，学校第一时间写信让我回去当代课老师，说我是最佳人选。

信任无价。即便待遇极其微薄，我还是义无反顾地回到家乡，先后在村小和幼儿园担任了三年的代课老师。至今，孩子们都亲切地喊我“刘老师”。长大了的他们，遇见我，还是会恭恭敬敬地说：“刘老师好！”

后来，由于村小生源锐减，加上生活的压力，我离开了村小学，继续南下打工。打工生涯，艰辛备尝。但是，再苦再累，我也没有放弃学习，没有放弃老师梦。一路上，我凭着自己的努力和执着，不仅在日资企业里从事人力资源管理工作，还从事了6年的企业培训师工作。只要有讲台，我就愿意讲。

作为母亲，当别人将补课费交给各种培训机构时，我在家专心地辅导自己的孩子，并用心向从事教育工作的朋友请教。

至今，孩子们有了各自的人生方向，我也该继续追自己的梦了，用孩子们的话说：“妈妈，我们已经长大，你不用操心我们了，我们知道自己该做什么，你放心吧。你去做你自己喜欢的事情，只要你快乐就好！”

是啊，人到中年，我得继续追我的老师梦，带几个孩子，像当年教自己的孩子一样，尽自己所能去教他们为人处世，引导他们学知识。

“唱出你的热情，伸出你的双手，让我拥抱着你的梦……”人生路上，我们都是追梦人。

竹子闲话

早上出门，路过那蓬佛肚竹时，发现一枝竹子斜躺在地上，叶子枯萎，竹竿却很青翠。

我走过去，蹲下身子仔细察看，发现这种竹子的竹节特别有趣：由根及尖，不仅一节比一节小，而且每一个竹节既像是一个翠玉小壶，又像是鼓胀着的肚子，有规则的一节一节往上叠长着。

我想起家里书桌前的花瓶，前几天插的百合花已谢，若是在瓶里插两枝竹子，会不会另有一番趣味呢。

心动不如行动。我赶紧捡了两枝竹枝，塞回那蓬竹子里藏好。这样，我就不用担心会被同样喜欢它的人捡走，或是被清洁工清理掉。

晚上，回家时走到这里，捎上我早晨藏好的竹子，到家稍作整理后，插在花瓶里。青翠的竹枝在花瓶里显露着盎然生机，甚是好看。给我小小的书房，增添了一份别样风景和韵致。

以往，灯下夜读，偶尔会被百合花剥离的花瓣惊到，免不了要起身捡拾那些落花，然后由此又禁不住发一阵呆或是拨动了某些微妙的思绪。

佛肚竹应该不像百合花，开花时，香气四溢，凋落时非得弄出些声响来，好像生怕我冷落了她。

离乡多年，对竹子的喜爱依然不减。我的家乡在湘西南部的一个小村庄里。四面环绕村子的山上，漫山遍野都是楠竹，是乡亲们的心头好。

竹子的用途可多了，特别粗壮结实的竹竿可以做房梁，枝条可以用来加工成笔杆或扇子，既精致又美观。竹子通过巧匠的手，还能做成许多生活用品：如扁担、斗笠、箩筐、背篓、菜篮子、糠筛、米筛、凉席、筷子、饭勺、茶盘、竹椅等，竹根则可以做根雕等工艺品……

我喜欢竹子，特别喜欢雨后楠竹的青青翠色。只需要一场或大或小的雨，便将竹子浓郁的绿浸化成沁人心脾的山风，那样的山风多吸几口，令人神清气爽。

我喜欢竹子，从中领悟到为人处世的道理：虚心的态度，顽强的毅力。竹子，野地里生，野地里长。竹制品则越陈越有味，经得起岁月的打磨，耐得了外界的击打。风中，雨中，他们永远保持向上的姿态。竹子，有着自然的清香，独特的韵味，不变的品质，顽强的生命力。

“虚心竹有低头叶，傲骨梅无仰面花”。我从偏远乡村来到繁华城市，竹子，给我许多人生的启示。虚心学习，虚心求教，努力充实、提升自己，从不妄自尊大，目中无人。学习适应环境，不论是在哪个岗位，从事什么工作，懂得感恩和珍惜，努力向上，活成自己满意的模样。

书香伴我们成长

培根说过：“读书使人充实，讨论使人机智，笔记使人准确……读史使人明智，读诗使人灵秀，数学使人周密，哲学使人深刻，伦理使人庄重，逻辑修辞使人善辩。凡有所学，皆成性格。”

是的，读书也同样使我受益匪浅。

作为两个孩子的母亲，从孩子们上小学至今，在学习上，我可以说做到了言传身教。记得在孩子们上小学时，当别的家长都领着孩子上各种补习班、兴趣班时，我则带着孩子们在家里学习。

那时，我在家里放了一块小黑板，一边手把手地领着孩子们学拼音，预习生字、生词，复习功课；一边利用周末时间去深圳广播电视大学圆当年的大学梦。

日复一日下来，不仅孩子们逐渐养成了自觉学习的习惯，而且这种对学习的自律，一直陪伴孩子们从小学到大学，再到读研。期间的各种考试可谓一路绿灯，他们从没让我为他们的学习成绩担心和焦虑，真是让我省心又省钱。

当孩子们一步一步凭着自己的努力朝他们的理想迈进时，我自己更是沉浸在读书的快乐里。

泰戈尔曾经说过：“要是童年的日子能重新回来，那我一定不再浪费光阴，我要把每分每秒都用来读书。”

其实，我也一直是这样想的，我也想重新活回去，坐在教室里，认真地听老师上课，尽可能多地上学，读书。可是，人是不可能活回去的，也不可能重新活一次。

幸好，深圳是个极美好、极具读书气氛的城市。多年下来，我在这个城市里，通过对学习的坚持，不仅考取了大专文凭、摄影师证、美容师证，还不断按着自己的兴趣，去学习了茶道、花道、人力资源管理等等。尤其是近两年，我又不可自拔地爱上了文学，爱上写写散文与诗歌。用朋友们的话说，玲子现在是个不折不扣的文学青年。

当我爱上学习，自然就离不开阅读。

“让城市的每扇窗户都透着阅读的灯光。”这是在第 28 届书博会上让我印象最深刻、最有感触的一句话。

是的，不知道从什么时候开始，我的每个月都成了读书月，每一天都成了读书日，每一夜成了读书夜，每一个早晨成了读书时。

书山有路勤为径，书海无涯苦作舟。自从爱上读书以来，我从借书到买书，再到拥有自己的小书房。业余时间，我除了吃饭睡觉，我习惯了待在自己的书房里，循环一曲自己喜欢的曲子，一杯茶，一本书，乐此不疲地在文字里遨游。

我想，读书人的时间是安静的，读书人的空间是安静的，读书人的心是安静的，读书人的心更是相通的。现在，孩子们在家时，我们一般待在各自的房间里，互不打扰，读自己喜欢的书；孩子们从外面回来时，习惯了来我的书房打个招呼，然后就进了自己的房间休息或是学习；饭桌上，是一天中家庭气氛最活跃的时间，孩子们会与我分享他们最近的一些见闻、遇上的困惑、新的学习目标等等。偶尔，我们也会打开电视，特意找一个搞笑的节目，一边吃水果，一边开怀大笑。对学习的共同爱好，让我和孩子成了无话不谈的朋友，我们很享受这种母子连心，息息相通的感觉。

我学习，我快乐；我学习，我成长；我学习，我收获；我学习，我日渐美好！当我通过自己的不断努力学习，我写出的文章不仅可以变成铅字发在各种报刊、杂志上，而且只通过两年的时间，我先后加入了区作协、市作协，尤其令我惊喜的是，在这个读书人的圈子里，我认识了许多德才兼备的老师，志趣相投的朋友，那种收获的喜悦真是难以言表。

是的，书香一直伴随着我和孩子的成长，也一直见证着我们的成长。书香做伴，让日子变得简单充实；书香做伴，让我在尘世的喧哗里，觅得一处绝妙的世外桃源，安放自己的灵魂。

庄子说："吾生也有涯，而知也无涯。"是的，在未来的日子，书香将会陪伴我们一直走下去，并且代代相传。

幽幽桂花香

下午走过一条小路时，我被空气中一股若有若无的香气缠住了。

这是什么香呢？香味淡雅，沁人心脾。我停下脚步，四处张望，发现在我右手边的道旁树丛中，一棵桂花树正沐浴着灿烂的夕阳，焕发出安静典雅之美。树枝上，一簇簇细碎的桂花，颜色金黄，花香四溢。我瞬间明白，我刚刚闻到的幽幽清香，原来是桂花的香。

桂子月中落，天香云外飘。我驻足在桂花树下，似是在无意中得了某种安慰。桂花无语，我亦无言。我注视着这些桂花，似是故人不约而至，浅浅的笑容，淡淡的幽香，熟悉而又亲切。

桂花自古深受人们喜爱，我也不例外。

我喜欢桂花开时，她的花色淡雅，香气清幽，给人美的享受，心的愉悦。添加了桂花的食品、饮品也是我的最爱，我喜欢吃巧手厨师加工的各种桂花糕点，我也喜欢泡一壶桂花茶，独自或者与友人共享一段闲适的安静时光。

也许是我特别喜欢桂花的缘故吧，我的女儿也喜欢桂花。去年深秋时节的一个早晨，我种在花盆里的桂花开了，丛桂怒放，空气中氤氲着丝丝缕缕的清香，令早起的我更加神清气爽，心情舒畅。我正沉浸在桂花的香气里舍不得离开，转身却看到女儿折了一枝开满桂花的桂枝往楼下走。

我疑惑不已，家人们平素知道我极爱养花，每一朵花都当宝贝一样护着。因此他们也从不会做出有损花草的事来，女儿今天是怎么啦？我紧追几步问道："纯宝，你怎么折了妈妈的桂花？好可惜呀！"女儿连忙解释道："妈妈，我有个同事这几天心情不好，我想送一枝桂花给她，让她开心些。因为我急着去上班，事先就没有征得你的同意，对不起啊！"

"哦，原来是这样。那行吧，代我向你同事问好，并祝她快乐哈。"我瞬间释然，并为女儿"赠人桂花，手有余香"的行为感动。

人闲，花香。这几日有些忙乱，然而于时光的缝隙里，我总不忘给灵魂添加鲜活的芬芳，我去街头巷尾、公园或是绿化带里观赏桂花，享受和体会她们给我带来的精神的愉悦和心灵的滋养。闲时假日，在书房里泡上一壶桂花茶，约上好友一起读书品茶。

夜深人静时分，我站在书房里，望着透过玻璃窗的月华洒满书房，白天插在花瓶里的桂花，仍然安静地散发着淡雅的幽香，让我不由得想起宋代女词人李清照的那首著名的词《鹧鸪天·桂花》：

暗淡轻黄体性柔，情疏迹远只香留。何须浅碧深红色，自是花中第一流。梅定妒，菊应羞，画阑开处冠中秋。骚人可煞无情思，何事当年不见收。

“掬水月在手，弄花香满衣”。日光与月光，花香与书香，我想，这就是生活的滋味吧！

战疫情之烟火味

天未亮，就在梦中被各种鸟鸣唤醒，梦里的人事恍惚。

穿衣起床，上楼将昨天换下来的衣物放入洗衣机，倒入洗衣液及消毒液后按下洗衣键。

伸腿弯腰间，发现上周播种的青瓜、辣椒、白菜种子已经发芽。园子里南边的两棵杜鹃花开得蓬勃，红得娇艳；靠近茶台的几树桂花更是开得奋不顾身，开得齐心，她们好似约好一样，瞅准时机，整棵树上的桂花全开了，一个花苞也不留；杜鹃树下的百合花也正蓄势待发……

园里东北角处，去年冬天种的几棵萝卜菜，也赶着趟儿开出了几朵小紫花来，她们与益母草花挤在一起，互不相让地抢占屋场地①。

园子东边的百香果树脚下，生命力极强的艾叶草又长出了嫩嫩的新草。我摘下些艾草，用清水泡在脸盆里，准备做艾叶糍粑。

我忙碌时，各种小鸟在近处，在远处，在我看得到的枝头，在我

① 场地：方言，意思是地盘。

看不到的树荫里，尽情地歌着、笑着、跳着、舞着。它们的亲朋真多啊，三月是它们相亲相爱的季节吧？三月是它们的唱歌赛季吧？

生命，爱情，自由。有些时候，自认为无所不能的人类，确实比不上这些欢快的小鸟。

昨天看到朋友圈的美食美文，我当时就想起西湖春天的甜品来。西湖春天的美食不少，我最喜欢那道软糯香甜的冰糖蒸莲子红枣，每次去，我都能吃下一份。

心动不如行动，准备好食材后，我也试着蒸了一碟冰糖莲子红枣。艾叶糍粑揉捏好糯米团后，稍稍发酵了十来分钟。然后一半隔水蒸着，一半用平底锅慢煎。

闲时，用心弄些小吃，确实是很快乐的事。尤其是刚刚出锅的艾叶糍粑，轻轻咬上一口，不仅软糯香甜，还满嘴的艾草香，那种感觉，似乎是将春天的味道含在了嘴里。做了小吃，有时也分享一些给朋友吃，这些点心又多了一份由心萌芽的情意。

远在苏州的萍姐看到我在做艾叶糍粑，又在我们的美食群里说：“玲子活得精致细腻，美食做得好，花种得好。等她回来深圳，要请我去她的大房子里一起种花，读书，做美食。”萍姐对我特别好，自相识后，时时事事想着我。萍姐很有才华，小说写得好又会赚钱。萍姐为人豪爽，对朋友真诚仗义，我们都很喜欢她。

经过这次疫情，也更明白了人生苦短，需要珍惜，要活得有趣有味，活得有情有义。写到此，突然想起富兰克林说过的一名句：“与所有的人以诚相待，同多数人和睦相处，和少数人常来常往，只跟一个人亲密无间。”是的，我很喜欢这段话，我也很喜欢一个人安静地发呆，看书，喝茶，赏花，听听音乐，做做美食。

在路上

早上吃了早餐才去上班，路过一家早餐店时，看到有红糖馒头、茶叶蛋、包子、炒粉、肠粉等早点卖。

我一看到喜欢的红糖馒头就有些心动，可是自己已经吃过早餐了，单位的食堂也是有早餐的，买给谁吃呢？犹豫间，突然想起上班途中，常年在那条通道里的讨生活的那个老人来。对，就送给他好了，他的早餐肯定还没有着落。

心动就行动，我让早餐店老板给我打包一个红糖馒头加一个茶叶蛋，随口问道："老板，一共多少钱？"老板将茶叶蛋和馒头分别装进两个小塑料袋里，递给我说："一共三块五，你扫旁边这个二维码结账吧。"我用微信付了钱，拎着东西继续朝前走。

路上的行人并不多，一路走到那个通道口的拐角处，一抬头，那个老人果然还是坐在通道的老地方。我摸摸分别装着茶叶蛋与馒头的两个塑料袋，手感暖暖的舒适。

当通道走过一大半时，我发现在老人斜对面的墙角，竟然多了一个年轻人。我稍走近一看，这是一个不到三十的年轻人。他的旁边是一个行李箱，一个背包摆在墙边，在他面前的地面摊开一张纸，我迅速瞄了一眼，全是我看不懂的英文，书写工整。

我联想到已经持续了近三个月的疫情，心里瞬间五味杂陈，摸着手里有限的食物，我立刻做出了一个决定。我走近年轻人，轻轻说了句："你怎么也在这里，还没吃早餐吧?"年轻人听了我的话，抬头惊喜地与我对视了一下，瞬息又不安地低下了头。

"这个馒头给你，还是热的。"我将馒头递给了年轻人，年轻人犹豫了几秒后接过了馒头，眼里满是感激，轻声向我道了谢!

我不再停留，转身又将装了茶叶蛋的塑料袋递给了老人："阿叔，给你一个茶叶蛋吃。"老人反应过来，双手合十，仰头连声说道："恭喜发财，恭喜发财，菩萨保佑你这个好人!"

老人是河南人，最近几年都待在这个通道里讨生活。我路过时，隔三岔五会给老人带一些吃的。今年疫情初期，我没有见到老人，还以为老人被他的亲人接回老家过年了。

年后没多久，老人又出现在老地方，人似乎更瘦小了。老人的眼睛不好，我几次走近他，我不说话，他就没什么反应。

我今年给老人的东西并不多，有时是一个面包，有时是一个盒饭，有时是几个口罩，有时是一个苹果……老人看不清我，却每次都双手合十，重复着说："恭喜发财，恭喜发财啦，菩萨保佑你这个好人!"

我继续朝单位走去，想着今天是武汉解封的日子，心里并不平静。

劳动快乐

人们常说“劳动光荣”，我深以为然。同时，我觉得劳动也是快乐的。

写这篇文字的时候，正是谷雨后，雨水频繁起来，春天已经接近尾声，初夏的风带着些许暖意，柔柔地吹来。院子里，我亲手种植的栀子花、杜鹃花、金银花、菊花、百合花、茉莉花开得正盛。这些新鲜水嫩的生命，都是我辛勤劳动的结果。她们的存在，给我的生活增添了无限快乐。

常有朋友不无羡慕地问我：“玲子，你的花怎么养得那么好，有什么绝招吗?”我笑道：“我的绝招，就是像对待朋友一样用心关爱它们。”

其实，这院子，我住进来时，没有一寸植物。我是一个特别热爱大自然的人，喜欢青藤繁茂，花朵绽开的美妙，一直希望在离自己最近的地方，亲手种上不同的花草、果蔬，花开不败，四季如春。

心动不如行动。自从有了可以种花的空间后，在过去几年时间里，一有空闲，我就去附近的花卉市场买一点儿喜欢的盆花、种子回来种。走路上下班的时候，我也特别留意别人遗弃的盆栽，估摸着还能养活的，我必想办法把它们弄回家用心莳养着。尤其是每年的元宵节后，小区里一些邻居会习惯性地丢弃一些花草，只要被我看到了，这些失宠的生命，又将在我的院子里鲜活起来。

拥有就要珍惜，更要用心侍弄。刚开始时，因为经验不足，我不管季节，早晚都给它们浇水，修枝剪叶。一年下来，我发现成活率并不高，几棵发财树、兰花，还有一些多肉竟慢慢腐烂了根，枯萎了。而虎皮兰、绿萝、金钱草、万年青，杜鹃花倒活得挺自在。

为什么有些植物养不活呢，而活下来的开花也不多？我不禁怀疑自己的种养方法。

俗话说："吃粥还要师傅呢！"于是，我开始打电话向老家的妈妈请教：黄瓜该加什么肥料，有什么禁忌？辣椒怎么种？豆角呢？白菜生了芽虫怎么办……除了请教有经验的人，我还特意去书城买了一本《阳台种菜》来学习。有时添加了新品种，马上就百度一下它们的习性及种养方法。

功夫不负有心人，几年下来，我的楼顶已由"荒漠"变成了"绿洲"。尤其在今年的疫情期间，我的业余时间大部分用在了打理这个院子上。

一开春，我就在拼多多上购买了黄瓜、辣椒、丝瓜等种子。趁着周末休息，将院子里的空间好好整理了一下。处理掉一些枯枝败叶后，给长势渐旺的几棵栀子花，茉莉花更换了更大的盆子，添了土，施上肥，浇好水。买回来的菜种也见缝插针地相继种上了。

几场春雨过后，菜种颗颗萌芽，花草树木较着劲儿抽枝长叶。杜鹃花开了，红得像火；金银花开了，初开似雪，慢慢润染成金黄色；朱顶红开得热情奔放；栀子花、茉莉花、百合花也相继赴约，　朵一朵，一树一树，洁雅贞静；黄瓜藤，丝瓜藤喝饱了水，探长着水嫩多汁的触须，在风中摇晃……

我照样早晚上楼，给花草树木浇水，修枝剪叶。偶尔摘几朵初开的花泡一壶清茶，抱一本书搬把藤椅坐在花树下，让自己沉浸在一院鸟语花香里。

趁着三月艾草鲜嫩，我也摘一些艾草，和上糯米粉做糍粑。蒸熟的艾叶糍粑，香甜糯软，清香扑鼻，吃过的亲友都说好吃！

也许是因着亲手打造的这一园静雅，舒适，因着我用自己种的蔬菜瓜果做的美食诱人，一些文友叫我“刘子柒”。其实我还是原本的样子，我享受劳动带来的芬芳与快乐！

我的幸福开关

林清玄在《幸福的开关》中写道："这个世界上再也没有比喝汽水喝到怄气更幸福的事了吧!"

乍一看，觉得这个幸福的理由有些好笑，可稍加回味后，我深以为然：幸福本来就是这样简单，或是说，简单就是幸福的开关!

是的，简单就是幸福的开关。于尘世中忙忙碌碌的我们，幸福的开关在哪里呢？自童年起，我就爱上了阅读，虽然离开学校多年，我却从来没有停止过阅读。阅读，给我带了快乐与幸福。近些年，我又慢慢爱上了种花，喝茶。业余时间，我几乎都是在养花、品茶、看书，我很享受这样的安静时光。

每天早上一醒来，遇上晴天，聆听着窗外清脆悦耳的鸟鸣，我不由自主地上楼绕着小园子走一走，俯身察看院子里的花花草草，看看它们是否又长出了新芽，是不是又开出了新的花蕾，是不是在清新的晨曦里吐露芳香。一圈下来，我开始给花花草草修剪枝蔓，浇水施肥。于劳作中充分感受这些生命的美好，总是忍不住和亲友们分享这份喜悦。

如果是雨天，醒后，我躺在床上听着雨打玻璃的声音，临窗听雨，也是件十分惬意的事情，让人想起“留得枯荷听雨声”的美妙意境。我想象着那些花卓得到雨水的滋养后，开始舒展着腰肢，欢快成长。于是，不管雨有多大，我依然会走进院子，拿着相机在翠色欲滴的枝叶间找寻生命的乐趣，捡拾些被风雨带落的鲜花，把她们摆在书房的木质茶盘里，心上、房间便充盈了淡雅的芬芳。

有生命的植物，总是给我不一样的惊喜。一年四季，我用心莳弄它们，园子里的花开不断，枝叶葱茏。茁壮热闹的朱顶红，满树满枝的桂花，红艳艳的杜鹃花，洁白芬芳的茉莉花，节节含翠的佛肚竹……每每走在上下班的路上，我也会时时留意沿途花草的变化，这些鲜活水灵的生命，总能带给我百看不厌的美好，心怀希望与善良，保持一颗恬雅的心情，它们就是我幸福的开关。

说起读书，唐代诗人王贞白曾有诗云：读书不觉已春深，一寸光阴一寸金。不是道人来引笑，周情孔思正追寻。是的，闲时，插上一枝随季而开的花，泡一壶茶，随手翻开一本喜欢的书，将身心沉浸于作者的文字。这种与书做伴的静谧柔和，安静而美好，确实是相当幸福的事。既不打扰别人，也不辜负自己，更是胜过酒池肉林无数！

喝茶，是又一种美妙的体验。著名诗人白居易常以茶助诗兴，写下大量的茶诗。他在《山泉煎茶有怀》中写道“无由持一碗，寄予爱茶人”。只短短十个字，却将爱茶人的情感情趣氤氲纸上。

而我，喜欢喝茶却并不太懂茶，我只是享受杜耒笔下的“寒夜客来茶当酒，竹炉汤沸火初红”，烫壶备盏，与友品茶的心情；享受一人一书一茶，山中一日，世上千年的静雅时光。

世上无难事，只怕有心人。不懂就学，我一边随时向做茶的朋友请教，一边买茶书来参照学习。时间煮雨，通过近几年一边喝茶一边学习，至今，我对茶的知识已有了大致的了解，而且越来越喜爱喝茶。

常说物以类聚，人以群分。喜欢读书，就有了书友；喜欢喝茶，就有了茶友。在物欲横流的现实生活中，偶尔得一饼好茶，一本喜欢的书，内心会有按捺不住的喜悦。独乐乐不如众乐乐，于是，我会选一个闲暇的日子，约上三两个喜欢读书喝茶的好友，一起来品茶，读书，共享一段茶香氤氲，书香赋予的美妙时光。

赏花，喝茶，读书，走路，看书，这些事情，无不简单，又无比快乐。至今，我已习惯随时拧开幸福的开关，在生活中取悦、丰富自己。我想：这个世界上再也没有比赏花、品茶、读书更幸福的事了吧！

小时候，幸福很简单；如今人到中年，简单，就是幸福。

难忘的一课

万物皆有裂痕，那是光照进来的地方。10 月 26 日那天，我应邀来到罗湖某活动中心，给 30 多位“学生”上了一天的课。经与现场工作人员沟通，我了解到这些“学生”中，有家长，有社工，而这些家长带来的孩子不是普通的孩子，他们有些是自闭症孩子，有些是孤独症青年，有些是心智障碍孩子，有些是肢体残疾人。

做好课前准备后，我特意在大教室里随意走了走。我从他们的身边走过，感受着他们的善良与天真，他们的眼里流露出对我的信任与期盼。我报之以微笑，我知道，这注定是一次特殊的教学之旅。

这是一些特殊的学生，我当天的教学目的是要帮助他们完成“真人书”，让他们用自己的语言讲好自己的故事，将故事讲完整，讲生动。

我根据以往的教学经验，结合他们的实际情况。教学上我分两部分展开，第一部分，我首先从故事的结构入手，结合案例，用浅显易懂的语言告诉他们，一个完整的故事，必须具备的六要素：时间，地点，人物，事情的起因，经过，结果。第二部分，我从修辞手法入手，从概念到举例说明，然后教一种修辞手法，通过分组互动练习、举手发言的方式进行。整堂课下来，不管是家长，还是社工，或是那些特殊的孩子，大家都很投入。他们学得极认真，而且主动思考，积极互动，尤其是那几个孩子，课堂几乎成了他们的抢答赛场。

这样的学习热情完全出乎我的意料，他们的真诚感染了我，他们的一些分享更是数次令我感动，印象深刻。

25岁的云翔（化名）是一名孤独症青年，当我问他从小到大，让他印象最深的一件事是什么时，他站起来，低头稍微想了想，然后望着我说："从小学到现在，我过得最开心的是上学的那三年。三年里面最开心的事，是班长给我拥抱的那一次。我是一个不受欢迎的学生，在一次在体育课上，同学们都不愿意跟我玩，我像个木头一样站在那里，心里很难过，可我的班长主动过来抱了我一下，我真的好开心，当时，我还哭了。"

说起当年的事，站在我身边的云翔又哭了。我望着这个个子高大的学生，感受着他的心情起伏，我的眼睛瞬间也湿了。我给他递上一张纸巾，拍了拍他的肩膀继续问他："你现在最想做的事是什么呢？"云翔擦了擦发红的眼睛，吸了吸鼻子，一字一顿地大声说："我想交朋友，交一个好朋友！"

云翔的话音刚落，没想到感人的一幕发生了。坐在云翔后排左边的那个心智障碍孩子小刚（化名），竟然快步走到云翔面前，伸出双手紧紧握住了云翔的手，对着云翔喃喃而语："我愿意做你的朋友，我愿意做你的朋友。"回过神来的云翔，更是张开双手紧紧地抱住了小刚。

我愿意做你的朋友，我愿意给你一个温暖的拥抱！这是多么简单的事情，又是多么温暖的举动。霎时，掌声像鲜花一样怒放，一股暖流在我们的眼里，心间流淌。

课程的最后一个环节，是每个人上台分享自己的故事，要求通过利用“梗概”或“六要素”形式，建立框架和情节逻辑，分享一个完整的故事，并且尽量运用比喻、拟人、夸张、排比、设问、反复、通感等修辞手法，丰富自己的故事细节，让听众仿佛身临其境。

临到斯斯（化名）妈分享时，她整理好自己的笔记，牵着她已经13岁的女儿斯斯走到讲台前，母女坐下后，斯斯仍紧紧地望着妈妈呵呵地笑，斯斯妈拉着女儿的手，开始安静地分享她们的故事：“我的孩子是六岁被检查出智力障碍、语言障碍、多动症的。当时，在儿童医院检查后，我与她爸爸根本不相信那个结果，又跑到康宁检查，检查出来的结果是一样的，那时候真的崩溃了。”

“之前，孩子在老家由爷爷奶奶带，我在深圳做生意。但孩子检查出有问题后，我和她爸商量好了，一定不能放弃孩子，她需要治疗，更需要陪伴。于是，我就把孩子从老家接回身边，我工作的时候也带着她。”

“有一次，我推着单车去拿货，上坡的时候，由于货太多，我使尽力气也推不上去。斯斯见到这情景，居然朝着路过的一个女士急切地大喊：‘阿姨，你帮帮我妈妈！你帮帮我妈妈！我妈妈都推不上去了，快点啊！快点啊！’那一瞬，我就觉得我的孩子跟其他孩子没有什么不一样，我觉得自己再苦再累也是值得的！”

谁言寸草心，报得三春晖？

果然是母子连心，即使是一个被多家医院确诊为智力障碍、语言障碍、多动症的六岁孩子，当她目睹自己的母亲身陷困境时，那根连接母子间的，与生俱来的弦瞬间被拨动了。

每个孩子都是一颗独一无二的种子，只不过花期不同、花态缤纷。每个家庭都有一个相守灯下的故事，只不过情节有别、境遇迥异。这些特殊的孩子，这次特别的分享，这个难忘的周末，常让我想起《奇迹男孩》。是的，只要不放弃、不抛弃，只要有善良、有爱心，人生总可以改变许多。但愿我们每个人眼中有光、心中有爱，吹散阴霾、传递温暖，让所有的生命都绽放出不一样的精彩。

冬月，舌尖上的乡愁

我虽离开家乡多年，可每到冬天，就会习惯性的开始馋野葱煎鸡蛋，野葱炒腊肉。

记得小时候，进入冬月后，在家乡的田间地头放牛扯猪草时，时不时会偶遇零散嫩绿的野葱。而关于野葱的香，家乡至今还流传着这句顺口溜："家葱没有野葱香，吃了野葱浑身香！"

前些时间，为了解馋，我特别拜托老家人，去山上拔了几把野葱快递给我。腊肉没有，就将野葱摘除黄叶后，洗净切碎，撒点盐，辣椒粉，打几个鸡蛋搅拌好，油锅烧热后，将搅拌均匀的野葱蛋液，顺着锅沿倒入热油锅里，只一瞬，整个厨房便被嗞嗞响的葱香霸占了，惹得大家咕噜噜地直咽口水。

有野葱，最好还要有腊肉，腊肉最好是肥中夹瘦的那种，而且是用柴火薰透了的腊肉：肥肉晶莹透亮如玉，瘦肉鲜红如鸡血石。这样的腊肉，哪怕还只是摆在砧板上切，那股香绵津长的香气便藏不住。

野葱炒腊肉可谓是绝配，野葱也只是冬月才有，腊肉也需冬至节后，等天气日渐寒冷，忙碌了大半年的农家人才会将生活的节奏放缓，开始炕腊肉改善生活。

选新鲜的五花肉，切成两至三斤重，用烧得通红的烙铁烙尽残留的毛根后，一块一块分别用棕树叶拧成的绳子穿好，打上一个结，抹上粗盐，将肉堆放在一个大木盆里，进行腌制。

三五天后，将腌制好的肉一块块取出来，挂在通风的走廊里沥干水分，第二天便开始将干爽的腌肉悬挂在厨房的火膛上熏烤。

心急吃不了香腊肉，炕在火膛上的腊肉，需经过二十来天的烟熏火烤后，随着时间的变迁，才能沉淀出它特有的香醇来。

小时候的记忆里，冬天的厨房，是汪曾祺先生笔下的“家人闲坐，灯火可亲”慢煮生活。奶奶几乎一年四季是围着灶台在转的，尤其是寒冷的冬天，裹着小脚的奶奶便时时待在灶屋里烧火做饭、取暖。

冬天的晚上，爸妈还没有回来时，我们几姊妹常坐在暖烘烘的灶屋里，紧挨着爷爷奶奶，听爷爷用锃亮的吹火筒边唱边敲打渔鼓。

爷爷是个聪明幽默的，更是远近闻名的猎人。他平时需要去洛口山水库守水库，偶尔闲下来时，就扛着他装满铁砂子的火铳，吆喝上家里的短尾巴大黑狗，上山打野猪。按着村里人的话说，我爷爷是能眼观四路，耳听八方的人。爷爷有句口头禅“三年不撒网，鱼在河里长”，爷爷说山上的野猪是他放养的。

因了爷爷的机智能干，我家的火膛炕上除了熏着猪肉，有时还熏着野鸡、野兔、野猪肉呢！随着奶奶一把一把往灶膛里添柴火，我们的注意力渐渐被冒着香气的腊肉吸引了。而那些馋人的腊肉更似是读懂了我们的心思，时不时滴两滴油下来，随着火苗嗞嗞地窜出一阵阵香气。

见此情景，第二天，爷爷必会起一个大早床，裹紧他长长的裹脚布，戴上毛帽子，穿上胶鞋，披上他的旧棉袄，邀上大黑狗去荒田山坡上寻野葱。等我们起床时，爷爷拔回来的野葱，早已清清爽爽地成了我家砧板上的贵客了。

野葱翠嫩鲜香，腊肉肥而不腻，加上红干辣椒的助力，餐桌上的那道野葱炒腊肉真是香飘十里，穿过岁月，捂暖许多人在异乡的时光。

兀坐晴窗独饮茶

有个朋友曾对我说："玲子，你喜欢在朋友圈发'想喝茶的，约'，感觉你好闲啊。"

我笑了："有空过来喝茶，这只是我的一种习惯。也可以说是以茶的名义，向朋友圈的亲友打招呼的习惯用语吧。"

小时候，我经常听到奶奶热情地向路过我家门口的熟人打招呼："伙计崽，天色还早，进屋歇歇脚，吃杯茶再走吧。"

那时，若路过的人确实心上无急事，必会一边客气的回应着："哎呀，您老人家真是太好了。您这么大年纪，辛辛苦苦煮的茶，我哪里吃得消？"

话音未落，来人必已踩着禾堂里的青石板路，迈进我家的走廊，双手接过奶奶捞起围裙再三擦拭过的杂树木小板凳，稳稳地坐好。

奶奶的茶，实际上是用爸爸上山砍柴时，顺手砍回来的几截老勾藤树熬煮的。

乡下人吃茶豪爽而不甚讲究茶具，裹着小脚的奶奶一定是用干净的饭碗或是菜碗，盛一大碗汤色清亮艳如红玛瑙的勾藤茶，双手捧着茶碗递给客人，呵呵地笑："来者都是客，热茶还是要吃一碗的。"

一碗茶在手，家长里短，农家趣事的话匣子便打开了。如此喝茶，乡里乡亲的感情又贴近了。对于那些一年四季围着田间地头忙得四脚不沾地的乡下人来说，喝茶，不仅解渴，更得片刻清闲，让时光暂时慢下来，静下来，有个由头歇口气，然后再去忙自己的生计。

说起邀茶，古代诗词中是有的，清郑板桥《竹枝词》写道："溢江江口是奴家，郎若闲时来吃茶。黄土筑墙茅盖屋，门前一树紫荆花。"

毫无疑问，这是一个女子的口吻，在以喝茶的名义，大胆邀请心上人来相聚："某君，你若有空，请到我家来喝茶。我家就住在溢江江口，若是你到了我们的村口，那座房屋门前有一棵开着红色紫荆花的，黄土墙上盖着茅草，这就是我的家。"

试想，若是那位男子也正好钟情于这位女子，他必会欣然应邀而至，他们喝的应该不只是茶了吧。

说起喝茶，文人雅士都有同好。周作人曾写道："喝茶当于瓦屋纸窗之下，清浅绿茶，用素雅的陶瓷茶具，共二三人共饮，得之闲，可抵十年的尘梦。"

深以为然，茶本无心，若人有心，茶就活了，聊的什么内容，也许并不重要。重要的是寂寞之时，有人陪你共饮，听你闲话。另外，南宋诗人杜耒也曾在《寒夜》里写道："寒夜客来茶当酒，竹炉汤沸火初红。"试想，在寒冷的冬夜，好友如约而至，与主人共享一壶热茶的时光。时光是好时光，茶当然也是好茶了！

年关将近，常看到做茶的朋友发朋友圈，晒出包装精美的“茶礼”图片。这当然是趁着过年，走亲访友时，以茶做礼的一种实用又高雅的礼节了。

说起“茶礼”，我想起湖南乡下流传至今的“放茶钱”习俗来。

那时乡村，每当一些适龄男女到了“男大当婚，女大当嫁”的年龄，村里的媒婆就会热心地张罗着牵线相亲。相亲那天，男方必会按着传统习俗，事先准备一个红包。

不管相亲的地点定在哪儿，男女双方和媒婆落座之后，饭桌上必会准备好茶和茶点。不管男女双方感觉如何，聊至最后，必会由女方双手端上一个红漆木茶盘，盘里放一杯热茶，微低了头，面目含羞地走向男方，请他喝茶。

若男方对女方感觉不错，就会欣喜地接过女子递上的茶杯，喝完后，麻利地从口袋里掏出事先备好的红包，恭敬地摆在茶盘里，顺势用茶杯压住那个象征着相亲成功、寓意吉祥如意的红包。红包里一般会装着“888 元或是 999 元”钱。而收到“茶钱”的女子，眉间和心头的喜悦自然是想藏也藏不住了。

倘若女方没有看上男方，却也不能当面拂了别人的面子。于是，红包暂且收下，转身交给媒婆，委托媒婆改日退回“茶钱”，转达她的意见。若是男方没有相上对方，则会象征性地咪一口女方递上的茶，顺手将茶杯放回茶盘，简单表达谢意后，即会找个适当的理由或者借口离开，而他事先准备的“茶钱”自然就派不上用场了。

说到“放茶钱”，记得《红楼梦》第二十五回中，林黛玉喝了王熙凤送来的茶叶后，称说味道好。凤姐顺势打笑道：“你既吃了我们家的茶，怎么还不给我们家作媳妇儿？”

我想，从古至今，不管是以茶为定亲礼，还是以茶作为走亲访友的手信，或是如我和我奶奶这样向亲友打招呼：“没事，过来喝杯茶吧。”确实是又清雅，又闲适的乐事了。

不知不觉间，我在自己一半阴凉，一半铺满冬阳的茶室里，煮好一壶红茶，浅酌慢饮，细细品尝。茶香氤氲，满室生香，更有茶台上一盆开得茂盛的兰花，参与到这场茶事中来。品茶，赏花，自得其乐，实在是美事一桩。若有二三好友，闲暇时候不期而至，共赴茶的约会，那更是令人惊喜的事情了。

在深圳过年

临近春节，熟人相见时，免不了旧话重提：“春节到了，你准备在哪里过年呀？”

在哪里过年？每闻此言，总不由想起老家人的一句关于过年的口头禅：“叫花子也有个年，有钱没钱，回家过年。”

是的，只要有家乡的人，老家还有亲人的人，老家永是游子固定的窠巢，何况是过年?!

可是眼下疫情期间，我们只能在深圳过年了。

刚刚翻看了一下，自己最近几年的朋友圈，就像打开了一本日记，点滴记录显示，这些年的春节，我都是在深圳过的。

因为我家离单位近，在过去的三个春节期间，我都是主动让需要回家过年的同事，提前休假回老家过年，而我在单位坚持站好旧年的最后一班岗，开好新年的第一工！

2018 年的春节，老家特别冷，经我再三坚持，挽留下来深圳看病的妈妈在我家过了一个年。

岁末那几日，我们将家里的卫生彻底打扫完后，开始领着妈妈逛街逛花市，买年货买年花。

因为我要在单位值班到大年三十的下午六点，才能下班，所以陪老人玩啊，逛街的事，大部分是我的女儿和儿子。

常说隔代亲，一点也不假。由孩子们领着他们的外婆和奶奶玩，我很放心，他们老小也很开心。同时，也总有趣事发生。

有一天晚上，儿子和我说："妈妈，外婆和奶奶真是太搞笑了。我们带她们去喝早茶，外婆居然说，哎呀，深圳怎么这么多讲究，东西又贵又多，哪卖得完哟？我还是觉得在家里吃好，又简单又便宜。要都是像我这样，这些商场、酒楼好多要关门哦！"

女儿也凑过来低声说："奶奶更搞笑，她指着那些亮晶晶的高楼大厦，街灯直叹息，现在的城市生活真是好浪费。这个城市开这么多的灯，一个晚上不知道要耗多少电哟。这些电要是在我们村里，深圳一个晚上的电，恐怕够我们整个村一年用了。"

望着在深圳长大的孩子们，听着老老小小的聊天，我知道，他们之间的纽带在血脉相连里，他们的一些观念却是互不理解的，而我正是他们的桥梁，起着承上启下的关键作用。

在那几天，老小之间的关系越来越融洽，老人的心情愉快而安定，一些观念也在一点点变化。

记得在大年二十八下午，女儿突然给我发来照片，我仔细一看，原来他们正在"钱柜"唱卡拉 OK 呢！女儿发给我一个调皮的表情道："妈妈，原来外婆还是麦霸呀！嘻嘻，她一个人拿着麦克风半个多小时啦，从天仙配、白毛女……还有什么王二小放牛，一直唱到现在，你看她唱得可起劲了，而且唱得挺好听，唱到开心处，还站起来边唱边跳呢！"

"呵呵，你们现在才知道呀？你们的外婆可是老年大学的文艺骨干哦，她年轻的时候，也是个能歌善舞的大美女。”

是的，现在的物质生活好了，过年过的就是开心，图的就是全家团圆，过的就是传统，将中华文化传承下去。

大年三十那晚，我按着老家的习俗，不仅做了一桌色香味俱全的饭菜，也用妈妈带来的菜籽油，发了象征着吉祥如意的红米花，而且按照妈妈的指导，还用心做了红烧肉。

当深圳的大街小巷，千家万户的灯光亮起时，我们家的年味也在热热闹闹的年欢晚会里愈发浓郁，心上的祝福犹如点燃的鞭炮，通过微信、电话、短信传播出去。

大年初二那天，趁着天气晴好，我们全家领着妈妈去了附近的人民公园看玫瑰花。园子里花开繁茂，飞鸟献唱，妈妈徘徊在花园里，一路上笑谈不止，加上孩子们忽前忽后地拥着她，引领她拍照片，本来就特别爱美的妈妈心情大好，竟不由自主地哼起了：“花篮的花儿香，听我来唱一唱，唱一呀唱……”

时光飞逝，2021 年的春节近了。我留在深圳过年，我会一如既往地陪着家人过年，把祝福送给我的亲友们，同时，我也会坚持每天的阅读和赏花，喝茶，偶尔写写随笔。

“常回家看看，回家看看……”听着邻屋传过来的老歌，我暗自许下一个心愿：过完春节，我就回家看妈妈！

闹市里的春天

忘了从什么时候开始，外出或是回家时，喜欢绕到小区西南一角，看看一楼邻居老两口亲手打造的“桃花源”。这里，常年花草鲜亮，四季如春。

眼下是春天，我去的次数更勤了。

我居住的小区，处于闹市，但里面却很清幽。房屋虽然老旧，但环境干净整洁，尤其是一楼这户邻居的房前屋后，令人陌生而又熟悉的田园气息从他们老两口精心培植的花草树木里散发出来，加上他们安静、闲适的生活态度，常常令我流连忘返。

邻居家的门前有一棵枇杷树，一棵龙眼树，这两棵枝繁叶茂的果树，犹如撑开的两把有色有味的大伞，又像是不离不弃的恋人，扎根展叶，给邻居的房屋营造了一处天然林荫。

就着得天独厚的环境，喜爱种花弄草的老两口，顺势在树下养上二十多盆花卉，有兰花，有茶花，有鱼腥草……

勤劳能干的男主人，用竹竿围上一圈高约两尺的竹篱笆，在门口种了两蓬玫瑰花，一蓬粉色，一蓬鲜红。猛然一见，“姹紫嫣红”这个词就会马上浮现在脑海里。

我喜欢花花草草，常去他们家的院子边看看，羡慕与欢喜想必尽在眉眼里溢出来了。为了避免误会，早在几年前，我就主动和主人搭讪，作了自我介绍，告诉他们，我也住在这个小区，喜爱种花、种菜。我说："远亲不如近邻，以后可以互相帮助，互相交流种植心得，分享劳动果实。"老两口欣然同意。

相熟后，每次见面，我们就像老朋友一样打招呼，互相交流一些养花、种菜的心得体会。

春节期间的一个早晨，邻居大叔又在开满枇杷花的树影里，手握竹竿、绑带给长势正好的几盆西红柿搭架子，空气中布满西红柿枝叶浓浓的味道，紧挨着的一排绿色塑料盆里，韭菜与芫荽你挤着我，我挤着你，长爆了盆。

我望着长势喜人的花草树木赞叹不已，请教他们到底用了什么妙招，将院子里的花草蔬果侍弄得这样好。大叔告诉我，他们只是买了一个环保桶，常年用厨余垃圾自制肥料，省钱又环保。

我举着手机，仰头去拍他们门口开得正旺的粉玫瑰花，顺口问道："阿叔，月季花与玫瑰花长得差不多，怎么区别它们呢？"

"玫瑰花是有香味的，而月季花不香，因为我老婆特别喜欢玫瑰花味道，我就在门口种了这两株玫瑰花。深圳天气好，很适合种花草树木。而玫瑰花的花期很长，一年四季都有可能欣赏到玫瑰花，很合算的。"

语音未落，阿叔又略带几分遗憾地问道："小刘，前段时间你是不是工作很忙？我一直在等你呢。"

"哦，阿叔，您找我有什么事吗？"我有些诧异。

"也没有什么事，那几天我正好移种西红柿，菜苗又多又壮，我就想送几棵给你拿回家种，结果，我等了几天都没见到你路过，就把多余的菜苗丢弃了，好可惜啊！”

树上的鸟雀跃动，碰落了几朵枇杷花，我感受着老人言辞里的惆怅，笑着说：“谢谢阿叔，我前几天也种了几棵西红柿，已开始开花啦！”

今晨，我又穿过春天的街巷，踩着细碎的阳光去看邻居的院子。

春风里，院子里的地面水渍未干，头顶的枇杷树，龙眼树又长出了不少嫩叶子，枇杷树上结满了青绿的果子。树下的西红柿挂着花，结着果，茶花，鱼腥草和兰花草也在快乐生长。

夜游洪湖公园

盛夏时节，正是荷花盛开的时候，为避开白天的炎热和赏荷的人潮，晚饭后，我换上运动鞋和运动装，去洪湖公园走一走。

暮色将临，我从洪湖公园的南门口走进去。公园里游人不少，远处的云层与树枝丫渲染出一幅幅水墨画。晚风拂面，夏的气息，在我的四周飘荡。空中的蝙蝠、夜巡的水鸟不断地穿梭斜飞，湖面上挤挤攘攘的荷叶迎风翻滚，一波一波的叶浪似是铺开的绿毯，柔柔地摇晃。

望着眼前的景致，我不由想起宋代诗人杨万里的诗：“接天莲叶无穷碧，映日荷花别样红。”是的，即使是在夜色里，朵朵莲花仍以惯有的姿态玉立在莲叶间。盛开的花朵淡定从容，娇而不媚；半开的花蕾犹如未经世面的小姑娘，缩在叶子后面，露出半张粉红的脸，从叶缝间打量着游人的好奇。在昏暗的余光中，一尾尾小鱼儿在荷叶边吐着旋涡，冒着泡泡，追逐嬉戏，流连忘返。

我顺着湖岸往东走，擦肩而过的夜游人中，有些健步如飞，汗水湿透了衣服；有些三两结伴，不紧不慢地边走边聊；有些耳朵里塞着耳麦，两耳不闻身外事，独自沉浸在音乐的节奏里，自得其乐的走走停停。湖岸边上的夜钓客，沿着湖堤一字儿排开，各持一支长钩杆，摆上一个小板凳，捏好一团团鱼饵，起身站稳后，右手奋力将鱼竿一挥，鱼钩即无声无息地沉入十几米外的空旷荷塘，满怀期待地盯紧了自己的鱼竿……

彩虹桥在黑暗里不断变幻着色彩，吸引了我的注意。我边走边看边拍，桥底下的空地上，人头攒动，人们在各自的团队里旋转、蹦跳、欢唱，各种声音挤在一起，如蓬勃的烟花，在夜色里散开。

我继续往前走，信步穿过一座小拱桥，公园东边的一块空地上，灯光氤氲，草坪柔软，人影晃动。我走近草坪，半空中，一只硕大的鸟形风筝于晚风里飘逸，风筝下的人影拽紧手中的绳子，仰头逆风而行，我越过风筝，望着夜空里明灭不定的星光正出神，一串奶声奶气的呼喊由远及近地跑过来："妈妈，妈妈，妈妈……"声音中尽是得意的味道。是啊，妈妈，这是一个多么美，多么幸福的称呼！孩子的呼喊如一粒单纯的种子滑过心田，让我感动，让我温暖，让我心生希望，让我联想到芬芳、泉水、嫩芽、阳光、诗意。

沉思间，一个皮球滴溜溜地朝我旋过来，后边两个十二三岁的少年紧追不舍。我一时兴起，转身快走几步，飞起一脚将球踢到了孩子们面前，草坪里传来一阵阵清脆欢快的嬉闹声。我走到草坪边的一棵凤凰树下歇一歇，数着节拍做了几节广播休操，在原地快速弹跳了一阵，出了一身汗，转身往回走。

绕过雾气氤氲的荷花池，迎面看见三个穿着汉服的妙龄少女，正倚在栏杆上摆弄着姿势拍照片，她们的身边是几个举着相机的小伙子，个个干净阳光。我环顾四周，夜空下的荷花池，新月莹白，荷叶翩翩，花影朦胧，安静祥和。那几对年轻人嵌在这荷塘月色里，洋溢着别样的浪漫。

走出公园南门，回首浸润在夜色下的洪湖公园，它的每一个角落都有不同的美，置身其中就如行走在山水画里，而那些安静舒适的时光，怎不令人回味，叫人珍惜?

“我已按下了暂停键”

“您不要着急，这雨实在太大了，你看，这些车全部堵在路上不能动，估计是前面的路泡水了。放心吧，我已按下了计价器的暂停键。”

“哦？您按下了暂停键?!”

昨天下午三点多，被突如其来的暴雨困在的士车上的我，一边惦记着即将开始的法院的陪审案件，一边看着车窗外：暴雨倾盆，雷公怒吼，闪电挥舞着魔爪，一次次将昏暗的天空撕出一道道狰狞的裂痕，一棵棵道旁树缩在骤然而至的雷暴雨里瑟瑟发抖，她们的头发被狂风暴雨揪在手里，任其撕扯，蹂躏。我抱紧双肩，尽量控制住不看手机，唯恐发狂的雷电穿过暴雨淋漓的车窗玻璃，发生可怕的串联。心神不宁中，我完全没留意到的士司机，在什么时候将计价器按下了暂停键！出租车上还有这个按键呀！

“我已按下了暂停键。”简简单单的几个字，却如一道突如其来的暖阳，穿过厚重的雨幕，照进我脆弱的心。我扭头扫了一眼计价器，暂停键处的显示器散发出暖暖的红光。那一瞬，我竟没能控制住自己的眼泪，窗外的雨声雷声闪电依旧，可我却被身边的出租车司机感动了，内心的焦虑瞬间淡了许多。

事实上，作为一名人民陪审员为了准时参加陪审，我已提前近一个小时打的出门，并且准备在法院一楼的图书馆里，找一本喜欢的书，在书香里度过开庭前的空余时光。因为，这条路，平日里一般只需要二十多分钟就可以达到。没有想到的是，天气突变，刚上车十几分钟天空就变了脸。车行至怡景路附近时，才下午三点多，几分钟的工夫，天空就被黑云暴雨捂得不透一点亮光，乘坐的车辆只能打着夜灯一寸寸地在暴雨中往前挪动。

好不容易开到法院附近的桥洞坡上，前面几台车却停驻不动，车尾灯一直闪烁不停。一个交警在雨中打着手势，示意车辆不能前行，桥洞下的道路已完全被雨水覆没了，不能通过。我们在原地等了几分钟后，司机一打方向盘将车开上了桥，七拐八拐地来到了法院附近的另一个路口。可是，那个路口的拐弯入口处，不知道被谁用几辆黄色的电单车打横挡住了。正纳闷，迎面一个中年男子撑着雨伞走过来隔着车窗大声说："你们不要再往前开了，那个路口的水已泡到大腿上了，很危险！"

时间一点点流逝，离开庭的时间越来越近，可我乘坐的车辆却被雷暴雨挡了道，怎么办呢？我心急如焚却又不知如何是好，焦虑不安的我如坐针毡。

"我已按下了暂停键。"就在我坐立不安时，身边的司机却做出了一个让我感触良多的决定。按理，一个靠开出租车维持生活的司机，他完全没有义务这样做，他完全可以心安理得地任由的士车的计价器陪着我们在雷暴雨中滴答、滴答地累加车费。可是，这位出租车师傅却在乘客不注意时，按下了计价器的暂停键。这看似简单的动作，对那一刻的我来说，却无比温暖和感动。也许，他的善举只是为了缓解乘客的焦虑？或者说他也在暴雨的困境里，想起了什么难忘的事情？我不得而知。

金钱有价，爱心无价。是的，锦上添花易，雪中送炭难。今天，狂风暴雨之下，乘客焦虑不安之时，出租车师傅主动按下计价器暂停键，让我感动，不是为了省下的几十块钱。司机师傅小小的举动，是深圳这座文明城市最生动的例证。将心比心，有一分光发一分热，有一份心尽一份力。其实，他们都是普通人，为了生活，不分白天黑夜奔波、忙碌，为的是能够多挣点儿钱。但是，关键时候，他们却用平凡人的善举诠释了什么是“让世界充满爱”！

师恩如海

连续三个上午，关机听老师讲读写课，受益匪浅。晚上，无意中翻看到几年前的朋友圈里，我与儿子幼儿园老师们的合影，感觉特别温暖亲切。

师恩如海，从未忘怀。儿子上小学前，在家附近的幼儿园上了一年幼儿园。幼儿园的园长毛老师来自上海，年近五十的她，说话柔柔的，打扮得体，让人感觉格外优雅，平易近人。

毛老师特别爱学生，尤其是对我的儿子鹏仔，更是疼爱有加，每次一见面，就伸手把鹏仔搂抱在怀里，左看看右看看，反复抚摸着鹏仔的脑袋说："哎哟喂，您家这个鹏仔，我一见到就感觉特别亲，让我喜欢得不得了。怎么办呢，鹏鹏，你就做我的儿子吧？鹏鹏妈妈，您真的是好有福气哦，瞧瞧您的一双儿女，都长得漂漂亮亮的，乖巧可爱，让我好喜欢哟。"

没想到的是，毛老师对我孩子们的爱，不只是随口一说的。那年夏天，毛老师不仅给孩子们送了一辆崭新的儿童单车，还给我们一家四口，一人买了一件 T 恤衫。

无功不受禄，我再三拒绝，可是，平时温温婉婉的毛老师却特别坚决地说："鹏鹏妈妈，我们能在深圳相识，还这么投缘，真的是缘分，何况您那两个宝贝儿女，真让我喜欢得不得了哦，我的一点点心意，鹏鹏妈妈一定要收下的，以后，我们就是好朋友，好姐妹啦，要一辈子来往哦。"

听着毛老师温软的上海普通话，我的心盈满了感动与温暖，我暗自琢磨："我们家还挤住在铁皮房里，毛老师对我的孩子这样好，这份恩情，我怎么报答是好呢？"

毛老师似乎是看穿了我的心思，走过来搂着我的肩膀说："鹏鹏妈妈，您不要顾虑太多啦，我就是喜欢您，喜欢鹏鹏，喜欢鹏鹏的姐姐。以后呀，只要是过节，我就会打电话给您，让孩子们过来拿过节的礼物哦。"

就这样，从幼儿园到小学毕业，逢年过节时，毛老师总会给我的孩子们送一些可心的礼物和红包。礼物有价情义无价，对毛老师的这份恩情，我从来没有忘记过，除了偶尔回赠些家乡的特产，我总是时时叮咛孩子们要好好学习，不能辜负了老师们对我们的好。

孩子们上中学后，我们家有了自己的住房，毛老师也退休回了上海居住。大家虽然不在同一个城市生活，可她对孩子们的关心与爱护，就如一粒美好的种子，给孩子们的心涂上了最温暖的底色，陪伴着他们努力向着阳光成长，成才。如今，两个孩子已相继上完大学、参加工作。每当我与孩子们聊起他们上学的一些事时，总是会提起毛老师，会想起曾经帮助过我们的人。

时光带不走真心的朋友。2016 年 7 月 12 日早上，收到毛老师邀约喝午茶的信息，我惊喜不已。原来，早已移居上海的毛老师这次是回深圳走亲访友，特意要跟我见见面。毛老师还邀约了当年她工作幼儿园的另两位老师。多年不见，再次重逢，我们握紧对方的手，感觉还是那么亲切，似乎从未分开过。尤其是一说起我儿子上幼儿园时的点点滴滴，老师们都如数家珍，疼爱之情溢于言表。

人海茫茫，最幸运的事，莫过于遇良师结益友有良伴！孩子们很幸运，因有老师们给他们的关爱和鼓励，使得他们从小到大，不仅学习成绩优秀，而且性格特别开朗活泼，尤其是养成了乐于助人，积极向上的好习惯。

师恩如海。又到开学季，祝福所有的老师：健康快乐，幸福生活！

吃了年夜饭就是春天

2018年腊月，母亲和我们一起在深圳过春节。春节前几天，住在莲塘的哥哥打来电话，邀请我们一起吃年夜饭，一起守岁。

一听要去舅舅家吃年夜饭，孩子们也都雀跃赞同。除了过年热热闹闹、开开心心，还有更重要的一点，那就是：哥哥的高超厨艺是大家所公认的。

除夕那天上午，我们一家人分工合作，将家里的角角落落彻底打扫了一遍，不常用的东西也分类送给了小区的清洁工。

午饭后，我开始炒花生、发米花、做红烧肉、用柚子叶和艾叶给家人们熬煮辞旧迎新的洗澡水；他们则贴对联、挂灯笼、准备红包、摆好水果点心供奉祖先……

下午五点不到，我在楼下的花市里，从清洁工手上买回三盆被花农遗弃的桂花，发动全家下楼搬花回家。收拾好家里，我们一家人拎着礼品朝哥哥家奔去。

一踏进哥哥家，发现厨房里一派火热场面，诱人的香辣味阵阵飘过来。

“哇，有水煮牛肉，还有红烧鱼块、酸萝卜炒大肠，有香辣蟹、腊肉炒猪血丸子，猪肚鸡，爆炒田鸡……舅舅炒的菜真香，全部是我爱吃的！”看着餐桌上香喷喷、热辣辣的美食，儿女相继发出了惊叫。女儿掏出手机绕着美食不停拍照，儿子伸手将一块猪血丸子放在嘴里，边嚼边捂着嘴巴偷笑，妈妈见状拍着手笑道：“看来还是你们舅舅的厨艺强，嘻嘻，看把你们馋的！”

“妈，妹妹，你们先坐一会，喝茶吃点水果花生，等会儿我的好朋友阎医生要来我这一起吃年夜饭，隔壁的张师傅也来。他们一到我们就开饭，我还剩下狮子头和青菜没做。”

不一会儿，老家安徽的阎医生抱着一箱红酒笑呵呵地进了门，连声说：“阿姨，过年好，过年好。不好意思，我今年留守值班，让你们久等啦！”“没关系，没关系，大家过年在一起热热闹闹才好呢！赶紧坐，赶紧坐。”妈妈笑吟吟地招呼着来客。

妈妈的话音刚落，住在哥哥隔壁的张师傅两公婆抱着一个大砂锅进门了，张师傅兴冲冲地朝着厨房方向大声说：“刘师傅，我炖了一锅羊肉，足足六斤黑山羊，是我战友昨天送来的，味道正宗，正好做年夜饭的下酒菜。”

几家人围坐在一起，喝着酒，吃着哥嫂用心准备的一桌美食，互相说着祝福吉祥的话，电视机里播放着春节联欢晚会的节目，屋角的两盆桂花相约着满树满枝地开了，电视柜上的两盆水仙花争先恐后地吐着香气。

母亲说：“深圳的天气这么暖和，花开得这么鲜艳，吃了年夜饭就是春天啦！”

春意浓，清明近

早上，突然想起昨天的那个梦，醒来天已经大亮，父亲那么清晰地出现在我的梦里。

二月二，龙抬头。眼下深圳的春意已浓，故乡却是春寒料峭。十二年前，正是在龙抬头那天，父亲永远离开了我们。

我怎么把这事忘到了脑后?！不，也许我从来不用刻意想起，也从来没有忘记过父亲。前晚的餐桌上，看着孩子们一边津津有味地吃着他们亲手做的剁椒鱼头，一边总结探讨着下厨的心得，我脱口而出："以前，你们的外公最喜欢吃鱼。"

我又想起昨天早上的梦来。心想，应是春意挂上树梢时，冥冥之中，父亲在提醒我：又是春天，清明节近了，我该回家看看啦！

十二年前那个草木吐芽的春天，父亲的离开，让我们的清明节挂满泪，凝了霜。自次，每年春天，我选择清明节回家给父亲扫墓，看望妈妈。

前段时间，妈妈在电话里说："玲子，今年清明节你和你哥一起回来，我和你表弟已商量好了，就在清明节当天，我们去把你外公外婆的墓碑立好。老人家去世这么多年了，我也念叨了这么多年了，这个心愿今年一定要完成。”

“好啊，是应该给外公外婆立墓碑，希望清明节时疫情已结束，到时候，我和哥哥一起回来扫墓。妈，您给外公外婆定做了什么样的墓碑呢?”我回应着母亲。

“哦，你表弟说要定制一万多块钱的墓碑，我没同意。我让他定做一千多块钱的石碑就行，这就是完成一个心愿。简单点，在石头上刻上老人家的名字，加上子孙们的名字，就当是个记号，免得子孙后代们扫墓时找不到祖先的地方。”

是的，如果说父爱是山，母爱是河。那么，不管生你养你的人走了多久，离得多远，这些血脉相连的爱啊，永远是山叠着山，水连着水。母亲是这样，我也是这样，我的孩子们也是这样。

关于清明返乡，宋代诗人陆游在《临安春雨初霁》一诗中写道：“素衣莫起风尘叹，犹及清明可到家。”意思是：不要叹息那京都的尘土会弄脏洁白的衣衫，清明时节还来得及回到镜湖边上的家。

是啊，按着中国传统的，过年的时候要回家，全家团聚；清明节的时候，也是要回家的，给逝去的先人扫墓。清明时节雨水绵绵，我们老家山上的草木繁茂。每次，我们先去对门山坡给爷爷奶奶扫完墓后，再回到房屋后面不远处的山坡上给父亲扫墓。

去年，父亲的坟头长满了青草和山花，母亲说那是她特意种在上面的，这种草生命力极强，一年四季都是绿油油的，看着很舒服。

扫墓结束，趁大家忙着回家准备午饭的时间，我独自在父亲墓地旁边的田埂、山坡上采摘鲜嫩的清明茶，山路弯弯，溪水叮咚，草木亲切。“山远近，路横斜。青旗沽酒有人家。城中桃李愁风雨，春在溪头荠菜花。”

给花浇水

花，很多人都喜欢。有人种花，是为了谋生；有人买花，是讨人欢心。而我呢，不仅爱花，还种花、养花，为的是给生活增加一点儿情趣，给心情添加一抹喜悦。

毫无疑问，我是爱花的，也是喜欢种花、养花的。我笃信，真正爱花的人不会舍得伤害，或者糟蹋花草，也不会轻易摘下一朵正在盛开的鲜花。花，只有长在枝头，才最美、最鲜活，将鲜艳的色彩，迷人的芳香，美好的花语传递给爱花人。

我喜欢花，于是就想方设法将自己生活和工作的地方，尽可能地种上各种花花草草，越种越欢喜，越养越快乐。

种花，养花，需要一份好心情，一份闲工夫。要想花好，就得适时给花浇水，不能旱，不能涝，这是最基本的要求。我在种花、养花的实践中，逐渐领悟到一个道理，那就是，我觉得人与花的关系就如人与人之间的关系一样。真正爱一个人，需要一份责任，一份承诺，一份担当。

常常有人问我养花的秘诀，我说："我养花，很简单，主要是根据花的习性，适时给花浇水。"这不是因为我不重视给花施肥等其他工作，而是在种花之前，我已经把底肥备得足够，平时隔三岔五的，就只管给花适时浇水了。

给花浇水，成了我的一种习惯。不管是走亲访友，还是去酒楼吃饭、逛商场，只要见到主人养的花草如疯婆子一样披头散发、半死半活地低垂着枝叶，我必定会习惯性地提醒主人：要给花浇水。有时，我会自告奋勇地请主人找把一把剪刀和一壶水给我。片刻工夫后，主人那盆垂头丧气的花经过我的用心修剪，抹净叶子与花盆上的灰尘以及浇上水后，马上变得鲜亮起来。看着花草精神抖擞的模样，我的心里有一种成就感、满足感。

花的主人见了脱胎换骨后的花草，言语间尽是欣喜，满怀感激地说："真是谢谢您啦，这盆花幸亏遇上了您，不然就被我养废啦。欢迎您以后经常来我这喝茶，顺便也教教我怎么养花。"

"不客气，其实养花很简单的，您只要根据花的习性，上足底肥，适时浇水就好，见着叶子枯了，随手修剪掉，花草势必长势喜人。据说，做生意的人，办公室或是店里的花草养得好，代表主人的财运会好呢！"听我这样一说，主人必定会对自己的花草重视起来，而那些得到主人珍惜的花草，确实是越长越好看了。

花草需要适时浇水，人和人之间的情感也需要适当"浇水"维护，修剪杂草枯叶。

每个人的时间都是有限的，我们应该将有限的时间去做自己喜欢的事，陪伴或是问候真诚相待的亲人、朋友。每个人都很忙，我也是。但我会在忙碌的空隙，随手给自己的花草浇水，修剪残枝枯叶；我会隔三岔五给远在千里之外的妈妈打电话，陪妈妈聊聊天，拉拉家常；我会在逢年过节时给亲友们送上表达心意的问候；我会在得到别人的帮助时，发自内心地向对方表达自己的感谢；我会在力所能及的范围内帮助值得帮助的人；我会为熟悉或不熟悉的人的善举、义举鼓掌，我会给朋友圈里的好友们点赞……

锦上添花易，雪中送炭难。所有的美好值得善待，所有的真情值得珍惜。忽略虚情假意的人，减少不必要的应酬，记得给花浇水，我们的时光就会清新又美好。

抬头间，我突然发现，电脑桌旁的那盆文竹朝着阳光的方向，又新长了一枝纤长浅绿的枝条，我放下鼠标，起身拿起水壶朝着它轻轻喷了喷水，水珠晶莹，盆中的文竹瞬间更鲜嫩了！

久违了，我的火塘

儿时，我家的火塘里，总是燃着一堆跃动的火苗。一个铁三脚架上，常年摆放着一个墨黑的铁鼎锅，一只老式铁鼎锅里有时焖着热水，有时煮着吃的。

闲暇时间，我们几姊妹喜欢围在火塘边，有时帮忙烧火做饭菜，有时依偎在大人的身边取暖听故事，有时是挖空心思从火塘里温热的柴火灰里变出些解馋的小吃来。

中秋节后，刚从地里挖回来的红薯、芋头，掰回来的玉米，都是让我们围着火塘边打转转的充分理由。有时，为了快点吃到火塘里的美味，禁不住操着铁钳在火塘里翻来翻去，经常把燃得正旺的柴火弄得奄奄一息，差点熄火。于是，经常被奶奶一顿训："火要空心，人要忠心。你们老是将柴火翻来翻去，堆得实实的，火是很难烧旺的，火不旺，东西怎能烤得熟呢？心急吃不得热豆腐，心急吃不得热豆腐啊！"

山里的冬天连着春天，这两个季节一样冷。春冬季节，我们一家人总会在晚饭前后转坐在火塘边烧火取暖，煮晚饭。

腊月里，我们家除了有秋收的红薯、芋头、玉米外，还有刚加工出来的糯米糍粑。因此，严寒时节，烧火取暖烤糍粑则成了火塘边的最美的享受。

我和弟弟最喜欢用炭火铁钳烘烤着吃。印象最深的吃糍粑方式，妈妈给了我和弟弟一人一个糍粑。我和弟弟就在火塘里用烧火的铁钳子架在炭火上烤糍粑，一面烤黄了，翻一面继续烤，当糍粑两面焦黄，嗤嗤地往外冒着糯米饭特有的甜润气息，那诱人的香味早馋得我们直咽口水了。急不可耐地伸手从铁钳上取过滚烫的糍粑，也顾不上烫不烫嘴，张口就咬上一大口，那股热腾腾、香脆脆、甜润美丽的味道至今记忆犹新！糍粑吃到一半，我和弟弟都舍不得一次吃完，总会留下一半歇一会再烤。等这半个糍粑再次加热烤软，我们就把它放在手掌里反复拍打，重新将它拍成圆形。这样一来，我们感觉手上似乎又多了一个新糍粑，心里美滋滋的。

雪花纷飞的冬天，寒夜漫长。室外的树枝、楠竹、电线浑身裹在冰凌里，不时发出吱吱的脆响；室内，火塘里烟雾氤氲，灯影飘忽，满屋温暖。我除了在火塘边烤火烤糍粑，也经常捧着书本趴在火塘边上的矮板凳上写作业，看连环画。

一个冬天的晚上，我穿着姐姐给我织的新毛线衣背对着火塘，趴在矮板凳上看故事会。室外是山村宁静的寒夜，我置身在火烘烘的火塘边，灶台上淡淡的煤油灯光摇曳，我沉浸在精彩故事书里，不知不觉睡着了。

“哎呀，玲子，你怎么在灶膛边打瞌睡？这样会受寒的，赶紧起来洗把脸，去床上睡觉。”奶奶的惊叫将我从甜梦中惊醒，我睁开惺忪的睡眼，起身仰头打着哈欠伸了个长长的懒腰。咦？

背上怎么硬邦邦的？我扭过身子，伸手往后背上一摸。天啦，我柔软的新毛线衣怎么在我睡着时，后背上的一大块变得硬邦邦的？

我一激灵，睡意瞬间溜走了。我又急又恼地脱下毛线衣，反复抚摸确认，不敢相信自己的眼睛。奶奶和姐姐闻声围过来，姐姐将毛线衣拿在手里仔细检查了一遍后说："织这件毛线衣的毛线材料是尼龙线，尼龙线不能受热，肯定是妹妹背对着火塘烤火时，火塘的温度太高，将妹妹背部的毛线衣烤焦了，就成了硬邦邦的一块，还好，幸好衣服没着火，玲妹妹没受伤。"

复杂的情绪让我控制不住哭出了声，有难过，也有遗憾……这毕竟是我盼了许久的红色的新毛线衣啊，怎么就这样烤成了硬块？

岁月如梦，前几天，收到妈妈寄来的红薯粉。妈妈在电话里反复说："这红薯粉是村里一对老人家，用自家种的红薯手工做的，好吃得不得了，你应该很多年没吃过家里的红薯粉了吧？"

红薯粉？是哩，物资十分匮乏的童年时代，调皮捣蛋的我曾在火塘边，绕着擦得油黑发亮的灶台，守在奶奶和妈妈的身边，用最简单的食材烹饪出世上最美味可口的饭菜。清贫岁月里，小山村因了这温暖的火塘，不再寒冷。我们围坐在火塘边，听着外面的雪花飘飘而下，一个一个破壳而出的春天正在向我们走来。

娶　亲

“哎呀，今天真是好日子，刘家兄弟同一天娶亲，伙食办得热闹，这喜酒吃得好带劲。两个新娘子都长得花朵一样，都一口笑。刘大娘这下放心喽，就等着新媳妇们给刘家开枝散叶，抱孙子啦。”晚饭时，母亲端出一碗热气腾腾，肉香扑鼻的虎皮扣肉，意犹未尽地感叹着参加婚宴的喜悦。

关于娶亲嫁女，村里老辈人一直有个“说法”，那就是：“如果一个院子（村子）里，同一天有两家人娶亲，两个新娘子谁先进门，谁家的日子会更兴旺。”

像刘家这样两个新娘子同一天进门，处理不好的话，很可能会兄弟反目，妯娌成仇。幸好，刘家的两个儿子早就和自己的未婚妻商量好了，娶亲当天，不管是哪对新人先到村口，必须在村口等着后面的那一对，四个人手拉手，同时迈进家门。他们两兄弟果然说到做到，两个新娘子也都通情达理，进门后还互赠了礼物和祝愿。

刘家的双喜临门，一时成为村里的美谈。

当然，也有为此闹出不少笑话的。

一天，村里有两户人家同一天娶亲。一个新娘子是从石塘村那边嫁过来的，一个是从龙门山村嫁进来。进村的路就一条，按着习俗，这两家人暗自较着劲呢！

吉日前一天，两家迎新的都早早到了女方家，也都准备好了走夜路照明用的槁把、手电筒以及新娘子的新花伞，单等吉时一到就抬脚出发。他们都希望抢先进村，图个好彩头，以后的日子更旺些。

据说石塘村嫁过来的新娘子一行人，等晚上十二点一过，就举着干竹块做的槁把火，打着新买的三节电池手电筒，前三个后三个地把新娘新郎拥在中间，前呼后拥地踩着月光往我们村里赶。中途要翻过一座山，幸好新娘子人长得泼辣壮实，是那种上山能挑百斤担，下水能捉滑泥鳅的能干婆。凌晨三点多，石塘村的新嫁娘在此起彼伏的狗吠声中，小跑着进了村，迈过家门口燃得旺旺的火盆进了婆家门。抢先进村的大功告成，新郎一家将早就备好的香辣小炒、香甜滚烫的糯米酒端上桌，有说有笑地吃上、喝上了。他们深信，未来的日子会更好！

而去龙门山村迎亲的那一行人，本来也是做足了抢先的准备，只因那个复习三次均高考落榜，眼睛却常年架着一副高度近视眼镜的新娘子，走夜路时远没有干农活的人利索，她一路上磕磕碰碰，由新郎牵着走，速度自然就慢了半拍。

皇帝不急太监急，同行送亲及迎亲的亲友们瞅着新娘子走夜路极不利索，就出主意让新郎直接背上新媳妇跑。可这毕竟不是猪八戒背媳妇，新郎本是村里的代课老师，白净斯文，他背上新娘还没跑上几步，就累得上气不接下气，气喘不已。在下一个小坡时，新郎脚下一滑，新郎新娘一起摔倒在地……

守在村口的家人，举着火把，踮起脚尖朝着通往村外的小路望了又望，就差把漆黑的夜烫出一个洞。

事后一段时间，这两家人的婚宴成了村里人的笑谈，也都暗自观察着这两对新人婚后的日子，是不是真如老辈人“说法”中的那样。

若干年后，我从母亲口中得知，那个抢先进门的新娘和自己的丈夫，凭着强健的身体和吃苦耐劳，成了村里的养殖专业户，日子确实过得红红火火；而那对相对文弱的新人，也扬长避短，婚后互相鼓励，重拾书本，在一次县里招考老师时，双双考上了编制老师。志同道合的一对人，自然也将平凡的日子过得有滋有味。

“那我们那边的那个说法，现在还有吗？”我追问着。

“有还是有的，只是现在没有那么多人在意这个事情了。而今，经济条件好了，交通也很便利。娶亲、嫁女，大家也不用深更半夜地赶路了，再说，新人早一点晚一点进门又有多大意义呢。人们期盼和追求的是婚姻的幸福，家庭的和睦，日子的甜美。心善福来，手脚勤快一点，心思活泛一些，家家户户的日子都在越来越好。”

看来，祖辈留下的娶亲“先进门，更兴旺”的说法只是一种过去的说法，当不得真的。真正的幸福生活，不在别的，而在于有没有勤劳的双手，智慧的头脑，奋斗的精神。

舌尖上的腊味

每年冬至后，我家的餐桌上，便会准时出现一道美食，那就是香喷喷的家乡腊肉。

今年也不例外，冬至前几天母亲打电话说，她正在我姐姐家帮我们熏制腊肉。母亲说："今年的腊肉味道应该很不错的。因为熏制腊肉的原材料是从姐夫的婶娘那儿买来的。"

姐夫的婶娘已经八十来岁了，却依然忙碌不停，年年自己种豆子、磨豆腐卖，豆腐渣则用来喂养家里的两头土猪。入冬后，老人家选了一个日子，请人帮忙把自家养的大肥猪杀了。母亲得到姐夫的婶娘要杀猪的消息后，特意起早床去婶娘家"抢"购了一些土猪肉，回家后开始制作腊肉。

制作腊肉的第一道工序是：腌。先将新鲜的猪肉按两三斤左右的重量切成块，一块块摆放在一个大木盆里，均匀地抹上盐，然后用毛巾盖起来。

两三天后，母亲将泡过"盐浴"的猪肉用麻绳串起来，一块块挂在姐姐特制的用来熏制腊肉的柴火灶台的横梁上，不断用烟火熏。

母亲说今年的腊肉不仅猪肉原材料好，而且熏制腊肉烧的木柴也很“珍贵”。听母亲一说，我禁不住好奇地问母亲：“熏腊肉不就是烧木炭和杂柴么？”母亲说：“今年有些不一样。前些天，你姐夫特意上山去砍了些樟树枝条，加上家里的木炭和米糠，一天二十四小时不断烟火地用小火慢慢熏干的。”

“哦？那今年的腊肉应该格外香，味道很不错的。”听母亲一说，我不由对即将到来的腊肉充满了期待。

“是的，今年的腊肉颜色黄亮亮的，特别香。除了腊肉外，我今年还特别腌制了一些腊鱼。腊鱼是我在邻居家买的，一小块一小块腌好后，我守着炕好的。玲子，你别看制作腊味简单，其实蛮费时费心。尤其是腊鱼，因为切成了一小块一小块，必须得守着熏，一面熏干些，就又一块一块给鱼翻过来熏另一面，得翻过来翻过去反复几次才能熏得好呢。你收到后，好好把它放好，做菜时放些生姜和蒜头爆香，加水煮好后，起锅时再加些泡辣椒和葱……”

母亲的叙说将我的思绪拉回了童年。

每年寒冬腊月，等家里的腊肉、腊鱼、猪血丸子熏好后，接下来就是令人口舌生津的煮腊味了。

妈妈将洗净的腊肉、腊肠、猪血丸子切成一片片的薄片，摆在菜碗里，再把碗放在锅里架着的竹编板子上隔水蒸。妈妈说：“多添些干杂柴，将火烧旺些。火越旺，蒸出来的腊味就越香。”闻言，我们便拼命往灶肚里加柴火。

腊肉蒸好后，望着妈妈从热气腾腾的锅里端出香气四溢的腊味，我的口水就直涌，情不自禁地伸出小手捏起一块就往嘴里放。

从除夕那天开始，村里家家户户就飘着腊味香，这味道迷人、馋人、喜人。

如今，这腊味陪伴着我，也陪伴着和我一样走出山村的人。每到冬天，家乡的亲人就会备好烟火味浓浓的腊味，通过快递邮寄、乡亲捎带、离家时塞满行李箱等方式，将这份舌尖上的腊味和满满乡情、亲情带往四面八方，慰藉远方游子的味蕾和思乡之情。

外　婆

记得在穿解放鞋还是一种身份象征的年代里，我家厨房靠灶的木板墙上，总是整齐地挂着五六双或新或旧的草鞋，那是外婆给父亲编织的草鞋。

童年的最大喜悦，莫过于走外婆家或是接外婆来家了。我也不例外，外婆每次见了我们姊妹几个，都欣喜异常，把我们挨个地搂在胸前，用她那苍老的、不知编织过多少床蚊帐、打过多少双草鞋而变得无比粗糙的手，把我们一个一个从头摸到脚，又从脚摸到头，嘴里不停地说："又长高了，宝宝又长高了……"

在吃不饱穿不暖的年月里，一碟花生，几粒糖果，都是孩子们梦寐以求但又不常吃到的好东西。而每次我们去，外婆总会变戏法般端出一小碟咸花生或塞给我们几粒糖果，现在想起那一定是外婆从牙缝里挤出来、专门为我们保留的吧。

一年当中，我最喜欢在二三月份去接外婆。那时，早春的地里长着一种叫水娘花的植物，米粒大的花骨朵儿挤在一起，开成一簇一簇蛋黄色的花团。外婆每次见我们去了，总会提个小竹篮，带着我们去地里采摘回一篮子水娘花。外婆将水娘花洗净碾烂后，揉进加了水及些许白砂糖的糯米粉里，一团团用芭蕉叶裹了蒸熟，这就是我小时候最爱吃的水娘花糍粑了。而那时从外婆家回来的我，俨然一个凯旋的战士，总是在小伙伴们羡慕的目光里，从口袋里摸出一个捂得发热的水娘花糍粑，那神情犹如中了百万大奖的彩民，兴奋得小脸蛋都红了："我又去外婆家了，外婆又给我做水娘花糍粑吃了!"

时光荏苒，日月如梭。昔日的黄毛丫头渐渐长成大姑娘了，而我亲爱的外婆却更加苍老，背也更驼了。在外婆八十三岁那年，我终于重拾童年习惯，又去接外婆了。

外婆真的老了，颤颤地裹脚再也走不动那五六十里山路，是哥哥和表弟用竹躺椅把她抬到我们家的。外婆那次来我家，是来给我送嫁的。记得出嫁的那天早上，站在堂屋中间，外婆颤颤地拉过我先生的手，摸了摸，又伸手在他脸上、头上反复摸了几遍，那神情完全是小时候抚摸我们一样亲切、慈祥，充满关爱。然后又左右端详了一会，她发自内心地笑了，一迭声地说："好，好，我落得心①，这伢子一口笑，好，好，我落得心……"老家有个习俗，女儿出嫁时，跨出堂屋门槛前是要给娘家长辈下跪的。外婆最年长，我走过去跪在她面前，外婆立马扶起，反复抚摸着我的头说："起得快发得快，起得快发得快!"说话间，外婆将早就备好的一块红花布料及一个装有八十八元的大红包双手递给了我。那一瞬，我的眼睛一热，喉咙似乎被什么堵住，我不敢抬头看外婆，我怕她看到我流泪的脸。我真没想到，那会是我一

① 落得心：方言，放心。

生中最后一次接外婆，也是最后一次跪在外婆面前。外婆终于去了，在她八十九岁那年的冬天，她没能熬过那个飘雪的冬季。

我不相信外婆真的已离开这个世界。而事实上，八十九岁高龄的外婆已历经了太多的磨难，弱小疲惫的生命早已不堪负荷。那一刻，我才发现，原来岁月给人们的时间并不是无限的，而那些和外婆一起度过的时光，忽然就一发不可收拾地在心底蔓延开来。我的心痛，我的眼泪都告诉我，那个疼我、爱我、伴我成长的外婆，真的已去了另外一个不为人知的陌生世界，我再也没有外婆了！

直到现在，我还是会经常梦见外婆，梦见外婆为我做的水娘花糍粑。

围炉夜话

我的家乡是没有暖气的，每到寒冷的冬天，家家户户的熏火箱、火盆、火桶、火柜等这些取暖设备都被派上用场。

我从小就怕冷，晚饭前后，总是喜欢依偎在大人身边，围着火塘烧火取暖。

腊八节后，山村的夜寒意更浓。母亲早早侍候好家里的鸡鸭和猪牛后，天还没黑，就关好门窗，将寒流与雪花挡在门外。

室外，雪花飞扬，寒气逼人；室内，家人闲坐，暖意融融。灶膛里燃着杂树柴，火炉上的铁锅鼎里煮着咕噜咕噜喷着香甜味儿，翻着跟头的甜酒汤圆，菜锅里隔水蒸着香味四溢的腊肉腊肠。

靠窗的灯光下，母亲侧身坐在火盆边做些过冬的棉鞋、棉衣裤，父亲坐在隔壁房间的书桌前的火桶上看书备课。

爷爷蹲坐在火塘边的矮板凳上，一边把弄着他心爱的铜长柄旱烟枪，反复捋抚他两寸多长的发白胡须，一边有一搭没一搭地和奶奶聊着他过去的一年里，守水库时挣了多少工分，守苞谷时打了几头野猪，以及他挑着竹箩筐走村串户吆喝卖野猪膏、米酒时的见闻趣事。

奶奶一边往灶膛里续着柴火，一边打趣爷爷："你熬制的野猪膏确实是好东西，吃了对身体蛮好，尤其是坐月子的女人吃了后，特别补身子、奶水也足；但你酿的米酒却是山坑边溪流的清水哟，切莫把别人的肚子喝得胀破了，还没闻到半点酒味儿……"

爷爷打野猪是能手，爷爷好喝酒也好抽烟。爷爷每餐总喜欢咪上几口米酒，饭后吸上一袋旱烟。可当年，我们家里的条件有限，无法挤出爷爷的烟酒钱。于是，聪明能干的爷爷就自己动手，在离家不远的山坡上开荒地种旱烟抽，自己动手酿米酒喝。

爷爷为了多酿出些酒来，本来只应蒸三锅水的酒，他却蒸四锅水。一锅米酒八升米，水分多了酒味自然淡……

我们烤着火，浸润在甜酒的温润里，贪婪地吮吸着厨房里香气扑鼻的腊肉香，漫不经心地听着爷爷奶奶的闲聊，时不时溜到爸爸的书桌边，翻弄他手中的书本……我们家的晚饭一般要等爸爸忙完后才开始，因此总比别人家的晚饭吃得更晚些。

"哎呀，火笑了。俗话说，灶火笑，有客到。玲子，猜猜看，明天，会不会是你的舅舅他们谁要来呢！"望着炉灶内呼呼嬉笑的红火苗，我起身将厨房门轻轻打开一条缝伸长脖子往外瞅。山村的夜沉睡在漫天的风雪中，晚风卷起一朵朵轻柔的雪花飘到我的脸上，钻入我的衣领，我不由打了个寒战。望着雪地里通往村外的小路对奶奶说的"灶火笑，有客到"充满了期待。

等爸爸忙完后，妈妈停下手中的针线活，一家人齐动手准备晚餐。不一会，我家那张用椆树木加工的八仙桌上，已摆放整齐诱人的腊味拼盘，温好的米酒，滚烫的甜酒汤圆，八套碗筷。

腊八节过后，年味更浓了。

餐桌下的木炭火盆永远暖意浓浓，奶奶腌熏的腊肉腊鱼、猪血丸子永远咸淡合口，爷爷酿的米酒永远淡而有味，母亲做的棉鞋年年舒适合脚。

摇曳的煤油灯影里，一家人一边围炉烤火，一边吃着腊肉喝着米酒，一切都氤氲着温馨。爸爸说："这日子多好啊，孩子们又长高了。等明年开春后，我们再多开些荒田，争取多种些粮食。"

想起春天里的家乡

一场喜雨后，茶壶上、花盆里、菜地里的花苞都吸饱了雨水，蓄够了力量，热热闹闹地开了。南方的土温山润，风从远方绕回来，风中隐隐约约的油菜花香，向我捎来春天的消息。

每天早晨，我习惯蹲在花树下，日复一日地观察草木的成长，倾听花开花落的声音，举着手机追着蝴蝶、蜜蜂和欢唱的鸟儿拍照片。

立春前几天，我突然发现那棵开着花结着果的柠檬树下，不知道什么时候忽地长满了鲜嫩翠绿的艾叶草，它们安静又亲切。这些青青翠翠的艾叶草，犹如报春的绿衣信使，让我想起故乡随处可见的野艾草，想起春天里的家乡。

我的家乡，位于湘西南的一个四面环山的山村里。这里山连着山，岭叠着岭，山高林密，山泉水澄澈，空气清新的。

早春时节，春寒料峭。此时，田野里，山坡上的油菜花已挤挤挨挨地开满，在春风春雨里尽情享受着雨水的滋养，金灿灿的这里一片，那里一片，人们感叹着："春天真的回来了！"

抬脚踏春，遍地芬芳。惊蛰后，水田里的蛙鸣此起彼伏地唱起了春天的交响曲，过不了几天，温软的水田里漂浮着蛙类爱情的结晶……

蛙唱声里，清明节如约而至。那些春风吹又生的艾叶草、紫云英相邀着漫过田埂，荒地，山坡，溪边。

房前屋后的桃花开了，李花开了，对门楠竹山坡上的杜鹃花开了。金灿灿的油菜花，粉嘟嘟的桃花，雪白细碎的梨花，红艳艳的杜鹃花，紫水晶般的紫云英花，团团簇簇的杏色水娘花……还有许多数不清叫不出名字的野花也吵吵嚷嚷地开了。

太阳红起来，风暖起来，风中夹着香。田间地头，乡亲们脱下穿裹了一个冬天的棉袄，精神抖擞地牵出歇了一个冬天的耕牛，修整好锄头、犁扒在各自的田地里，尽情呼吸着早春清新甜润的空气，一锄一犁耙，拉开了春耕生产的序章。

布谷鸟双双对对，这边山一嗓子，那边山一嗓子，不知道它们是在开会，还是在隔空对歌相亲……古灵精怪的黑燕子，不知在什么时候，如期而至飞回了旧年的爱巢，它们你瞅着我，我贴紧你，那相看两不厌的情形确实是令人心生羡慕和感动。

燕子相亲够后，偶尔唧的一声展翅栖息在田垄上空的电线上。春雨潇潇里，它们是一串串黑黑点点的省略号，是家乡春天里诗意盎然的五线谱，更是一幅山青水绿的油画。

绵绵的雨，一丝丝，一层层铺天盖地洒下来，唤醒了楠竹山沃土里的春笋，它们憋足了劲，一波高过一波涌出来。雨后的春笋，一天一个样，一时一个样。今天才顶着湿泥冒出的笋尖，明天再见时，已长到膝盖上了；后天再见，一不留神它们极有可能与你撞个满怀。

我常常戴着竹斗笠，跑到对门山坡上那蓬杜鹃花树下，踮起脚尖，摇落雨珠，伸手折下几枝红艳艳的杜鹃花，摘下开得正旺的花朵，轻轻吹去花粉，含在嘴里细品，杜鹃花特有的鲜甜味，瞬间漫过我的唇齿，我浸润在春天的气息里，对面山脚下的青瓦上，奶奶的炊烟袅袅婷婷，如雾似纱氤氲。

夜深了，我坐在灯光里，与窗台上朵朵水仙花相望，我享受着这份美好的宁静。我想，要是今晚半夜起了雨声，明晨，在开着花结着果的柠檬树下，那嫩绿的艾叶草或者在拱土而出的黄瓜芽里，一定会签收到春天发来的信。

幸福的味道

今年3月上旬，我应宝安沙井一校长的邀请，去给他们初中部文学社的学生上读写课。接到邀请的时候，我没有马上答应，毕竟罗湖与宝安之间的这段路不算近，家人与朋友们也说路途太远了，一去就是大半天，劝我没必要这么辛苦。

我认真考虑了两天后，还是答应了邀请。

每次到沙井的学校，要上四节课，加上来回坐车、转车的时间，足足需要7个小时。每次回到家里，感觉没有一点力气，确实有些累。

辛苦归辛苦，几次课下来，在与学生们的相处中，我体会到了幸福的味道——有时，学生一见面，上来就给我一个熊抱，嘴里嘟囔着："老师好久没见您啦，真的好想您哦！"有时，学生会带一块小点心给我，说是她和妈妈一起做的，特意给我留的；有时，学生们说："老师，我这次语文测试进步啦，我被语文老师表扬啦！"……

我一共讲了14次课。14次的来回奔波，虽然辛苦，但很充实。尤其是我跟学生熟悉了之后，我们师生之间互相信任和欣赏的暖流，让我的心一次次变得更加柔软，添了不舍。

记得最后一次课，我特意买了几本名人传记送给学生们，让他们传阅着看。我希望孩子们能通过读名人传受到一些启迪，帮助他们找到人生的榜样，好好学习，成为一个有用的人。

下半年，我应邀在罗湖的两所小学给文学社的学生们上课。因为离家近，省掉了路途上的折腾，心里感觉轻松多了，加上自己长年生活在罗湖，对身边的学校先入为主地有着一份邻里相亲的情感。

“投之以木桃，报之以琼瑶。”在罗湖两所小学的文学社课堂上，每一节课我都认真查找资料，准备课件，反复检查修改。想方设法地引导孩子们向读学写，启发孩子们从生活中发现写作素材。以老师引导，学生回应，老师评介的方式，寓教于乐，点燃了孩子们的读写兴趣。

在与学生们的相识相处中，孩子们在领悟表达，综合实践中都取得了不同程度的进步；同时，我选出学生的优秀作文向外投稿。当孩子们得知自己的作文在报纸杂志上发表后，他们欣喜不已，他们上课的积极性更高了，每次课他们都专心听讲，认真做笔记，积极互动。孩子们的言谈举止里都流露出对我的欣赏和感激。

记得有一次，我问一个学生有没有拿到发表了自己作文的报纸。她连声说：“谢谢老师，我有报纸。我爸爸将这份报纸买了四份，我的书包里就放着一份呢!”望着脸色发红，激动不已的学生，看着其他学生羡慕的眼神，批改着孩子们一次比一次写得好的文章，我真的感觉很幸福。

今年的文学社课程已圆满结束，一个孩子在送给我的卡片上写道："祝刘老师身体健康，工作顺利，我们好喜欢上您的课，希望明年还能上您的课……"

是的，做一个孩子们愿意主动靠近的老师，这种感觉真的很幸福。

虚室有余闲

在园子里，我用塑料水桶接水浇灌花草。月光的影子在水桶里晃荡，一抬头看到了月亮。月色皎洁，晚风清凉。

今天，是东莞、深圳这两座特大城市按下暂停键的第一天。平日里忙忙碌碌的市民们从快节奏中抽身出来，回到慢生活，守着传统的宁静，就如这恰到好处的晚风，潜入夜色深处。

晚饭后，我感觉特别困，倒在床上睡了一会。醒来一看，已是晚上九点。图图还在忙着处理她律师事务所的文件；纯纯虚掩着房门，正在她的房间备课。家里两个外出抗疫的男人还没有回来。

我知道，他们今晚不会回来。

疫情就是命令，防控就是责任。昨晚十点多，儿子急急忙忙从单位赶回，收拾了几件换洗衣服后，拖着行李箱又去了单位。他说，这次要在抗疫岗位附近的酒店住到20号。孩子的父亲一直坚持在抗疫一线，每天都是早出晚归。今天深夜两点时，他打来电话说跟同事刚刚扫完楼，这几天也不能回家居住，被统一安排到一个酒店。这段时间，只能在居住的酒店和上班的楼栋之间，两点一线活动。他要我赶紧给他准备两套换洗的衣服和剃须刀，送到小区门卫室，他们单位的车马上会路过我们小区。

外出抗疫的在一线不辞劳苦地坚持，家里的日子安静下来，我带着纯纯和图图开启了居家办公的安静模式。

图图是律师，她说正好可以静下心来，处理单位的一些文件，还要赶写一份两万多字的职调报告；纯纯是语文老师，又是班主任，忙着备课、上网课、处理班上的杂务琐事；我一如既往地读书写字、洗晒衣服、浇水养花、买菜做饭，拖地搞卫生。

日子慢下来，房子静下来。除了下楼做核酸，我们都不再出门，待在家里的三个人都在各自的空间里忙着自己的事。

只有在餐桌上，放下手上的工作后，我们娘仨才讨论着眼下的疫情，说起两个在外抗疫的亲人，互相叮嘱出门做核酸检测时，一定要做好防护措施，保持安全距离。图图说："这多像打仗啊，男的出去作战了，女的留守后方。"我说："是的，这就是打仗。万众一心，打一场必胜的抗疫战。"饭后，图图主动洗碗，把厨房收拾得很干净。

下午五点多，我下楼做核酸检测，回来时，纯纯和图图正在厨房忙碌，不一会就出锅了三道咸淡合适的广式菜，一道香辣的湘菜。

东莞、深圳的公交、地铁停运，这两个城市的人却没有停工。大家开启了难得的慢生活，正好可以静下心来学习、练练厨艺、陪陪家人、辅导孩子。

此刻，夜深人静，月光隐入云层，孩子们都睡了，门口的两双男式拖鞋整齐地待在原地。粉茶花在灯光下开得热闹，花香隐约。

“户庭无尘杂，虚室有余闲。”城市是安静的，我的心也是安静的。生活本来就是安静地睡觉，安静地工作，安静地吃饭；安静地浇花，静待花开；安静地采摘春天的叶子，泡在心爱的茶壶里；安静地学习，成长。

“这世界有那么多人，多幸运我有个我们；这悠长命运中的晨昏，常让我望远方出神”。时光流转，日子如水如花，静静流，慢慢香。

最是童言感人心

童言稚语，脱口而出，没经过“过滤”，总是纯真得令人感动。我的儿子鹏儿似乎从小就具有与生俱来的善良和孝心，这从他的童言童语上可见一斑。

在鹏儿上小学一年级时的一个下午，他正趴在书桌上写作业，突然抬头问我：“妈妈，是不是我长大了，您就老了，您老了，外婆就死了？”我说：“是啊，但外婆可能还活着，只是会更苍老些。”鹏仔低下头想了想，马上说：“我不要你们死，等我长大了，我就去找唐僧肉给你们吃。”显然，儿子是受了《西游记》的影响，他觉得唐僧肉具有神奇的功能。虽然是童言童语，却令我十分温暖和感动。

每次碰到乞讨的人，他总要找我拿一点零钱送给他们。事后几天，鹏儿都会缠着我问：“那些人现在怎样？会不会没饭吃？”

当初给孩子取名“鹏”的时候，包含了两层意思：一是为纪念孕育生命的城市——深圳。深圳又名鹏城，故取名鹏；二是寄托了做父母的对他无限的希望和祝福。我们都希望孩子长大后能有远大的理想，能鹏程万里，拥有美好的人生。

2008 年的北京奥运会，中国人可是扬眉吐气，大快人心。而我那已读小学三年级的鹏儿更是逢中国队的比赛必看。每场，他都瞪着眼睛，握着小拳看得热血沸腾，在为中国队呐喊助威。我们做父母的便因势利导，趁机培养他的爱国心和上进心。谁知那几天他老问：“爸爸妈妈，中国最好的大学是哪个大学?”他爸爸笑着说：“最好的大学有北京大学、清华大学等等。”“那世界上最好的大学有哪些?”鹏仔接着又问，我们便说：“好的大学有很多，如英国的剑桥大学，美国的哈佛大学等等。”谁知鹏仔思考了一下，语出惊人：“爸爸妈妈，我长大了要考哈佛大学”。孩子的理想把我们惊呆了。

最是童言暖人心。小孩的话没有经过深思熟虑，表达的却是内心最纯真的“思想”，有时虽不合事理，却妙趣横生，带给我们无穷的喜悦。在鹏儿鬼灵精怪的头脑中，珍藏着一个智慧的宝库，他一点一滴的进步和成长都让我们感到欣喜，感受到生活的美好，体会到人性的至善至美。我相信沐浴着爱成长的鹏儿，他的人生必定是美好的。

草木青青润我心（代后记）

我喜欢作家毛姆说的一句话："阅读是一座随身携带的避难所。"2019年春，我生了一场病。养病期间，阅读和写作成了我的避难所。每次我将写好的文章投到《南方都市报》《邵阳日报》《东莞日报》《宝安日报》副刊以及各种杂志的征稿邮箱时，心里总是多了一份期待。

渐渐地，我的一篇篇笔随心动的文字变成铅字，这给了我莫大的信心和激励，让我获得了巨大勇气和力量。尤其是出院后我写了一篇《世上只有妈妈好》，当这篇文章刊发时，我第一时间把文章的截图发给了妈妈。妈妈哭了，我也哭了。

从小开始，受乡村语文教师父亲的影响，我就有个作家梦，希望有朝一日我的文字变成铅字，发表在报纸和杂志上。为此，我一直在努力，一直坚持阅读和写作，不管是在老家湖南湘西，还是到了广东深圳；不管是在企业管理岗位，还是在社区工作，我始终对阅读和写作保持一份热爱和满腔热忱。我知道，我的学历不够高，学识不够深，只有不断加强学习，才能跟上时代的要求，才能更好完成工作任务，才能不断提升和完善自己。

随着文章的不断发表，我从小到大的作家梦也由此重新萌芽成长，逐步梦想成真。我加入了深圳市作家协会，成为深圳市文学学会会员。从老家到深圳，我先后在幼儿园、工厂、社区、警务室工作过，在社区工作的时间最长，工作得到领导肯定和同事好评，获得过一些荣誉。不同岗位的经历，对我认识社会、理解人生大有帮助，也给我的写作带来便利。

我是一个特别恋旧的人。我留恋故乡的一草一木、一山一水，故乡的自然美景和风土人情给了我写作的素材，我怀念那些温暖的往事，我的爷爷奶奶、爸爸妈妈，我的兄弟姐妹、邻人，他们的善良、勤劳、豁达、乐观给了我最好的人生启蒙教育。

我是一个懂得感恩的人。我热爱深圳这座移民城市，我在这里工作生活，成家立业，至今已有三十年。工作中的喜乐悲忧，生活中的苦辣酸甜，走过的路，流下的汗，吃过的苦，受过的累，点点滴滴，零零碎碎，在我的笔下呈现。我愿意用手中的笔，留下美好情意，感恩在工作和生活中给予我关心、帮助、支持的亲友们。

一路走来，平凡如我，再苦再累，也没有放弃梦想，而是始终坚持阅读、写作，好书慰藉心灵，写作传递心声。阅读让我沉静，写作给我思索。如今的我，既是一位国家图书馆儿童阅读指导老师、儿童阅读点灯人、全民阅读推广人，也是深圳市作家协会会员，是深圳市垃圾分类公益讲师、家庭教育指导老师。现在，我将自己的梦想做成了事业：我不仅常年在深圳的中小学去给孩子们做读写指导，到社区给家长讲家庭教育，还经常组织教师专家团队进学校、进社区开展阅读推广活动。

人到中年，我很开心实现了自己的梦想。至此，我发在报纸、杂志和个人公众号上的文字已超过15万字，不少师友纷纷建议我出一本书。十几万字的随笔，不算多，却是我过去生活和学习的一个小小总结。这便是这本《草木青青》随笔集的由来。

我的知识、能力有限，文章也很稚嫩，但是敝帚自珍，这里面的每一篇文章，都是我有感而发的用心之作。我崇尚自然、朴实的文风，我手写我心，笔随心动，写出真情实感。

《草木青青》分为两辑，第一辑写的是故乡，第二辑写的是深圳。希望得到读者朋友的支持和鼓励，也欢迎大家提出宝贵意见和建议。

草木青青润我心，故乡他乡一样情。我会继续放飞梦想的种子，如蒲公英一样，用执着、无惧、乐观、诗意的态度来引领装扮自己的一生。爱家乡，爱深圳；好好生活，好好工作；坚持阅读，坚持写作，以此回报给过我热情鼓励、大力支持和无私帮助的亲友们。

人生旅途，追梦路上，有你们真好！